村上春樹の哲学ワールド

ニーチェ的長編四部作を読む

清 眞人
kiyoshi mahito
著

発行=はるか書房 発売=星雲社

目次

村上春樹の哲学ワールド

——ニーチェ的長編四部作を読む

僕はどこから村上春樹に手を染めたのか?――序にかえて

僕は長らく、しかもまったく村上春樹の読者ではなかった。敬して遠ざけていたといってよい。だいたい僕は極度に流行というものが嫌いな人間にできあがってしまっている。それが突然、或る日読者になった。最初に読んだのは『海辺のカフカ』(新潮社)。この小説は二〇〇二年に出版されている。僕が読んだのは二〇〇八年。もう六年もたっていたわけだ。

或る大書店で、書名にあるカフカという名に惹かれて戯れに最初の数頁を立ち読みしたのが始まりだ。というのは、その頃僕のなかに急速にカフカへの関心が芽生えていたのだ。いま振り返ると、このことも僕を村上に結びつける重要な素地となったと思える。

だが、なんといっても決定的だったのは、『海辺のカフカ』の書き出しの二一頁目(文庫版でなら)にある、わざわざゴチック体の太字で印刷された運命についての言葉、村上が「カラスと呼ばれる少年」に語らせている言葉であった。そのメタフォリカルな表現は深い説得力をもって僕の心を捉えた。この一節だけで僕はこの小説のなかに入り込んでしまった。つまり、こういう比喩、こういう風景、こういう知的魂、こういう内省、こういう「君」と「僕」の使い方、こういう……等々が好きなんだ、ということだ。小説というものはそういう仕方でまず読者によって好かれなければ、何事も始めることができないものだ。

予言は暗い秘密の水のようにいつもそこにある。……（略）……君が声を求めるとき、そこにあるのは深い沈黙だ。しかし君が沈黙を求めるとき、そこには絶えまない予言の声がある。その声がときとして、君の頭の中のどこかにかくされている秘密のスイッチのようなものを押す。君の心は長い雨で増水した大きな河に似ている。地上の標識はひとつ残らずその流れの下にかくされ、たぶんもうどこか暗い場所に運ばれている。そして雨は河の上にまだ激しく降りつづいている。そんな洪水の風景をニュースなんかで見るたびに君は思う。そう、そのとおり、これが僕の心なんだと。(1)

「カラスと呼ばれる少年」にも惹かれた。もちろん、すぐわかった。彼が小説の主人公・田村カフカ少年のいわば「影」となるその自己意識の半身、つまり自己意識が演じる自己内対話の相手だということは。

その数頁を立ち読みしてすぐさま上下二冊を買い求めた。家に帰って没頭した。たぶん三日後には読み上げていた。そして僕は勝手な独断を下したのだ。一つの直観が閃いてのことだ。『海辺のカフカ』は、一九九七年にかの「酒鬼薔薇聖斗」と名のったA少年が引き起こした残酷な連続児童殺傷事件、さらにいえば、この事件のなかでA少年が書いた手記「懲役一三年」に対する村上の文学的レスポンスではないか？

『海辺のカフカ』は、この事件に対してここ一〇年の間に日本でなされた文学的レス

（1）『海辺のカフカ』上、新潮文庫、二〇〇五年、二二一〜二二二頁。

ポンスのきわめて優れた一つである。そう僕は思った。
これが村上春樹に手を染めることとなるきっかけであった。

『海辺のカフカ』―「懲役一三年」―ニーチェ

その頃、僕は二つのことに心を奪われていた。一つは、いま述べたA少年の事件に。もう一つは、ニーチェの思想に。そしてこの二つの事柄は僕のなかでは一つにくっついていた。

A少年の書いた「懲役一三年」という手記にはニーチェの或る有名なアフォリズム（警句・箴言）の一節が、この当時一四歳であった少年の内面状況の核心を端的に表現するアフォリズムとして援用されていた。僕は『海辺のカフカ』を読む前にそれを知っていた。その箇所が含まれている「懲役一三年」の主要部分をそのまま示そう。[2]

……今まで生きてきた中で、《敵》とはほぼ当たり前の存在のように思える。
良き敵、悪い敵、愉快な敵、不愉快な敵、破滅させられそうになった敵。
しかし最近、このような敵はどれもとるに足りぬちっぽけな存在であることに気づいた
そして一つの「答え」が俺の脳裏を駆けめぐった。
「人生において、最大の敵とは自分自身なのである」
魔物（自分）と闘うものは、その過程で自分自身も魔物となることがないよう気を

（2） 加藤典洋の視点はほとんど僕と同じだが、『イエローページ村上春樹2』（荒地出版社、二〇〇四年）につけられた「酒鬼薔薇聖斗少年の手記」という補注では「挑戦状」や「犯行メモ」だけが取り上げられていて、この「懲役一三年」はまったく言及されていない。

> つけねばならない。深淵をのぞき込むとき、その深淵もこちらをみつめているものである
>
> 「人の世の旅路の半ば、ふと気がつくと、
> 俺は真っ直ぐな道を見失い、
> 暗い森に迷い込んでいた」(3)（傍点、引用者）

右の文章のなかの傍点を振った部分とほとんど同一のアフォリズムがニーチェにある。『善悪の彼岸、道徳の系譜』のアフォリズム第一四六番、「怪物と闘う者は、そのためおのれ自身も怪物とならぬよう気をつけるがよい。お前が永いあいだ深淵をのぞきこんでいれば、深淵もまたお前をのぞきこむ」(4)と。警察の調べで、A少年はこの手記を二人の少女に対する通り魔的犯行（一人の少女は負傷一週間後に死亡した）をおこなった直後、そして淳君殺害の直前に書いたことがわかっている。彼がそのなかのこのほとんどニーチェと同一の一節を『善悪の彼岸、道徳の系譜』を直接読んで知ったのか、それとも何かの書物を仲立ちにして——もしかしたら、ニーチェが書いたものであることを彼自身は知ることなく——知ったのか、いまのところ僕には知る由がない。もちろん、それが彼のまったくのオリジナルである可能性も否定できない。僕は以前このことに関して次のように書いたことがある。

> いずれにせよ、ニーチェの一節はまるで鋭利なメスのようにこの少年の実存の危機の核心に直に突き刺さっている。ニーチェは自分の書いた言葉がこんな風に少年の

(3) 芹沢俊介『子どもたちはなぜ暴力に走るのか』岩波書店、一九九八年、一六七～一六八頁からの孫引き。

(4) ニーチェ、信太正三訳『善悪の彼岸、道徳の系譜』ニーチェ全集11、ちくま学芸文庫、一三八頁。

文章に登場することを知ったら驚き、迷惑と感じ、あるいは恥じ入るだろうか？ 私は、たぶん彼は満足すると思う。自分が思想家として命がけで取っ組んできた問題にずばり少年の恐るべき実存の危機の問題が重なったことを見て、自分の思索してきたことが決して絵空事ではなかったことに満足を覚え、思索者としての誇りを感じると思う。人間のなかに潜む《暗黒なるもの》に対して、いいかえれば人間の実存の危機、その苦しみと孤独、それがもたらす幽閉性の感情、理解し受け入れ援助を与えてくれる他者が自分にはどこにもいないという感情、怨恨、憎悪、復讐心に対して、逆にいえば、そうしたもの一切から解放され晴れやかな生を手にしたいとの人間の希求に対して、ニーチェほどに同様の苦悩と希求に身を焦がす我が身自身をもって立ち向かい、一体となり、身を刻むようにして思索した哲学者を、私はほかに知らない(5)。

当時、僕は次の疑問を抱いた。この少年の文章のタイトルはなぜ「懲役一三年」なのか？ 考えていて、はたと思った。おそらく、自分は生まれてこのかた一三年間このような恐怖を内面において生きるという「懲役」を課された人間であった、という想いを込めてのことにちがいない。彼はこの自分の魔物化の恐怖のなかに幽閉され、この恐怖という牢獄の壁の内側で生きてきたのだ。そのような自己総括を最後の踏み切りのバネとして、一四歳の彼は凶行に身を投げた。

　少年の事件が一個の象徴の位置に駆け上がったのは、明らかにこの事件が「酒鬼薔薇聖斗」という彼の自己意識的半身、彼の自己内対話の相手であり彼の内的な観察者＝批

(5) 拙著『《想像的人間》としてのニーチェ――実存分析的読解』晃洋書房、二〇〇四年、ⅲ頁。

評者の残した文章の鋭い文学性による。それは、このおぞましい事件の読むに値する内的な証言となり、その文学性によって嫌悪のうちにも僕たちの胸を打ち、心を捉えたのだ。

僕はこういいたい。事件はこうしてそれ自体が一個の小説となったのだ、と。作家ならば、誰もがこの原小説に魅入られ、それの自分なりの翻案を書きたいという欲望に絡めとられることは理の当然であろう。「酒鬼薔薇聖斗」という一個の作家がもう一人の作家を挑発し、そこにもう一つの小説が誕生する。

たとえばそれが『海辺のカフカ』であった、と僕は考えた。

一九八五年の『世界の終りとハードボイルド・ワンダーランド』（新潮社、以下『世界の終り……』と略）と、九年後の『ねじまき鳥クロニクル』（新潮社、以下『ねじまき鳥……』と略）において主人公の「僕」は、中年の村上が終了した己の青年時代を回顧するかのように創りあげた、ちょうど青春を終えたところの、だがまだ中年とは呼びがたい三〇代の人物であった。

しかし、『海辺のカフカ』において村上は初めて主人公を一五歳の少年にする。しかも、この少年は第一章においてはまだ一四歳の少年として登場し、物語の開始を意味する「家出」の後に一五歳となる。僕はこう考えた。この少年という主人公の発見はA少年のくだんの手記なくしてはなされえなかったはずだ、と。[6]

まったくの独断的推測である。僕は村上春樹にそれを質問する機会をもたないし、またなんらかの明確な示唆を彼の書いたものや発言のどこかに探し当てたわけではない。いわば僕の側にあるのは状況証拠だけだ。『海辺のカフカ』という小説の構造の節々か

（6）インタビュー集『夢を見るために毎朝僕は目覚めるのです』（以下『夢を見るために……』と略）において、村上はいくどもこう発言している。主人公を一五歳の少年に設定したことによって『海辺のカフカ』は自分にとって画期的かつ野心的な作品になったし、そのことによって自分はこの作品で少年期の自分に戻ることができた、と（一六五、二四四、四八三頁）。

ら推しての。

小説は元来翻案の連鎖であり、バトン・リレーである

こうした僕の観点からすれば、冒頭に引いた運命についての魅力的なメタファーを語る「カラスと呼ばれる少年」は、主人公・田村カフカ少年の自己内対話の相手として、いわば反転させられた「酒鬼薔薇聖斗」である。というのも、この小説において「カラスと呼ばれる少年」の果たす役割は、A少年における「酒鬼薔薇聖斗」とはちょうど反対に、彼を殺人と自己破壊に導くのではなく、幽閉性からの解放へと導くことに設定されているからだ。挑発された作家は、別な反対となった「酒鬼薔薇聖斗」を登場させることなしには自分の翻案を創造できない。小説は元来絶えまない翻案の連鎖であり、バトン・リレーであり、この小説のキーワードの一つを援用するなら、一つの原小説のなかから別の生の可能性を引き出し、「仮説」創造をおこなってみようとする行為なのだ。（この「仮説」という観点については、第2章の「運命を逃れることではなく、別様に生きること」節、八一頁で触れる。）

僕は気づいたのだ。この小説の核心をなすドラマの構造それ自体が、まるで「懲役一三年」の一節に描かれた心的状況と瓜二つだということに。「懲役一三年」での「暗い森に迷い込む」というメタファーは、まさしく同様に『海辺のカフカ』でも田村カフカ少年の心的状況を語るさいのメタファーとして機能していることに。まさに彼はそれまでの彼の一四年間の人生を、A少年が生きたと同種の恐怖と怒りをもって生きてきた少

年として読者の前に登場するではないか！

村上の愛読者には周知のことだが、『海辺のカフカ』においてはかの古代ギリシャ悲劇の傑作の一つであるソフォクレスの『オイディプス王』が小説世界で展開されるドラマの最も重要なメタファーとなっている。そのことは一読して明らかだ。（ついでにいっておこう。この小説では、否、そもそも村上文学では「メタファー」という言葉が多用される。それは、彼の小説世界を支える一種の世界観的＝方法的原理となっている。そのことについていずれ僕は論じるであろう。）

田村カフカ少年は父から、お前は「父を殺し、母と姉と交わる」[7]呪われた運命を予言された少年として登場する。彼はこの予言の一部を夢とも現実とも定めがたい両者のあわいの空間において実現しつつ、しかしまた、そのようにして自分に予告された残酷でおぞましい運命を我が身に引き受けることによってそれを克服し、そこから救済されもする。この意味で彼はオイディプス的存在として登場する。まさに『海辺のカフカ』は原小説たる『オイディプス王』の翻案なのであり、バトン・リレーなのだ。

そして僕は目を瞠ったのだ。いましがた述べたように、「暗い森に迷い込む」というメタファーが奇しくも『海辺のカフカ』と「懲役一三年」の間にシェア（分有）されていることに。まさに運命という主題をめぐって。

「懲役一三年」の場合、そこで記されたような心的状況を「暗い森」のメタファーによって語ることは確かに常套的な手法であろう。なにもことさらにA少年の独創であるというわけではない。かの手記において、引用符の括弧がつけられていることからも明らかなのだが、それはダンテの『神曲』地獄編のかの有名な書き出しの一節なのだ。他

（7）『海辺のカフカ』上、四二七頁。

方また村上についていえば、そもそも「暗い森」あるいは「森」のメタファーは『世界の終り……』以来一貫して村上の愛好するメタファーである。だから、村上がことさらにこの「懲役一三年」の文章を『海辺のカフカ』の創作にさいして強く念頭にしていた、と推測することには飛躍がありすぎる。それは僕も認める。

しかし、僕にはこの推測は捨てがたい。主人公の少年が自分を父殺しや母と姉との相姦へと衝き動かす彼の内部の暗黒の情動と対峙しているうちに、それを克服するどころか逆にそれに呑み込まれかけ、事実現実と夢とのあわいの空間のなかで、いわば半身そうした「怪物＝魔物」になり果て、しかも、そのことからの脱出は、実はこの恐怖の突端、深淵の「縁」までいって「怪物」になるという危険を冒してこそはじめて可能になるとする、この『海辺のカフカ』のドラマ構造。それは、「暗い森」への迷い込みとそこからの脱出というメタファーと同様に、あまりにもぴったりと「懲役一三年」の提示する世界構造と一致している(8)。村上は田村カフカ少年にこう語らせる。

「この森のどれくらい奥まで入りこめるものか、ためしてみようと思う。……（略）……やがて僕の歩いている道がほんとうの道なのかどうか、自信が持てなくなってくる。……（略）……正しい道を見失ってしまったのかもしれないという恐怖に僕は襲われる(9)」。

否、より正確にいえば、「懲役一三年」のほうは、A少年がついに怪物＝魔物に変身し「暗い森」の迷路から脱出不可能となって淳君殺しに帰着することを暗示して終わる。他方『海辺のカフカ』は、最終的に主人公の少年がこの「暗い森」から——自分を捨てたと彼が思い込んでいた母かもしれぬ佐伯さんとの愛の絆の誕生によって——人間

（8）『夢を見るために……』のなかで村上は、自分の創作法の起点・根幹に関して繰り返し次のことを強調している。自分の深部に潜む暗闇のなかに降り下り、呑み込まれかねない危険を冒してもそれと対峙すること、このことが創作の起点であり、また場所なのだ、と（三四三、四四〇頁）。また『海辺のカフカ』の主題とは、少年が自分を閉じ込める暗闇の「クローズド（閉鎖）システム」の力を内破して、自分を他者に開く「オープン（開放）システム」を自分のなかに育てていく「成長」の物語にある、と（一一九〜一二〇頁）。つまり『海辺のカフカ』のドラマ構造は村上の諸作品のなかでも彼の小説方法を最もダイレクトに体現したものなのだ。

（9）『海辺のカフカ』下、新潮文庫、二〇〇五年、三〇三〜三〇四頁。

の世界へと帰還を成し遂げるという希望を提示して終わる。二つの帰結は正反対となる。

　とはいえ、この最後の運命の分岐点にいたるまでの危機の過程は瓜二つだといってよい。正反対の帰結はいわば紙一重の差、『1Q84』（新潮社、二〇〇九～一〇年）での言葉を援用すれば「合わせ鏡」の反面への急転、あるいは鉄路における突然の思いもかけぬ別方向への軌道ポイントの切り替えという衝撃性を帯びる。もっと正確にいえば、おそらく村上は「懲役一三年」の帰結の現実性《リアリティ》を十分に知りぬいたうえで、この帰結に向かう過程のどん詰まりの果てから、まさに小説として、別な可能性を「仮説」することに作家としての想像力を賭けたというべきではないか。そう考えたとき、僕は気づいたのだ。小説とは本質的に翻案の試みなのであり、それ以外ではありえないということに。

　僕は『1Q84』を読んだとき、この僕の視点が二人の主人公の一方である天吾（他方は青豆）に村上が語らせた「物語」論とまったく重なることを見いだし、実に大きな満足を覚えた。自分のおこなった推測への独断的確信はますます強まった。この天吾の「物語」論については第1章「村上春樹は物語を取り戻す」に書く。

　僕は承知している。いま僕が独断の上に独断を重ね、その妥当性が証明されていない推測の上に推測を重ねる不当手続きを犯していることを。だが、実のところ、この屋上屋根を重ねる僕の推測が村上によって否認されたところで、いっこうにかまわない。直接の事実としてはそういうことがなかったとしても、『海辺のカフカ』とA少年の「懲役一三年」の間に驚くべきいわば実存構造上の一致が成立しているということのほうが重要なのだ。そして、この一致の核心的媒介項にニーチェがいるということが。そのようにして、《『海辺のカフカ』―「懲役一三年」―ニーチェ》の三者の間に期せずして成り立つ驚くべき同時代性《アクチュアリティ》が確認されるなら、そのことによってまた三者それぞれが互いに相手を自分のアクチュアリティの傍証とする関係性がそこにあることが確認されれば、それでいいのだ。

これが村上のなかにニーチェの影を発見した発端であった。

ここから、いわば僕の文芸評論という名の探偵作業が始まった。村上のなかにニーチェの影を追い、隠されたニーチェを暴き出し、そこにニーチェとともに浮かび上がる新たな視点によって村上文学の全体を読み直すこと。本書は僕のこの探偵作業の所産である。

僕はこの本で、まず『世界の終り……』、九年後の『ねじまき鳥……』、さらにそこから八年後の『海辺のカフカ』、そして最近（二〇〇九、二〇一〇年）出版された『1Q84』の四つの長編を一つの連なりをなす四部作と捉え、かつそれを《ニーチェ的四部作》と呼ぶ。

なぜそう呼ぶのかの詳しい理由は、これからの章で順次語ろう。とにかく、そうすることになったのはこれまで述べてきた経緯からなのだ。

村上春樹のデビュー作は『風の歌を聴け』（講談社、一九七九年）である。その結びは、主人公が彼の文学修業の師匠とするデレク・ハートフィールドの墓碑の上に読んだ次のニーチェの言葉であった。

彼の墓碑には遺言に従って、ニーチェの次のような言葉が引用されている。
「昼の光に、夜の闇の深さがわかるものか[10]」。

読者は本書によって知るであろう。このデビュー作の結びがいかに村上とニーチェとの対話と対決の絆を暗示し、また告白するものであったか、を。もとより、先に述べた理由から、僕はこの主張が的外れで終わったとしてもいっこうかまわないわけではあるが。

＊　なお、次のことを言い添えておきたい。本書の原稿を書き上げた後に、僕は村上春樹自身の手によって再編集されたインタビュー集『夢を見るために毎朝僕は目覚めるのです』（文藝春秋、二〇一〇年）の公刊に出会った。早速目を通し、僕は、本書での自分の主張や論点とインタビュー集での村上の発言とをダイレクトにつなげる必要を覚えたところを改稿し、またそれらの妥当性を傍証してくれる箇所を同書から丹念に拾い出し注記することにした。とはいえ、インタビュー内容は当然ながらインタビュアーが村上に投げかける質問によって根本的に制約される。またこのインタビュー集は『1Q84』出版以前のもので構成されていた。この二つの事情によって、僕の視点からすれば、同書ではいくつかの重要な前景化されるべきテーマがそうされていない。僕はこの問題もあまさず注で指摘することにした。

（10）『風の歌を聴け』講談社文庫、一五七頁。

第1章 村上春樹は物語を取り戻す

村上春樹の文学には《物語》についての二つのコンセプトが流れ込み、合流し、分かちがたく一つになっている。だが、この二つはもともとは別なものなのだ。次元が異なるといってもよい。だが、その二つが独特に結合することで村上の「物語」が誕生した。

一つは、《物語》とは想像力の遊びであり快楽であるという問題の文脈に棹差す。人間という奇妙な――ほとんど「病める」といってよい――動物には「非現実への愛」といってよい欲望が宿っている。《物語》はこの愛から生まれる。あえてごく単純化していえば、人間には非現実志向型の人間と現実志向型の人間がいる。《物語》を愛するのは非現実志向型の人間だ。この型の人間は半ば夢見る人、幻視者であり幻聴者である。このタイプは象徴的なものへの感受性が人一倍強い。いいかえれば詩人型の人間だ。象徴とはメタファーともいいかえられる。メタフォリカルであること、徹底してそうであることは村上文学の根本的な特徴だ。彼の文学の拠って立つ方法論である。

もう一つは、《物語》とは記憶が保持されるために必須な関連づけの装置であり、個人という存在のアイデンティティの生産装置であるという問題の文脈に棹差す。記憶は保持されたいと願うとき必ず一つの物語を産み出し、自分をそれを織り上げる一つの網目にすることによって保持する。記憶はいわば個人が自分をそこに映す鏡だが、この鏡はなかなか複雑な仕組みのものだ。『1Q84』に出てくる印象的な言葉を使えば「合わせ鏡」の構造をもつ。つまり、一個の記憶は必ずといってよいほど表の顔の裏に、もう一つの顔をもっている。ほとんど反対といってよいほどの異なる顔を。記憶の保持は必ず一つの物語を産み出すことにつながるのだが、この記憶の「合わせ鏡」構造によって、この物語の産出はそのあとでリライト・翻案を自分に招き寄せることが実に多い。くるりと反転して、記憶の裏側に潜んでいた反対の顔つきの記憶が表に出て、記憶を織り込み編み上げる《物語》の基軸の位置に移動するなら、記憶の保持装置としての《物語》は再構築されざるをえない。その再構築は反対のストーリーへの翻案となる。こうしたことが第二の問題文脈だ。これについては既にいくぶんかは「序にかえて」で触れた。

この二つのコンセプトとその合流という問題を村上文学のなかに追究すること、それがこの第1章のテーマである。

サーカスとお伽噺

『1Q84』はその表紙の次の扉に、「ここは見世物の世界、何から何までつくりもの、でも私を信じてくれたならすべてが本物になる」(1)という「It's Only a Paper Moon」の通俗的なラブソングの歌詞を置く。BOOK3の終わり近く、このフレーズはもう一

(1)『1Q84』1、新潮社、二〇〇九年、扉頁。

度繰り返される。明らかに、それはこの『１Ｑ８４』という小説そのものについて村上が読者に向けた一種の弁明ないしは切願の言葉だ。ＢＯＯＫ２の第13章においてはこの歌詞のもう一つのバージョンが示される。「君の愛がなければ、それはただの安物芝居に過ぎない[2]」と。ここでいう「君の愛」とは「君の想像力」ないしは「非現実への君の愛」と読み替えることができる。そう僕は思う。

見世物のもたらす快楽とそれへの欲望について考えてみよう。たとえばサーカス。サーカスは、光と闇の魔術的コントラストによって織りなされる空間の出現だ。突如、客席は闇のなかに沈められ、次の瞬間、ドラムやラッパの大音響とともに光が入射し、すると芸人たちだけが舞台の光の輪のなかに浮かび上がっている。そのコントラストは予告であった。サーカスの開始とともに出現するのは、人間業とは信じがたい芸人たちの曲芸や奇術師のマジック、動物を超越する動物たちの芸、日常の規範的秩序を虚《こ》仮《け》にする道化師たちの勝手放題、「裸の王様」の転倒劇、失敗が死と追放と一体となっている空中ブランコや綱渡り、娯楽の衣装を着た目の当たりの生死の境。いずれにしろだ！　コントラストは、闇と光、身体と意識、人間と超人間、日常と神秘、人間と動物、定住民と遊業のマレビト、生と死といったさまざまなる境界線上で炸裂する。そこでの快楽とは、この境界を越え、攪乱し、魂が行きつ戻りつする快楽だ。実にそれは、「日常」という名の現実を越境させ、もう一度かつての妖精や精霊たちとの出会いと共存のなかに息づいていたはずの太古的世界へと観客の魂を呼び戻すことだ。

ここで話を文学へ振るなら、問題とはこうだ。

人が最初に文学の快楽に身をひたすきっかけとは何であったか？　幼児の頃、親が読

(2)『１Ｑ８４』２、新潮社、二〇〇九年、二七三頁。

み聞かせてくれたお伽噺《フェアリー・テイル》、童話、寓話、それを聞きながら異世界・別世界へと想像力を羽ばたかせたことにあったのではなかったか？　その世界にはやはりサーカス同様原始的アニミズムの気配が濃厚に漂っており、人間と神々、妖精や精霊、あるいは動物たちとの境界は自由に越境可能であり、僕たちを興奮させたのはサーカスの曲芸や奇術に匹敵する奇想天外であった。また異世界への冒険旅行は必須のアイテムであった。「裸の王様」のお話で王の権威の虚妄なることが道化たちによってひっくり返され、知恵と悪巧みとの人形劇風な駆け比べがおこなわれた。しかも、既にそこでの《物語》は人間性にまつわる教訓のメタファーとしての寓話性に満ち満ちていた。

フェアリー・テイルという言葉をいわば黒魔術ならぬブラック・フェアリー・テイルも含めて広義の意味で使おう！　というのも、まさに幼児の魂を摑むのはその両義にわたるフェアリー・テイルだからだ。悪魔・魔女・怪獣・人食い狼という名脇役のいないフェアリー・テイルなぞ幼児にとってさえ面白くもなんともない。否、否、たいてい人の記憶に刻印されるのは幸福の記憶より不幸の記憶である。朗らかな笑いの団円の記憶よりも恐怖に陥ったときの孤独の記憶である。異世界・別世界を想像的に生きるという幼児の欲望と快楽には、この孤独な恐怖の記憶にいざなわれて物語を突き進むという奇妙な快楽が織りまざっている！　そして問題の基底には、格言のいうとおり「三つ子の魂百までも」という問題の連関が横たわっている。幼年期に目覚めた恐怖と孤独とに撚り合わされたお伽噺への快楽と欲望は、エジプトの王妃のミイラの傍らに愛猫のミイラが添えられるように、死者の衣装にさえなるほどに生者に憑きまとって離れない。

村上春樹の文学的功績の一つは、この日本の地で文学の起源にあるこのお伽噺への幼年期欲望を大人が読む現代文学の生育地盤へときっちりと取り戻したことである(3)。

《想像的人間》の文学

『ねじまき鳥……』から。

ナツメグは言った、「服をデザインすることは私にとっては別の世界に通じる秘密の扉だったの。その小さな扉を開けると、そこには私だけの世界が広がっている。そこではね、想像力がすべてなのよ。自分が想像したいものをうまく強く想像することができれば、あなたはそれだけ現実から遠ざかることができる。そして私にとっていちばんうれしかったのは、それがただだっていうことだったわ。想像することには一銭もお金がかからないのよ。素晴らしいじゃない？　美しい洋服を頭の中で思い描いてそれを絵に移し替えるのは、ただたんに現実を離れて夢想に耽るというだけじゃなく、私にとっては生きていくために欠かせないことだったの(4)」（傍点、引用者）。

テーマは非現実への愛である。ついでにいっておきたい。ナツメグの「自分が想像したいものをうまく強く想像することができれば」という言葉は、作家という職業人の声を代表している。作家は一人の哲学者であるとともに職人である。職人としての作家に

（3）『夢を見るために……』のなかで村上はこう述べている。自分は「娯楽小説の枠組み」を利用しながら、内容的にはあくまで「純文学」に近いもの、目標としてはドストエフスキーに範をとる「総合小説」を追求している、と。また、そうした自分の方法は一方では「文学世界におけるエリーティズム」に対する強い反感によって、他方では、その純文学的な総合小説の世界を一九世紀的な教養世界が崩壊した今日的な状況の下で可能なかぎり多くの《普通の人々《オーディナル・ピープル》》に届けるための戦術的顧慮によって規定されている、と（一四一、一八〇頁）。僕としては、この村上の発言に「お伽噺の枠組み」を、と付け加えたい。

（4）『ねじまき鳥クロニクル』第3部、新潮文庫、二四二頁。

とって、読者に想像させたいものを「うまく強く」想像させることは彼の職業生命がかかった決定的な仕事である。技である。なぜなら、そのことなくして、非現実界（想像界）を読者の意識のなかで現実化する、つまり読者にそれをあたかも現実界のごとく取り扱わせるという想像力の力技、つまり作品の創作は実現しないからだ。

では何が問題となるのか？　それは細部のリアリティという問題だ[5]。

同じく『ねじまき鳥……』のなかに主人公の「僕」が語る次の一節。「そこでは細部がとても大きな意味を持っている。それがどんな形をして、どんな色をして、どんな感触を持っているか。……（略）……ひとつの細部とひとつの細部とのあいだには繋がりはほとんどない。温もりも失われてしまっている。その時点では、僕のやっていることは単なる細部の機械的な羅列にとどまっている。でもそれは悪くない試みだ。……（略）……少しずつそこに繋がりのある現実が形作られていく。まるで幾つかの偶然の音の積み重ねが、一見意味のない単調な繰り返しの中からひとつの音節を形成していくように[6]」。

細部のリアリティの精魂かけた確保が、架空の非現実界をあたかも現実界のごとく意識の前に現出させる前提条件である[7]。はじめは「単なる細部の機械的な羅列」のごとく見えていたこの確保のプロセスが、次第にその積み上げのなかで、《世界》という有機的全体性を出現させはじめる。僕の意見では、この細部という問題は拡張されて把握されるべきだ。つまり、たんに《世界》の物質的相貌を構成する物の細部のリアリティという問題だけでなく、登場人物たちの行動を、非現実的であるはずなのにリアルなものと感じさせるための心理の、感覚の、気分の細部のリアリティもまた問題になる。

（5）なお、この細部のリアリティというテーマをめぐる村上の観点と、三島由紀夫の観点がいかにこの点では連帯的かについては、拙著『三島由紀夫におけるニーチェ――サルトル実存的精神分析を視点として』（思潮社、二〇一〇年）第四章の7節「ニヒリズムと物の神秘主義」（二五五～二六〇頁）を参照されたし。三島は、作家による精密でほとんどフェティッシュな対象描写がその対象に降臨させる《存在》の輝きを「対象のもつ詩」・「存在の詩」と呼んだ。

（6）『ねじまき鳥……』第3部、一〇七頁。

（7）この村上の問題意識は、『夢を見るために……』の二二六～二二七、二三七頁（「僕は細部がとても好きなんです」）等に強く浮かび上がっている。

ところで、ナツメグはこう述べていた。「うまく強く」想像できればできるほど、「それだけ現実から遠ざかることができる」と。しかもこう言葉を継いでいた。それは「私にとっては生きていくために欠かせないことだった」と。

ここで僕はサルトルを持ち出そう。

実はこのナツメグの観点は、サルトルが想像力の機能に与えた有名な定義と同じなのだ。しかも、そのサルトルの観点はニーチェが芸術の機能に与えた定義に遡るものだ。ここで、ちょっとばかりこの問題に触れておきたい。

サルトルは常日頃こう主張していた。想像力の働きとは、想像された架空の非現実界をあたかも現実界のごとく意識のなかで生きることによって、生きがたい現実界を意識のなかで非現実化し、もって「生きることの不可能な状況を生きうるための脱出口[8]」を自分に与えることにほかならない、と。

サルトルは、そういう想像力の働きを自分のために切実に必要とした人間たちの代表者としてボードレール、マラルメ、ジャン・ジュネ、フローベール等の名だたる詩人や小説家をあげた。また、この視点から彼らの人生と彼らが産み出した作品との関係を論じる評論を書いた。なかでも『聖ジュネ』はそれらの評論の頂点をなす。サルトルはそのなかでジュネをこう特徴づけている。「その原理が彼をして、存在よりも虚無、現実よりも想像を、享楽よりも緊張を選ばせしめるのである。一言にしていえば彼の営為は、詩的行為の範疇のなかにあきらかに位置づけられるのである。それは不可能なものの体系的な追求だ。後になって彼が、『架空の国だけが住むに価する唯一の国である』と書きえた理由は明らかである[9]」（傍点、引用者）と。そのように己の実存の支柱を現実

（8）R・D・レインとクーパーが共著で書いたサルトル論『理性と暴力』（番町書房、一九七三年）に、サルトルが寄せた序文のなかの言葉（同書、七頁）。

（9）サルトル、臼井浩二・平井啓之訳『聖ジュネ』Ⅰ、人文書院、一九六六年、二一二頁。

界にではなく想像界に据える人間たち、彼らを僕は以前から《想像的人間》と呼んできた。[10]

ところで、こうした《想像的人間》の問題を中心に据えて、真正面から芸術が人間にとってもつ働き・意味を論じた哲学者がニーチェなのだ。著作でいえば彼の『悲劇の誕生』である。サルトルはこの点でニーチェの継承者なのだ。

『悲劇の誕生』において、ニーチェは「ディオニュソス的な人間」(これは実は彼のことだ)やハムレットを代表例としておおよそこう論じた。彼らは「行動することに嘔吐を覚える」人間となってしまった。というのは、どんな行動も「支離滅裂となった世界」を決して正せないどころか、いっそう滅茶苦茶にしてしまうのが落ちだという人間界の「戦慄すべき真理」、それを彼らは洞察してしまったからだ。つまり、彼らは人間界に絶望し、生きる意欲・意志というものを失いかける。「意志のこの最高の危機[11]」の瞬間が到来する。人生への絶望は彼らを自殺寸前の内面的危機に導く。

だが、そのときなのだ! ニーチェは言葉を継いでこういう。この最高の危機の瞬間にこそ「医術に長けた救いの魔法使いとして芸術が近寄って来る[12]」と。「芸術のみが、存在の戦慄と不合理に関するあのむかつくような反省を、生きることを可能ならしめる表象へ変形させることができる[13]」と。

そもそもニーチェにとって芸術とは、世界についての美的「仮象」を創造し、実在の国の代わりとなる仮象の王国を建設することであった。だから彼にとって、結局芸術の役割とは、——ここでサルトルの言い方を借りれば——想像力の力技によって「住むに価する唯一の国」として「架空の国」を創作することなのだ。「生きることの不可能な

(10) 参照。拙著『三島由紀夫におけるニーチェ』三〇～五三頁。

(11) ニーチェ、塩屋竹男訳『悲劇の誕生』、ニーチェ全集2、ちくま学芸文庫、七三頁。

(12) 同前、七三頁。

(13) 同前、七三頁。

状況を生きうるための脱出口」（前出）の創出だ。『ツァラトゥストラ』では、この起死回生の転回とは「窮境の転回」と呼ばれ、これを引き起こすのは芸術ではなく、かの「永遠回帰の意志」だとされる。[14]（とはいえ、サルトルからいわせればこうだ。ニーチェのいう「永遠回帰」というものも、焦眉の現実を逃れて、想像力の力を借りて、「永遠回帰」という想像のなかに棲み込もうとする一種の詩的行為にほかならない。）

ここでナツメグに戻ろう！

彼女のライトな語りの背後には実はヘヴィーでシリアスな問題が控えている。逆にいえば、ヘヴィーでシリアスな問題を、ライトでクールな、またお伽噺的なメタフォリカルな、あるいはカフカ的なユーモアに満ちたコミカルな仕方で語るのが、村上春樹のスタイルだということになろう。

「いとみみず宇宙とは何か?」

村上文学の比類ない特質とは何か？

そこでは夢と現実の境界が絶えまなく撹乱され、主人公たちがその間をいくども往還し、一種カフカ的な夢化した空間として《世界》が現れることである。そこには、カフカの文学を現代文学の一個の必然的で固有の形式とするのと同様の必然性が貫いている。村上文学がパラレル・ワールド構成を必然的とし、本質的に寓話的であり、つねに夢と現実の境界線上を往還し撹乱する形式をとることには深い理由がある。現代人の実存が抱える問題に深く根ざしている理由が。

（14）ニーチェ、吉沢伝三郎訳『ツァラトゥストラ』下、ニーチェ全集10、ちくま学芸文庫、一三五、一四七、一五一頁、等。

パラレル・ワールド構成についていえば、僕はこう思う。事実、人間とは睡眠中の夢の世界と目覚めた意識の世界とのパラレル・ワールドを生きている存在なのだ、と。熟睡中は夢は見ないという。しかし、そう考えるのは、人が目覚める寸前の夢しか覚えていないからだけのことではないか？　実は人間は睡眠中つねに夢を見続けており、別の世界を、夢の力を借りて、まさにパラレル・ワールドとして生きているのではないか？この人間の事情のまさにメタファーとして、村上の小説のパラレル・ワールド構成はあるのではないのか？

この点で『羊をめぐる冒険』（講談社、一九八二年）は村上文学の方法論宣言というべき性格をもつ。彼はインタビュー集『夢を見るために……』のなかでこう述べている。この作品こそが「僕にとっての本当の出発点だった」(15)と。

まず指摘されねばならない。この小説には「非現実」という言葉がいたるところに振りまかれていることが。星の斑紋を背中にもつ神秘的な羊を探す冒険の旅を主人公と途中まで共にする副主人公の女は、「非現実的なまでに美しい」耳をもった女として登場する。主人公の学生時代からの親友で「鼠」と呼ばれる男のかつての恋人は、自分と鼠との関係を「私の非現実性を打ち破るためには、あの人の非現実性が必要なんだって気がしたのよ」(16)と語る。また主人公の目に映る風景、つまり彼を取り巻く《世界》は非現実化した趣をもったものとして現出する。たとえば、「磁石を手に歩きまわっていると、街はどんどん非現実的な存在へと化していった」(17)と。「非現実」という言葉は、この小説が提出する《世界》を理解するうえでのキーワードなのだ。

そもそも『羊をめぐる冒険』の前作『１９７３年のピンボール』（講談社、一九八〇

(15)『夢を見るために……』二一七頁。

(16)『羊をめぐる冒険』上、講談社文庫、一七六頁。

(17)『羊をめぐる冒険』下、講談社文庫、三四頁。

年）にこうある。「そこで鼠は行き詰った。何かが欠けていた。それも大事なものだ。そのために部屋全体が現実感を喪失したまま宙に漂っていた[18]」。だが、問題は部屋どころの騒ぎではなかったのだ。鼠の存在自体が「何かが欠けていた」がゆえに非現実化し宙に漂うことになったのであり、そうであるがゆえに世界もまた非現実化した。この事情は鼠のみならず主人公の「僕」自身の問題ともなった。というのも、鼠は主人公「僕」の分身であったし、「僕」は鼠の分身なのだから。或る個人を襲う実存の非現実化は彼にとっての世界の非現実化をも引き起こす。逆説的だが、非現実化した世界が彼のリアルな《世界》となる。彼にとっての世界の非現実化は実は彼の実存の非現実化の投影、いいかえればそのメタファーである。問題の核心はここにある。

　この世界感触と自分の実存感触との相互関係を的確に表現し、読者を感覚的に説得し、世界と実存が帯びるこのテイストあるいは気分を読者に感染させることのできる文体を創りあげること、それが作家村上のまず第一にやり遂げねばならなかったことであった[19]。

　たとえばインタビュー集『夢を見るために……』のなかで村上はこう述べている。自分が追求するのは従来の意味でのリアリスティックな文体ではなく、「シュールリアリスティックな文体[20]」であり、従来のリアリズムの形式は――『ノルウェイの森』（講談社、一九八七年）を例外として――自分の小説表現の基本形式ではありえない、と[21]。

　彼によれば、その理由はこうだ。今日僕たちが生きている世界の著しい特徴とは、それが僕たちに堅固な現実性を感じさせるものではなくなってしまっており、その現実性が絶えまなく疑わしい虚偽的なものにすり変わってしまう「フェイクの世界」として登

（18）『1973年のピンボール』講談社文庫、一二五頁。

（19）昭和の代表的哲学者の一人であった三木清はかつて「シェストフ的不安」を論じて、こう指摘した。シェストフがドストエフスキーやニーチェをとおして問題にしたのは、従来の哲学と文学が問題にすることがなかった「新しいリアリティの問題」である、と。端的にいえば、そこで問題となったリアリティとは、通常人々がリアリティと思い込んでいる常識化し慣習化された「日常性」の地盤が突然裂け、人がそこに深淵が開くのを感じるときに出現するリアリティ、譬えていえばドストエフスキーの『地下室人の手記』の主人公にとってリアルと感じられているような生のリアリティのことだ。それは、一般の人々にとってはむしろ非リアルと映るようなそれであった、と。そのさい、三木は「いつの時においても哲学の、そしてまた文学の根本問題は、リアリティの問題である」と述べた（『三木清全集』第一一巻、岩波書店、一九六七年、三九五頁）。参照、拙稿

場し実感されているという点にある。そこからリアリティのいわば逆説が誕生する。つまり、リアリティの喪失という感覚的現実を表現することのできない従来のリアリスティックな文体は、実はもはやなんらリアリスティックな文体ではない。逆にそうした感覚的事態に即応しているシュールリアリスティックな文体のほうがはるかにリアリスティックだ。かかる逆説の出現である。僕たちは「フェイクの世界」を生きながらも、したがってまた僕たちの存在自身がフェイク性に半ば蝕まれながらも、しかし、生きている僕たちの存在・実存自体は決してフェイクなものに解消されえない。つねにそこにフェイク性に衝突し、それとの葛藤を演じるリアルというものが顔を出す。今日の世界を生きているというリアルな感覚は、まさに「フェイク性との関わり方の中に」、それとの葛藤性として表出される。この葛藤的で逆説的な動的な関係性そのもののリアリティ、それが問題のポイントである。村上のいう「シュールリアリスティックな文体」とは、そうしたフェイク性とリアル性との葛藤的な移動的な交替的な運動性をそのまま生きることのできる文体を指す。

村上にとって、かかる文体を創りあげるためには、言葉に最大限のメタファー作用を帯電させることが重要となった。このことについての強い作家としての自覚が『羊をめぐる冒険』での「いとみみず宇宙とは何か?」宣言となった。その冒頭はこう書き出される。

象徴的な夢があり、そんな夢が象徴する現実がある。あるいは象徴的な現実があり、そんな現実が象徴する夢がある。象徴はいわばいとみみず宇宙の名誉市長だ。

「三木パトス論の問題構造」、『遺産としての三木清』同時代社、二〇〇八年、一一六頁。村上が課題としたのも、まさにこのような意味での「新しいリアリティの問題」であった。

(20)『夢を見るために……』一九八頁。

(21)同前、四四〇頁。

いとみみず宇宙にあっては乳牛がやっとこを求めていても何の不思議もない。乳牛はいつかやっとこを手に入れるだろう[22]。

この方法論宣言をよりよく理解するためにも、またあとでする議論とのつながりのためにも、ここで僕は『海辺のカフカ』の一節を引いておきたい。それは、主人公の田村カフカ少年の魂につきそう哲学者風のガイドを務める大島の言葉だ。

彼は或るとき少年にこういう。「世界の万物はメタファーだ[23]」と。さらにまた次のように。「相互メタファー。君の外にあるものは、君の内にあるものの投影であり、君の内にあるものは、君の外にあるものの投影だ。だからしばしば君は、君の外にある迷宮に足を踏み入れることによって、君自身の内にセットされた迷宮に足を踏み入れることになる。それは多くの場合とても危険なことだ[24]」。少年は大島のこの認識論的ガイダンスを覚えている。「ここにある森は結局のところ、僕自身の一部なんじゃないか――僕はあるときからそういう見かたをするようになる。僕は自分自身の内側を旅しているのだ。血液が血管をたどって旅するのと同じように。僕がこうして目にしているのは僕自身の内側であり、威嚇のように見えるのは、僕の心の中にある恐怖のこだまなんだ。そこに張られた蜘蛛の巣は僕の心が張った蜘蛛の巣だし、頭上で鳴く鳥たちは僕自身が育んだ鳥たちなんだ[25]」（傍点、引用者）。

ここで僕たちは三つのことに気づく。

第一。先の「いとみみず宇宙」とは、大島の言葉を使えば、まさに夢と現実との間に生まれる「相互メタファー」の関係をいったものにほかならない。第二。『海辺のカフ

(22) 『羊をめぐる冒険』上、一二〇頁。
(23) 『海辺のカフカ』上、四二二頁。
(24) 『海辺のカフカ』下、二七一頁。
(25) 同前、三七二～三七三頁。

カ』では、この「相互メタファー」的関係性はそこから抜け出さねばならない危険性として問題となっている。「威嚇のように見えるのは、僕の心の中にある恐怖のこだまなんだ。そこに張られた蜘蛛の巣は僕の心が張った蜘蛛の巣だし、頭上で鳴く鳥たちは僕自身が育んだ鳥たちなんだ」という少年の言葉は、大島の「それは多くの場合とても危険なことだ」という指摘に呼応し、それを裏書きするものだ。つまり、その危険とは「君自身の内にセットされた迷宮」へ少年の心が幽閉され、そこから出られなくなるということだ。（僕は次の第2章「《閉じ込められた私》をいかに開くか」で、ここに示唆されている問題を扱う。そのさい、いま引用した少年の言葉のなかの傍点を振った部分はニーチェの言葉から取ったものにちがいない、という僕の推測を述べることになるだろう。）

　第三。では、『羊をめぐる冒険』では「いとみみず宇宙」の「相互メタファー」性が『海辺のカフカ』のようには明確に幽閉性の問題として提出されないで、むしろお伽噺的な快楽のニュアンスで語られるのはなぜか？

　僕の結論だけをいう。その理由は、鼠のかつての恋人が語る「私の非現実性を打ち破るためには、あの人の非現実性が必要なんだって気がしたのよ」という言葉と深く関係している。彼女は自己の「半身」を欠如しているがゆえに、自分の実存が非現実性によって蝕まれていると感じていた。鼠も彼の「半身」を欠如しているがゆえに、同様に非現実性の病に蝕まれていた。もしかしたら恋人の失われた「半身」が鼠で、鼠の失われたそれが恋人なのかもしれなかった。

　古代ギリシャの哲人プラトンは『饗宴』のなかで、アリストパネスに両性具有の人間種アンドロギュノスにまつわる神話、互いを己の失われた「半身」として求め合うエロスの欲望の起源を物語る神話を語らせている。[26] 鼠と恋人との関係はあたかもそのようなエロスの関係だ。

とはいえ、先の鼠のかつての恋人の言葉は、結局彼女と鼠はその関係性を生かしきれず途絶させることで、自分の非現実性を打ち破るという課題を互いにやり遂げられなかったことを示している。

なお次のことを付け加えておこう。彼らの関係性と、羊探しの冒険旅行に出かける主人公「僕」と「非現実的なまでに耳の美しい女」との関係性とは同一なのだ。女は主人公とセックスをするときにだけ、いつもは髪のなかに隠しているその美しい耳を見せる。耳を見せた彼女とのセックスは必ず満足のゆく快楽をもたらす。しかし、彼女が耳を見せてセックスするのは自分に対してだけだということを、「僕」は十分理解しているわけではない。そこには彼らだけが結びうる特別な関係性の絆が浮かび上がっているというのに。この関係性は、女の側からこういわれる。あなたは「自分自身の半分でしか生きていない」のであり、「あとの半分はまだどこかに手つかずに残っている」のだ、と。[27] しかも彼女は言葉を継いでこういう。自分自身の半分でしか生きていないという点では、「私たちは似ていなくもない」、「私は耳をふさいでいるし、あなたは半分だけしか生きていないしね」[28]と。

自分の実存の非現実性を打ち破ることが課題とはされている、またその鍵が鼠のかつての恋人が語る関係性の成就にかかっていることも暗示されてはいる。だが、その関係性がさらにいってどういう問題を孕み、そもそも何によって生じ、だからまたこの課題

(26)『海辺のカフカ』上、七九〜八〇頁に、大島が田村少年に『饗宴』に出てくるこの神話について語る場面が出てくるが、後に本書第4章「『自己療養行為』としてのセックス」で論じるように、このプラトン的エロスの相互半身的関係は、村上文学の追求する愛の思念の中核に据えられているものだ。

(27)『羊をめぐる冒険』上、七七頁。

(28) 同前、七七頁。

の遂行のためには何が必要であり、どういう人間が援助者となり、どんな機会《チャンス》がありうるのか？　こういったことはまだ五里霧中の段階にとどまっている。『羊をめぐる冒険』では、鼠とその恋人との関係が途絶したように、主人公と「非現実的なまでに美しい耳」をもった女との関係も途絶してしまう。冒険はうやむやなまま終わってしまう。

しかし、幽閉性と脱出というテーマが村上のなかで明確になるにつれ、「いとみみず宇宙」は生きがたい状況を辛くも生きぬくための唯一なる逃避の場たる、お伽噺的な「架空の国」ではなくなる。問題は設定され直される。主人公が自分の実存の現実性を回復することで世界の現実性をも回復し、また後者をとおして前者を実現すること、この相互作用を実現するために、そこから脱出しなければならない悪しき迷宮として問題設定され直されることになるのだ。

悪夢の叙述者、カフカ

村上文学の特徴的スタイル、その夢想的性格が孕む問題についてもう少し考えたい。思考作業の補助線としてカフカの文学を持ち出そう。

カフカを代表する短編の一つ『変身』の有名な書き出し。

「ある朝、グレゴール・ザムザが気がかりな夢から目ざめたとき、自分がベッドの上で一匹の巨大な毒虫に変わってしまっているのに気づいた[29]」。

『審判』もそうだが、冒頭の一行に物語のすべては要約されている！　『変身』を読み終わった読者はそう感じるにちがいない。

(29) ヨゼフ・カフカ、原田義人訳『変身』（近代世界文学シリーズ29『カフカ』筑摩書房、一九七五年）、三四一頁。

『審判』の書き出し。

「だれかがヨーゼフ・Kを中傷したにちがいなかった。なぜといって、何も悪いことをしなかったにもかかわらず、ある朝彼は逮捕されたのである」(30)。

僕は思う。この冒頭のたった二行にこの小説の一切が要約されている。或るとき、僕は学生にこう提案したことがある。次のようなシーンを想像し、この冒頭の二行をそれと重ね合わせてみろ、と。

――君は今朝、昨日と同じように教室のドアを開け、クラスに入る。すると、なんとしたことか！　誰も君に挨拶しない。君の「おはよう」に応える「おはよう」がない。奇妙！　なぜなんだ！　あまりにも思いがけないこのクラスの空気！　親友のはずのAに「おはよう」という。ところがAは眼をそらすやいなや、ふっとその場を離れる。一言も口にせず。突然、空気は君のまわりでフリーズしてしまう。或る真空の透明のバリヤーが君を包み、君とクラスの他の全員とは切り離されてしまう。君は驚いて、昨日まで君とさんざんおしゃべりに打ち興じていたはずのBやCやDに声をかける。だがその声はまるで彼らに届かない。真空のバリヤーにはね返されて木霊のようにただ君のところに戻ってくるだけだ。思い切って尋ねる。「何か僕は悪いことをしたのか？　君たちを怒らせるようなことを？」。ところが反応ゼロ。

《何も悪いことをしなかったにもかかわらず、ある朝君は有罪を宣告されたのである。君は裁判所の審理委員会に出頭するよう命令を受け、判決が下るまで、裁判所の監視下に置かれることが決定された。つまり君はイジメの対象となった。君がこの恐ろしい起訴から解放されるかどうか、君が無罪となるかどうか、それは誰にもわからない。もち

(30) カフカ、辻瑆訳『審判』（近代世界文学シリーズ29『カフカ』）、五頁。

ろん君にはわからないし、君の監視人、つまりイジメ手にも、審理委員会の委員、つまり担任の先生にも、裁判官、校長にもわからない。神のみぞ知る。だが、その〈神〉は不可視なのだ！　不在かもしれない！》

こんなふうにカフカの文学は現代の不気味でブラックなユーモアをたたえたメタファーとして、つねに僕たちを刺激する。

『変身』については僕はこう提案した。君自身なり友人の誰彼のひきこもりの経験をイメージしろ、と。

《君はひきこもってしまった。昼夜は逆転し、家族が寝静まったときに独り君だけが目覚めている。家族が目覚め立ち働いているときは君だけが眠っている。ようやく昼下がりにベッドから寝ぼけ眼で這い出してくる君にとっては、昼の現実も夜の夢の世界もまるで陸続きの延長線上にあるようだ。その境界は曖昧なままだ。現実と非現実はたやすく入れ替わり混融したまま。しかも君は家のなかにひきこもったままだ。行動は外界とともに、また他者とともに君のもとから消えてしまった。かくて君の《世界》からはリアルというものが消えてしまった。君はベッドの上だけで独り暮らしている！》

僕は注目している。たんにこの『変身』だけでなく、『審判』でも『城』でも、寝室のベッドの傍なのだ！　主人公や重要な登場人物たちが登場する場は。彼らは相手をそこで迎える。あるいはそこへ訪れる。彼らは寝巻き姿のままベッドから起き上がってドアを開ける。空間的にも時間的にも、いま起きてきたばかりか、これから就寝しようとするか、とにかく現実と夢との間の行きつ戻りつがまだ息づいている《境界世界》に登場する。この点がカフカの小説世界の構造的要素、いいかえると《世界》構成的要素だ。

　グレゴール・ザムザは自分の巨大な奇態な甲虫への恐るべき（はずの）変身を、しかし夢うつつで経験する。この自分の変身について主人公が抱く夢的な非現実感は、この短編の最後まで変わらない。彼は軽くこの変身に驚いているにしろ、それに恐慌を呈するといったことは全然ない。彼は平然としていて微笑さえ浮かべる。否、実は、この非現実感こそがカフカ文学の決定的な性格なのだ。

「『おれはどうしたんだろう?』と、彼は思った。夢ではなかった」。「『もう少し眠りつづけて、ばかばかしいことはみんな忘れてしまったら、どうだろう?』と、考えたが、全然そうはいかなかった」。「『ともかくベッドのなかに意味もなくとどまっていないことだ』と、グレゴールは自分に言い聞かせた」、等々。そんな夢うつつの状態で昨晩鍵をかけた自分の寝室のベッドの上でごろごろしている主人公を、予定の出勤時刻に彼が出社してこないことに怒った支配人がわざわざ訪ねてきて、こういう。

「いったい、どうしたんだね？　君は自分の部屋にバリケードを築いて閉じこもり、ただ、イエスとかノーとだけしか返事をしない。ご両親にいらぬ大変なご心配をかけ、——これはただついでにいうんだが——君の商売上の義務をまったくあきれはてたやりかたでおこたっている[31]」。（学生という商売をやっている君の義務とは登校だ！　と教師はいう。）

　では、『審判』の場合はどうか?

　審理委員会への出頭要請がきてKは日曜日に審理委員会に出頭する。奇妙なことに、そのような公的な裁判機関であるはずの審理委員会をKは指定された建物のなかになか

(31)　カフカ『変身』三四六頁。

なか見つけられない。しかも、その建物は「ただならぬほどに長くのびた[32]」きわめて細長い建物であり、なかに入ってみると審理委員会の部屋に向かうと思われる階段は迷宮のように複雑で、途中の階段は子どもたちの集団に占拠されている。実に奇妙！

　しかしいっそう奇妙なのは、Kがこの奇妙さについてはなんら不審に思っていないことだ。たとえばこう書かれる。「二階にあがって、はじめて本来の部屋探しが始まった。まさか審理委員会のありかを聞くわけにもいかなかったので、指物師ランツなる人物……（略）……を案出し、ここにランツという指物師が住んでいませんか、とどの住居も全部聞いてまわるつもりだった[33]」と。

　このKのものの考え方と行動様式は実に奇妙ではないか？「まさか審理委員会のありかを聞くわけにもいかなかったので」、とごく当然のごとくいわれる。とはいえ、それは実際には奇妙な態度である。Kのような立場に置かれて、初めての場所で審理委員会の部屋を探さねばならない者なら、「審理委員会のありかを聞く」のが当然であろう。だがKの態度はそれと正反対だ。

　Kの意識はまるで夢のなかに取り込まれたように既にこの建物の内部に、審理委員会の存在のなかに取り込まれてしまっている。ランツの部屋を尋ねまわるKによってノックされドアを開ける住人たちは、たいていベッドの上での自分の寝間着姿をいきなりKによって見られることになる。だが、彼らはその事態を恥ずかしいとも思っておらず、Kもまた自分の行動をぶしつけとも感じていない。ごく当たり前のことと受け取っている。まるで病院の病室を医師や看護師が巡回しても、患者はベッドの上に寝ている自分の姿を恥じることはなく、また医師や看護師は自分たちの行為をぶしつけと感じないよ

(32) カフカ『審判』二四頁。

(33) 同前、二四頁。

うに。
　病院内部の《世界》空間とその外部の市民生活の展開する《世界》空間は、その空間構造とそれに相関する人間関係の構造において根本的に異質である。そのことは、一度でも入院生活を送ったことのある人間にはよくわかることだ。あちらでは恥ずべき異常なことも、こちらでは異常でも恥ずべきことでもない。このまったく別な《世界》に住んでいるという異質性が、しかしながら、Kのなかでは、またKの世界にあっては異質とは意識されない。市民社会内秩序と病院内秩序が意識の上で連続している！　本当は恐ろしいほどの異質性がごく自然な面持ちで同居している。わずかふすま一枚隔てて全然別な《世界》が始まっている。だが、それが問題化していない。このことこそが『審判』の空間世界の顕著な特徴だ。（だが、それって、いまの日本の家庭や学校の世界のことじゃないか！　と僕たちの内部の声が叫ぶ。）

　こうしたことは何を物語るか？　建物のなかへのKの入場が夢の世界のなかへの入場と本質的に等しいということだ。それはまさしく夢世界を特徴づける点ではないか！　夢のなかでは《世界》の非現実的な奇妙さが、しかしながら、奇妙であるとの強い抵抗感をまったく引き起こすことなく、夢を見ている者によって反対に受容されている。そこでは奇妙さの感覚が麻痺を被っている。奇妙という判断を半ば維持しながらも、同時にそれを判断中止の状態に宙吊りにしていて、それを受け入れてしまってもいる。こうした中間的な麻痺状態の曖昧性が夢世界の特徴だ(34)。

　夢世界のこの性格がカフカ文学の描き出す世界と主人公たちの意識の特質である。一種離人症的な距離感が支配する世界だ。そこからなんともいえない奇妙な非現実感が漂

（34）村上もまた同じ認識を示している。彼によればカフカの文学とは「悪夢の叙述」にほかならない。かつその叙述のなかでは「悪夢のなかで自我がどうのたうつか」といった「自我の存在感みたいなもの」にではなく、むしろ「悪夢に対応してどう具体的に行動して」いくかという点に視点が向けられている。そのことがカフカの特徴だ、と（『夢を見るために……』一二五～一二六頁）。

うこととなる。この距離感覚が、カフカ文学が醸し出す奇妙なユーモア感覚の源泉でもある。

『変身』の主人公グレゴール・ザムザは、自分を襲ったあまりに驚愕的で発狂へと導きかねないほどの恐るべき事態に対して、しかし全然驚愕しない。彼は自分自身を奇妙なものを見る視線で見ている。全然そこには恐怖はない。その淡々とした調子は読者の微笑を思わず誘う。ユーモラスなのだ！

読者はこのユーモラスな気分に知らず知らずのうちに感染する。この感染が読者を主人公の視線に合体させる。離人症的に《世界》を経験することの特殊な快楽を、読者は知らず知らずのうちに主人公と共にすることになる。恐怖は感情的リアリティの奇妙な不在によって中和され、黒い笑い《ブラックユーモア》に変えられる。だが、実はこの感情的リアリティの奇妙な不在こそが真の恐怖を示すものかもしれない……。

有名なカフカ研究者ゴートはこのカフカのユーモアについて実に的確にこう指摘している。「さらに、カフカの幻想には、ユーモアが滲み込んでいる。諧謔の角度から自分自身の条件をみることは――たとえ一時的にであれ――その条件を超越し、平衡を取り戻すことである。そんなわけで、ブルトンは、ただユーモアだけが、絶望の超克の助けとなると断言するのだ。ユーモアは、人間を笑いにさそいこむことによって、いわゆる解決なるものと異なり、人間を欺くことなく、その主権を回復させる。なぜなら、ユーモアが一つの解決だとしても、それはただ、ユーモアがあらゆる解決の敵であるかぎりにおいてであるからだ。『解決のあるところにはユーモアはない、というのが、ユーモアの意見である』（アラゴン『文体論』）。世界の不条理に打ち勝ちながら、その不条理を表現すること、これが黒いユーモアである」(35)。

僕は思う。こういうカフカ文学の特質は、一個の《世界》の画期的で天才的な文学的造型として評価されねばならない。夢化した《世界》の構造の本質を散文家として徹底して容赦なく鋭利に――ただそれだけを描くという圧倒的な仕方で――忘れがたくわれわれに刻印したのは、カフカである！　芸術だけが果たしうるそういう役割というものがある。

僕は、こういう種類の功績を村上春樹にも見いだす。『羊をめぐる冒険』に「非現実」という――文学的には性急で概念的すぎると思われる――言葉があふれかえっていたのは、彼がカフカの取り組んだ問題ときわめて類似した問題を自分が前にしていること、しかも、カフカを真似るのではなく、この類似のなかから自分のオリジナリティを産み出さなければならないという強い自覚を――その分まだいくぶんいわば理論的＝方法論的段階にとどまっている――もっていたことの証拠に思える。（もっとも、そうした生硬な概念的思考を、いいかえれば哲学的言説を小説的言語世界にあえて挿入するというのは、村上の小説の自覚的方法でもあり、新しさであり、現代性なのだ。）

生霊的導体――日本人作家としての春樹

現実界と夢世界との間の往還という小説方法は、たんに村上をカフカにつなげただけではなかった。村上はたんにカフカに方法論的源泉を求めただけではなかった。次のことが強調されねばならない。

（35）マヤ・ゴート、金井裕訳『シュルレアリスムとカフカ』審美社、一九七二年、三五～三六頁。なお村上は『夢を見るために……』のなかで、カフカやドストエフスキー文学のもつユーモア性に強い共感を示しつつ、自分の文体の長所はシリアスなものとユーモラスなコミカルなものとをいわば弁証法的に結合する能力に富んでいる点にあるとの自負を披瀝している（二二二、二三四～二三五、三五八、三六九頁）。

紫式部の『源氏物語』のかの六条御息所の生霊をめぐる物語（「葵」の巻）と、それをまっすぐに継承した能の謡曲の世界、そしてこの伝統の上に江戸期に誕生した上田秋成の『雨月物語』の世界、そこにも村上春樹の方法的源泉がある。とりわけ彼は『海辺のカフカ』以来『1Q84』へとカフカをこの日本の文学的伝統に重ね合わせ、そのことを強く読者に印象づけようとしている。

『海辺のカフカ』の物語構成において、父に殺意を抱く田村カフカ少年の父に対する激しいルサンチマンは、『源氏物語』の「葵」の巻におけるかの六条御息所の物語をその祖型として、一個の生霊となって少年から離脱し、ナカタに憑依し化体する。他方、猫殺しジョニー・ウォーカーは猫たちを唯一の友とするナカタの目の前で猫たちを惨殺し、自分を殺すか、猫を自分に殺させるか、どちらをとるかと迫る。ジョニー・ウォーカーはナカタを挑発して自分の刺殺者へと仕立てあげたいのだ。こういうお伽噺的仕掛けの下で、少年はナカタを自分と父をつなぐいわば夢の媒体とすることで、六条御息所の生霊が葵の上を死に至らしめるように、少年の魂はナカタに憑依しナカタを刺殺者に変えることで父を死に至らしめる。あるいはまた、あたかも上田秋成の『雨月物語』の「菊花の契」の篇のように、死んだ佐伯さんは幽霊となって少年のもとを訪れ、少年への自分の愛を語り、その愛に応えて彼が暗闇の森の迷宮を抜け出すことを決意するよう促す。

『1Q84』BOOK3においては、NHKの受信料徴収員としての仕事を自分が「上手にできる」唯一なる仕事として長らく営々と果たしてきた天吾の父、その彼の魂は生霊となって、カルト教団「さきがけ」の追手から身を隠そうとする青豆＝少女ふかえりに憑きまとう。この生霊は彼らの隠れ住む部屋のドアを執拗にノックし、「でもそんなことをしても、最後まで逃げおおせることはできません。必ず誰かがやってきてこのドアを開けます。本当ですよ」とアパートの廊下中に脅迫の声を響かせる。あるいはまたＢＯＯＫ３において、青豆は、天吾とのセックスなしに、彼の子をまるでイエスを身ごもるマリアのようにいわば処女懐胎する。この妊娠は、青豆がリーダーを殺害した晩、もう一方のパラレル・ワールドをなす天吾の世界で彼が少女ふかえりとの間に交わす――性欲を伴わぬ――深く激しいセックスの結果だとされる。つまり、そのときのふかえりは実は青豆のいわば生霊であったわけだ。そうであるがゆえに、ふかえりと天吾の性交は後に青豆に天吾の子の処女懐胎をもたらすとされる。

さらにいえば、ＢＯＯＫ３に至ってもそのメタフォリカルな内実はそれほど詳らかにならないが、『１Ｑ８４』の物語の基軸となるマザとドウタの関係も生霊的である。実体的な現実的な生命存在たる一個の実存としてのマザと、その影的分身としてのドウタとの母子関係それ自体が、現実の個人とその苦悩する魂が生霊化して誕生した影的分身との関係として提出される。愛の記憶を自分の実存の中核にするマザは、記憶の「合わせ鏡」構造によって、その反対的な影的分身、つまり「愛の失われる記憶」を中核とすることで絶望と孤独感に呻吟し、その苦悩が生霊化して誕生するドウタを必ず随伴する。人が必ず影を随伴するように。マザ天吾のドウタはトオルであり、マザ深田のドウタは教祖リーダーであるように。

このようなお伽噺的な物語構造の基底には、『源氏物語』の六条御息所の物語が日本の文学伝統に対してもつ祖型的関係が引き継がれている。[36] この祖型性をまず最初に真正

(36)　古代日本のアニミズム的宇宙を深く民俗学的に考察し、この宇宙観の基底にある霊魂観から日本芸能の発生論を展開した折口信夫は、古代日本人にとってタマ（霊魂）は生死の区別と善悪の区別を超えた生命力・エネルギーそのものとして捉えられていたこと、したがって死霊としても生霊としても、善霊としても悪霊としても現象したことを強調した。明らかに村上はこうした折口の視点から大きなインスピレーションを得ている。

面から引き継いだものが観阿弥・世阿弥の能、とりわけそこでの「女物狂」物である。世阿弥の『風姿華傳』の一節、かの「花」の美学的原理の要諦を語る一節を引こう。

一切は、陰陽の和する所の境を、成就とは知るべし。[37]

この「陰陽の和する所の境」とは、霊魂の生きる他界・異界と人間の生きる現世との陰陽が「和する所の境」、つまり能の舞台そのものである。『風姿華傳』において「俗」といえば、それは僧に対する俗世間のことではない。異界の神霊・幽霊・異類（鬼、等）に対しての俗、つまり現世のことだ。能の世界はそもそもが人間の地上世界と霊魂の生きる他界・異界の二世界の二元性によって構造化され、この二元を一つに束ねる境界の世界なのだ。

では、この両世界の境界中の境界とはどこか？

それは、苦悩のあまり狂気に陥ることによって、人間の身でありながら霊魂に憑かれ「物狂」となった人間の世界だ。神（カミ）・鬼・修羅・物狂という主要な登場者のなかで、能の本質をなす境界性をいちばん体現するのは「物狂」である。「物狂」は能のなかの能、能の核心をなす演目であり、世阿弥自身「此道の、第一の面白尽くの芸能なり」[38]と述べた。この境界を仄かに照らす美の微光が、かの「幽玄」である。

実に村上文学の成立する舞台、そのカフカ的な夢化された《世界》とは、日本の美学的伝統に即せばまさにこの能の境界世界、「陰陽の和する所の境」なのだ。そこでは主人公の魂はその苦悩のあまり生霊となって、あるいはいまだ成仏できぬ死霊・幽霊とな

(37) 日本古典文学大系65『歌論集・能楽論集』岩波書店、三五八頁。

(38) 同前、三五一頁。

って、主人公（生者の、あるいはもはや死者となっている）から離脱し、世界をさまよい、あるいは再び降臨し、復讐にせよ愛の執着あるいは最後の伝達においてにせよ、目指す相手の前に一個の亡霊（つまり一個のメタファー）となって出現する。

文学はまず新たなる自己意識にとっての《世界》様式の発見者でなければならない。自分の存在の懐に非現実性による腐食を感じとる意識にとって、《世界》は既に非現実性によって腐食され、現実でありながら半ば夢化された宇宙として出現せざるをえない。根元的な意味で生のリアルの追求を使命とする文学にとって、文学がそうした意識の持ち主を主人公とする新文学として成立するとなれば、その新文学のカフカ的様式は、あるいは能＝謡曲的様式は、一個の必然事になる。

かくて村上は現代の日本人作家として、いわばカフカと紫式部のいわば異種交配的化合を追求する。カフカと紫式部は彼のなかで祖型たる名誉を得る。独創とは、何であれそうした異種交配的化合のことにほかならない[39]。

記憶が物語を産み、物語が記憶を保持する

《物語》の第二のコンセプトをめぐる問題に移ろう。

既に僕は本書の「序にかえて」でこう主張した。小説は元来絶えまない翻案の連鎖であり、物語とはつねに或る先行する物語のリライトであり、バトン・リレーとして現れる、と。

ここで『1Q84』の一方の主人公、天吾に登場を願おう。

(39)　この日本の文学伝統のなかにある、現世と異界、現実界と非現実界との境界を往還する意識の自由さを、村上が西欧文化との対比のなかで日本的特質として高く評価し、その点に自分が日本人作家であることの意義を見いだしていることは、きわめて注目すべき点である（『夢を見るために……』九四、一三四、四九六頁）。

彼は作家になりかけの予備校講師である。敏腕編集者の小松からの唆《そそのか》しにのって、少女ふかえり（深田えりこ）の名で送られてきた新人賞応募作『空気さなぎ』をリライトする役を引き受ける。その彼が次のように述懐するシーンがある。（「序にかえて」で述べたように、この一節に出会い、僕は大きな満足を覚えた。『海辺のカフカ』を「懲役一三年」のリライト・翻案として読んだ僕の視点の妥当性が証明された！　と。）

物語の役目は、おおまかな言い方をすれば、ひとつの問題をべつのかたちに置き換えることである。そしてその移動の質や方向性によって、解答のあり方が物語的に示唆される。天吾はその示唆を手に、現実の世界に戻ってくる。それは理解できない呪文が書かれた紙片のようなものだ。時として整合性を欠いており、すぐに実際的な役には立たない。しかしそれは可能性を含んでいる。いつか自分はその呪文を解くことができるかもしれない。そんな可能性が彼の心を、奥の方からじんわりと温めてくれる。(40)

もう少しわかりやすくパラフレーズしてみよう。物語の役目は、主人公が人生でぶつかっている問題を「べつなかたちに置き換える」ことである。焦眉の問題に没頭し、あるいは翻弄されているとき、人は自分の目に映っている問題の姿・形が問題そのものだと思い込む。面前している問題をちょっと別な視点から見たら、それがとっている姿・形が変わるかもしれない。いままではこれしか選択肢はないと思い、だからまた深いディレンマに陥り、とうてい解決できそうにないと思われてきた問題に、別な解決法が見

(40)『1Q84』1、三一八頁。

つかるかもしれない。しかし、問題に没頭し翻弄されている意識にはまさにそのことができない。そんなとき、或る物語が自分の焦眉の問題からのしばしの逃避を小説の読書に求める或る人間に差し出され、彼はそれに夢中となる。なにしろ、ひとときであれ自分の問題を忘れたいからだ。だが読んでいるうちに、ひょっとして閃くかもしれない。自分の直面する問題がもしかしたら別な姿・形をとるのではないか、と。別な「解答のあり方」を「物語的に示唆」されるということが起きるかもしれない。彼が逃避のために読んでいたメタファーに満ちた不思議な架空の奇想天外な物語は、その読者にとってはじめは「理解できない呪文が書かれた紙片のようなもの」で、「時として整合性を欠いており、すぐに実際的な役には立たない」ものだった。しかし、「それは可能性を含んでいる」ということになるかもしれない。読者が自分の問題を別な形に置き換えるという可能性を。

　これは天吾の考えであると同時に、村上春樹自身の考え、彼の小説観、彼の作家意識にちがいない。するとこんな問題が浮かび上がる。

　（1）そもそも小説を書くとは、他人の物語をあらためてリライトして、そこから別な物語を創作するという行為である。（2）この「他人の物語」には実は「自分の物語」も入る。いわゆる私小説は、実は典型的にそれだ。実際私小説を書くとき、振り返られる自分の過去は、自分の過去であると同時に、既に「自分」というもう一人の他人の物語として振り返られ、創作される。無数の記憶の集積のなかから、どの記憶とどの記憶とを選び結合するのか、もうそれは一個の創作活動ではないのか？　創作の過程のなかで、その過去＝物語は作者である自分から突き離され、客観視され、分析の対象に変えられる。つまりリライトの対象となる。美化されるという仕方であるにせよ、一歩一歩これまでの自己欺瞞を突き崩し、いっそう嘘のない自己像を描き出すという仕方であるにせよ、創作は創作である。（3）僕たちは村上のような職業的小説家ではないし、実際小説を書きもしないが、実は誰もがこうした「物語作者」ではないのか？

僕はここでサルトルの次の言葉を紹介したい。

> 実際は、自分でものを書きたいからこそ人は本を読むのです。いずれにしても、本を読むということは、いくぶんかは、書きなおすことなのです。そうです。この観点からすると、人々は、自分の人生を表現したいという欲求が自分にあることを発見しつつあります。すべての人々が、次のことを望んでいる。彼らの経験したこの人生、彼らのものにほかならぬ人生が、その薄暗い部分（というのも彼らはそのなかに首を突っ込んでいるので）をも全部含め、呈示された人生ともなることを。この人生が、これを押し潰す一切のものから解き放たれることを。この人生を押し潰す理由を、表現を通じて、人生のとる姿の非本質的な条件に帰し、これによって人生が本質的なものとなることを[41]（傍点、引用者）。

焦眉の問題に追われ囚われているとき、僕たちは自分の人生をじっくり振り返るどころではない。その問題に「首を突っ込んで」おり、そのことから湧き出す感情と欲望に振り回されている。だから、僕たちの意識は「薄暗い部分」に満ちている。人生の記憶は断片化し、ばらばらで、脈絡を欠き、その隙間隙間は記憶のぼやけた「薄暗い部分」

（41）サルトル、海老坂武訳「作家の声」（『シチュアシオンⅨ』所収）、人文書院、一九七四年、三〇頁。

となってしまっている。本当はたいして重要ではない「非本質的」なものが、まるで自分の人生の記憶に値する大事な「本質的なもの」であるかのように錯覚され、真の「本質的なもの」を覆い隠しているかもしれない。もう一度腑分けをちゃんとして、記憶を整理し、自分の人生にとって「本質的なもの」をくっきりと取り出し、それらを一つ一つきっちりつないで、人生の姿、その全体像を鮮明に正確にしなければならない。これまでの人生の行き方越し方が一望でき、これからの向かう先が遠望できるような峠の頂・眺望点に立つことが必要なときというものがある。

そのときなのだ！　「経験してきた自分の人生」が自分自身にとって「呈示された人生」に変換されるのは。この変換とは、自分が自分の人生の自覚的な物語作者となるということではないのか？　実際に自伝小説を書くか書かないかは別にして、実は誰でもが自分の人生の物語作者なのではないのか？　またそうならねばならないのではないのか？　そのことを欲しているのではないか？　美化の欲望と自己欺瞞の欲望によってではなく、真実への欲望に衝き動かされて！

記憶は記憶を呼び出し、ポイントとなる記憶と記憶が結合され、この結合が自ずとそこに諸々の記憶によって形づくられる或る総体としての《世界》・宇宙・全体性を誕生させる。この全体性の成立が、一面的に固定されてしまっていたこれまでの記憶の顔を流動させ、新しい顔の発見に導くかもしれない。まず或る手がかりとなる記憶が選び出されねばならない。この特別な記憶は実は断片なのではない。隠されていた記憶、忘却の闇のなかに打ち捨てられていたかに見えた別の記憶を次々と手繰り寄せるためのロープ、あるいはそれらに連結していく暗闇の洞穴のなかに張り渡された手探り用のロープだ。

『世界の終り……』にこんな言葉がある。

私は本当にそれにしがみついていたのだ。しかしやがて意識が回復するにつれて、しがみついているものが単なる記憶の切れはしではないことに私は気づいた。私はナイロンのロープにしっかりとしがみついていたのだ。一瞬自分が風に吹かれる重い洗濯ものになったような気がした。風や重力やその他のあらゆる力が私を地面に叩き落とそうとしているのに抗して、自らの洗濯ものとしての使命を果すべく努力しているのだ。[42]

『世界の終り……』の画期的意義——《記憶》の物語の誕生

ここで僕たちは《記憶》と《物語》との関係やいかにという問題にぶつかっている。村上の《ニーチェ的四部作》において《記憶》という主題は実に大きい。基軸になっているといってよい。《記憶》という主題がそのメタファー「図書館」とともに決定的な形で樹立されたのは『世界の終り……』においてだ。[43]

『世界の終り……』とは、一言でいえば、意識の核をなすはずの記憶を失わされかけていた二人の主人公が、その記憶を取り戻すことによって己の存在の現実性を回復することへと進む物語である。またこの回復を、それぞれの主人公が自分と恋人とが結ぶ愛の絆の意味であり、その作用力であることを発見し、理解してゆく物語である。記憶を

(42)『世界の終り……』下、新潮文庫、三〇頁。

(43)『夢を見るために……』で村上は「記憶は僕という人間にとって、もっとも重要な資産になっている」(二四五頁)と発言している。しかし、このインタビュー集は、村上文学において記憶というテーマがもつ比類なき位置を「物語」論との関連で前面に引き出すことにまったくといってよいほど成功していない。インタビュアーの投げかける質問の限界性がそれを妨げている。

喪失へと追い込んでゆく者と、それに抗して記憶の回復をはかろうとする者との戦闘が、つまりはこの小説が展開されるバトル・フィールドである。「図書館」は『海辺のカフカ』において記憶の決定的なメタファーとなるが、そもそも記憶の比喩として「図書館」が登場するのは『世界の終り……』においてだ。主人公の一方である「世界の終り」章の「僕」は、人々の影が捨て去られた「街」の図書館に通い、そこで剝製となった一角獣の頭骨のなかにしまわれた人間たちの記憶を読む「夢読み」の仕事に就く。

村上愛読者には周知のことだ。『世界の終り……』は村上がパラレル・ワールド構造を小説の決定的構造として採用した記念碑的作品である。その「ハードボイルド・ワンダーランド」章の主人公は、「組織《システム》」と呼ばれる組織に属する計算士である。その仕事は人間の記憶データに「洗い出し」と「シャフリング」の作業をかけることだとされる。この仕事の具体的な内容は『世界の終り……』を読んでもあまりわからない。要するに、彼は今日のコンピューター技術を背景に個人の記憶データに介入し、そのなかの核となる部分を洗い出したうえで、記憶データの全体構造を再構成する仕事に取り組んでいる。その彼の所属する「組織」はいまや「工場《ファクトリー》」と呼ばれる地下組織とこの記憶データの改変技術をめぐって暗闘に入る。

ところで、物語上重要なのは次の点だ。この主人公は計算士になるさいに、「組織」の科学者らによって彼自身の意識の核をなす記憶を抽出され、それを今度は彼が計算士としておこなうデータのシャフリング作業（並べ換えによる再構成）を司るデータ編成原理として脳内に埋め込まれる。しかも、彼が計算士として他人の記憶データをシャフリング作業にかける場合、彼自身はこの編成原理を無意識に使用するのだ。その編成原理を自覚できない。彼はそれを知ろうとするが、この原理を抽出した科学者たちから拒否されることになる。つまり、彼は僕たち自身のメタファーなのだ。僕たちもまた、彼と同様に、自分の依拠する記憶編成原理を知ることなく、自分の記憶を編成しているのだから！　そうなのだ！　このSF的な物語の設定を通じて、「人は自らの意識の核を明瞭に知るべきだろうか？」という問いが立てられ、主人公はまさにこの点でそれを知ることができない人物として登場する。僕たちのメタファーとして！　あるいはこうだ。「組織」と「工場」との暗闘とは現代における《記憶－物語－アイデンティティ》をめぐるバトル・フィールドのメタファーであり、個人の独自なアイデンティティ（＝物語）を自分たちの物語システムのなかへと買い取り回収してしまおうとするさまざまな集団権力のメタファーである。他方、主人公の「計算士」とは、この権力の提供する物語システムに組み込まれることを拒否して、独自に独立的に自分の《物語》を創造しようと闘う《作家》のメタファーなのだ。

これ以上『世界の終り……』のエンターテイメントな魅力に満ちた複雑な物語の筋書きをたどっていくのはよそう。いっておきたいことは、こうした物語の展開が自ずと村上の次のメッセージとなっていることだ。自らの記憶の回復＝取り戻しによってこそ自分の存在の現実性の回復は果たされる！　しかも、この記憶の回復は、他者との出会いがあらためて自分自身のなかに記憶とその影との対話を産み出すことをとおしてこそ実現する！

記憶というテーマをめぐって主人公の最も重要な対話の相手となる老博士はこう述べる。「アイデンティティーとは何か？　一人ひとりの人間の過去の体験の記憶の集積によってもたらされた思考システムの独自性のことです。もっと簡単に心と呼んでもよろしい(44)」と。

この老博士の言葉に接して、まず僕たちは次のことに気がつくべきだ。自分たちの生きている記憶は、そのままの現存の形では、決して記憶が集積体となって実現すべき全体性も、その全体性を追求することが始動させる思考の独自のダイナミズムも、まだ実現していないということを。

記憶には「意識の核」として把握されるべき記憶がある。この視点は、この『世界の終り……』以降『ねじまき鳥……』、『海辺のカフカ』を経て、『1Q84』においても決定的な村上の視点となる。彼にとっては、自己意識とは何よりも自分の抱く記憶との対話であり、この対話のなかで、この対話をとおして絶えず創り直されるものである。きわめて重要なことは、彼にとって《自己内対話》の相手とは何よりも自分の記憶なのだということだ。そして、この対話のいわばモーターとなるのが「意識の核」となる「かなめ石」的記憶だ。

だから、記憶は村上において三つの局面において問題となる。

第一局面。記憶はまだ曖昧な不確定な断片化され脈絡を欠き浮動している状態にある。これが記憶の日常態であり、問題の出発点だ。たとえば「世界の終り……」章の主人公はいう。「彼女を失いたくないと僕は思ったが、その思いが僕自身の意識から発したものなのかそれとも古い記憶の断片の中から浮かびあがってきたものなのかを判断することはできなかった。失われたものがあまりにも多く、僕はあまりにも疲れすぎているのだ(45)」。或る登場人物がいう。「おわかりのように、この街では記憶というものはとて

(44)『世界の終り……』下、七九頁。

(45)『世界の終り……』上、新潮社、二五七頁。

も不安定で不確かなんです。思いだせることもありますが、思いだせないこともあります[46]」と。

第二局面。或る重要な記憶が隠され忘却されているから、そうなっているのではないか？　記憶が第一局面の状態にとどまっているというのは。こういう問いが誕生する局面。

第三局面。芯《コア》となる記憶の回復なり確定がなされる。それに伴って記憶間の関連が明確となる。記憶が全体性を回復することであらためてその正確な形で主題化される。そうなることで自己内対話の明確なパートナーの地位にせりあがる。この最終局面が第三局面だ。小説の進行はこの到達点を目指して進行する。これが村上文学の根源的で基本的な構造なのだ。物語のそうした進行経過は『世界の終り……』、『ねじまき鳥……』、『海辺のカフカ』、『1Q84』すべてに共通している。

この記憶との自己内対話において決定的な意義を獲得するもう一つの問題がある。それは、この対話とは実は記憶とその《影》との対話にほかならないということだ。またこの事情が梃子になって、その記憶が以前から自分についてもってきた解釈・理解を自ら変更するに至る可能性を、この対話が孕んでいるということだ。

この問題事情を象徴するのが、『世界の終り……』の「世界の終り」章における主人公とその影の関係性である。その章では、主人公が住むパラレル・ワールドの一方の世界は「街」である。この「街」というワールドは、自分の影を捨てるという居住条件を受け入れた者だけが住む世界だ。いかなる手立てによっても傷一つつけることができない高い壁に囲まれた刑務所のような街だ。その唯一の出入り口は一人の奇妙な門番によ

(46)　同前、七三頁。

って厳重に守られている。主人公に村上はこう語らせる。

> ジュリアン・ソレルの場合、その欠点は十五歳までに決定されてしまったようで、その事実も私の同情心をあおった。十五歳にしてすべての人生の要因が固定されてしまうというのは、……（略）……自らを強固な監獄に押しこめるのと同じことなのだ。壁に囲まれた世界にとじこもったまま、彼は破滅へと進みつづけるのだ。何かが私の心を打った。壁だ。その世界は壁に囲まれているのだ(47)（傍点、引用者）。

僕は次の第2章「《閉じ込められた私》をいかに開くか」において、この一節をもう一度取り上げる。さしあたりここでは次のことを指摘しておく。主人公が自分の《影》を捨て門番に預けるというのは、彼が自分の記憶との内的対話を止めるということのメタファーなのだ。この対話の中断は、この「街」の住人と同様の危険をこの主人公にもたらすことだ。というのも、住人たちはまさに自らの《影》を捨てることで「自らを強固な監獄に押しこめるのと同じこと」を自分に引き起こしてしまったからだ。『世界の終り……』でそう村上は問題を設定したのである。

主人公の《影》はこう主人公にいう。「たしかに俺はあんたの記憶のおおかたを持ってはいるが、それを有効に使うことはできないんだ。そうするためには我々はもう一度一緒にならなくちゃいけないんだが、それは現実的に無理だ(48)」と。

つまり、《影》がもう一度主人公と一つになることで、逆にいえば後者が前者と一つになることで、両者の間に記憶をめぐる対話が再開されねばならない。すると、その対

(47)『世界の終り……』上、二七七頁。

(48)『世界の終り……』下、六四頁。

話は、記憶の「合わせ鏡」構造によって、対話に潜んでいる別な記憶なり反対記憶なりを自分の対話の新しい相手として次第に発見してゆくことになる。そのことによって、はじめは運命の呪縛力そのものに思えた記憶の、その《影》に、当の記憶の支配力を内破する力が潜んでいることが見えてくる。記憶を「有効に使うこと」ができるようになるのはこのことによってなのだ。

　村上文学愛好者ならば、《影》の存在が村上文学においてどれほど重要な意義を有するかは重々承知のことだろう。初期の青春三部作のあの鼠にしても、主人公「僕」の《影》であり「半身」的存在であった。『海辺のカフカ』のナカタは影が「普通の人の半分くらいの濃さしかない」[49]存在として登場する。彼がそうであるのは、彼が完全なる記憶喪失者だからである。《影》というテーマは、一方では《記憶》というテーマと切り離しがたい関係を結ぶ。他方では「分身」ないし「半身」のテーマに結びつく。それは『羊をめぐる冒険』以来、プラトン的エロスの相互「半身」的絆のテーマに連続していくものだ[50]。

　《影》というテーマは村上文学においてこういう二つの主題にまたがる二股的意味を帯びる。そのことの究極の理由は、『1Q84』の言葉を使えば、まさに記憶の「合わせ鏡」構造にある。

　既に述べた。記憶はその「合わせ鏡」構造によって、実はそれ自体の成り立ちのなかに別な記憶・反対的記憶をいわば複層的な仕方で潜在化させている。このことによって、記憶が紡ぎ出し、また記憶がそこへと織り込まれる《物語》は、別な物語・反対物語へと再構成される可能性をその内側に隠しもつ。この可能性が、《物語》を別な「仮

(49)『海辺のカフカ』上、一〇五頁。

(50)『夢を見るために……』での二つの重要な発言（五五、二一六頁）は、村上のなかの「僕」とその影的分身との自己内対話こそが、彼における作品生成の内的モーターであり論理であることを鮮明に物語る。「僕の中にもう一人の僕がいて、その二者の相関関係の中で物語が進んでいく。さらに言えばその進み方によって両者の位置関係が明らかになる」（五五頁）。

説」の提出の試みへと再編する。かくて繰り返しいえば、《物語》とは元来絶えまない翻案の連鎖であり、或る先行する物語のリライトであり、バトン・リレーだ。

ところで、この記憶とその《影》との分身的関係性は、それ自体としては自己と自己との自己内関係性だが、同時にまたそれは現実の或る他者と我との「私－きみ」関係性（マルティン・ブーバー）へと転移するダイナミックスを孕んでいる。二つの理由がすぐ頭に浮かぶ。

一つは、いわば同志的他者の発見である。主人公が引き込まれる記憶とその《影》との自己内対話ときわめて類似した対話を自らおこなっている他者がいるなら、その他者は主人公の同志であろう。同じ運命、同じ課題、同じ闘いを生きている同志である。そのような同志的他者を、自己内対話の緊張を生きる主人公はいつか運命的な仕方で発見し出会うにちがいない。そして二人はお互いを刺激しあい、自分たちの共通する課題、記憶とその《影》との対話に向けて互いを活性化させるだろう。

もう一つは、次の事情だ。およそ記憶とはほとんどの場合、或る誰かとの間に起きた出来事の記憶である。だからまた記憶はつねにその出来事の相手《パートナー》との――想像のなかでの――対話を引き起こす。また、この想像のなかでの相手との対話は同時に、その対話に潜む《影》との対話でもあろう。だから、それは同時に、その相手との別な対話の開始の可能性をも孕んでいる。かくて記憶をめぐる自己内対話は必ずや――とりあえずは想像的な仕方でしかないにしろ――その記憶を共にする或る相手との対話へと転位する。かくてまた逆に次のことも必然的となる。或る特別な他者との出会いがこの自己内対話を誘発し、賦活させ、展開させる。つまり、なんらかの意味での同志的他者か、記憶の《影》的なパートナーに類した他者との新たなる出会い、あるいは再会が、この記憶の自己内対話の起爆剤となるのだ！

他者との出会いこそが記憶と《影》との自己内対話を賦活させる！

『世界の終り……』についていうなら、僕はこう思う。右の事情をこの作品において最も美しく語るメタファーとは、村上が愛してやまない歌であり音楽である、と。

「ハードボイルド・ワンダーランド」章において「ピンクのスーツを着た太った娘」を孫とする老博士に出会うために、主人公の計算士がゆく地下の川の通路は、この博士によって音が抜かれた世界である。博士は音を世界から抜く技術を発明した科学者なのだ。「音を抜かれた世界」とはまさに夢の世界の特徴的なあり方だが、この小説では、さらにそれは次のことのメタファーとなる。「心」を失うことで、いわば自己の内なる《他者》（＝影）と外なる《他者》（＝愛する者・友人）との交信・相互作用を失い、意識がいわばナルシシズム的に自己完結してしまうこと、そのメタファーになる。逆にいえば、「音」はこの小説では「音楽」さらには「歌」に通じ、同時に「影」（＝もう一人の自分）、その内実としての〈隠された「記憶」〉、また前述の《他者との出会い》、〈外への開き〉、「脱出」等のメタファーにもなる。この小説において音楽とそれが想起させる歌は心にしまわれた記憶の蘇生をはかる力のメタファーなのだ。

博士はいう。「音抜きは発声と聴覚の両方向から可能です……聴覚から消去することもできるし、あるいはまた発声を消去してしまうこともできる」[51]。つまり「音抜き」とは人間と人間との、あるいは人間と世界との間の交信・応信・レスポンス・コミュニケーションを「抜く」ことである。主人公は語る。「耳が痛くなってしまいそうなほどの

(51)『世界の終り……』上、六二頁。

静寂があたりを覆った。暗黒の中に突然出現した静寂はどのような不快で不気味な音にもまして不吉だった。音に対しては、それがどのような音であれ、我々は相対的な立場を保つことができる。しかし沈黙はゼロであり、無である。それは我々をとりかこみながら、しかもそれは存在しないのだ(52)」。

『羊をめぐる冒険』では、主人公と共に羊を探す冒険に出かける女は「非現実的なまでに美しい耳」をもった女として登場する。彼女は一二歳のときに耳を「殺してしまった」女である。つまり、耳を閉鎖してしまった女として登場する。彼女は主人公に対してだけその耳の閉鎖を解く気になったようなのだが、主人公はそのことを受け止めかねている。冒険を共にするはずの女は途中で主人公を置いて帰還してしまう。物語はその後日譚を決して書こうとせず、終わってしまう。

しかし、『世界の終り……』は「音抜きの世界」からの主人公の脱出を、またこの脱出を共にする図書館の職員の女——それは『羊をめぐる冒険』の美しい耳をもった女の再来である——を描く。主人公は自分の影と別れてすら、この女と「街」の際《きわ》のまだ影が絶滅していない「森」のなかにとどまることを決断する。そうすることで運命として与えられた自分の世界のただなかでの脱出を、つまり自分の世界を——その外に出るのではなく——別様に生きることを果たそうとする。

『世界の終り……』が、まずこういう《物語》の屋台骨を造ったのだ。

僕はここで第2章に移りたい。

というのも、この屋台骨の構築は、僕の見るところ、ニーチェのパースペクティヴ主義といわれるものとの村上の——対話に支えられた——対決の所産という性格をもつか

(52)『世界の終り……』下、四一頁。

らだ。この事情を深く知ることは、村上の追求する《物語》の性格をいっそう深く理解することへとつながってゆく。

第2章

《閉じ込められた私》をいかに開くか

村上文学における運命という主題

「運命っていうのは、絶えまなく進行方向を変える局地的な砂嵐に似ている。」
「予言は暗い秘密の水のようにいつもそこにある。」
「君の心は長い雨で増水した大きな河に似ている。」

素晴らしい！　村上春樹の文学の大きな魅力の一つ、それはメタファーによって事を語る詩人的才能の輝きだ。文章が絵画的ないし映像的な力にあふれていることは彼の比類なき特質だが、それはたんに彼の作家的特質というだけでなく、彼の文学の方法そのものから生まれてくる彼の修練のたまものである。

右の三つのフレーズは『海辺のカフカ』のいわば幕開きの言葉だ。文庫本で始まって一〇頁目。主人公・田村カフカ少年の自己意識の半身、自己と対話するもう一人の自己たる「カラスと呼ばれる少年」が、少年にこう暗示するようにいう。

ある場合には運命っていうのは、絶えまなく進行方向を変える局地的な砂嵐に似ている。君はそれを避けようと足どりを変える。そうすると、嵐も君にあわせるように足どりを変える。……（略）……なぜかといえば、その嵐はどこか遠くからやってきた無関係ななにかじゃないからだ。そいつはつまり、君自身のことなんだ。君の中にあるなにかなんだ。[1]

僕は既に「序にかえて」で、「予言は暗い秘密の水のようにいつもそこにある」と始まる二番目のフレーズがどんなに気に入ったかを述べた。

だが、これらのフレーズは村上文学の方法＝形式の典型的呈示であるだけではない。それは主題＝内容のそれでもあるのだ。

運命。実にそれは彼の文学の主題である。

いましがた右に引用した一節は実はさらにこう続く。「だから君にできることといえば、あきらめてその嵐の中にまっすぐ足を踏みいれ、砂が入らないように目と耳をしっかりふさぎ、一歩一歩とおり抜けていくことだけだ[2]」と。運命という砂嵐から君は逃れられない以上、君がそのただなかにまっすぐに足を踏み入れることが、この砂嵐を耐え、ついにはそこから抜け出す唯一の道として残されている。このメッセージは同時に『海辺のカフカ』の小説の進展の構造を予言するものだ。そのような道行を描き出すことがこの小説の進行なのだ。

運命。それは村上文学にとって外からまったくの偶然事《アクシデント》として主人公のもとにやってきて、以後彼を捕縛してしまう出来事ではない。交通事故のようなものではない。まさに「どこか遠くからやってきた無関係ななにか」ではなくて「君自身のことなんだ」と

（1）『海辺のカフカ』上、一〇頁。

（2）同前、一〇頁。

あったように。運命は主人公の内側から彼自身としてやってくる。

もう一つ例を引こう。

『ねじまき鳥……』から。「**運命**は獣医の宿業の病だった。彼はまだ小さな子供のころから『自分という人間は結局のところ何かの外部の力によって定められて生きているのだ』という、奇妙なほど明確な思いを抱いていた。……（略）……しかし成長するにつれて、彼はその顔のあざを、切り離すことのできない自分の一部として、『受け入れなくてはならないもの』として静かに受け入れる方法を少しずつ覚えていった。そのことも彼の運命に対する宿命的諦観を形作った要因のひとつであったかもしれない」(3)（太字、村上、傍点、引用者）。

いずれ僕はこの獣医のことについても述べる機会をもつだろう。運命を運命の内側から切り開くには他者との絆が不可欠だという問題にかかわって。

このような内的な運命のヴィジョンを最初に決定的な仕方で打ち出したのは『世界の終り……』である。既に、前章において記憶とその《影》というテーマにかかわらせて紹介した一節だが、もう一度引用したい。運命とそれがもたらす幽閉というテーマの下に。

> ジュリアン・ソレルの場合、その欠点は十五歳までに決定されてしまったようで、……（略）……十五歳にしてすべての人生の要因が固定されてしまうというのは、……（略）……自らを強固な監獄に押しこめるのと同じことなのだ。壁に囲まれた世界にとじこもったまま、彼は破滅へと進みつづけるのだ。……（略）……壁だ。

（3）『ねじまき鳥……』第3部、三一八頁。

その世界は壁に囲まれているのだ[4]（傍点、引用者）。

運命とは、主人公の内側からやってきて彼を繭のように包み、あるいは壁のように囲う幽閉性である。そうしたものとして彼自身である。

このテーマは『１Ｑ８４』では《記憶》が主人公の内面を呪縛し、彼（あるいは彼女）の人生の視界をあらかじめ限界づけ固定してしまうという問題として現れる。まさに、前章で問題にした《記憶》と《物語》の関係性にかかわるテーマとなって現れるのだ。

前章で僕は『１Ｑ８４』の一方の主人公である天吾の「物語」論を取り上げた。その天吾にあって《記憶》はまず彼を或る定められた人生の軌道、運命の軌道のなかに幽閉する作用を発揮するものとして登場する。運命の重圧性とは、この小説では或る特権的な記憶の支配圏から彼の魂が脱しえないという問題として展開する。『１Ｑ８４』の「天吾」ワールドの最初の章の書き出しは天吾の一歳半のときの記憶から始まる。それは、父ではない男に乳首を吸わせている母親のしどけない姿の記憶であり、この記憶は天吾に執拗にまといつく。その事情についてはこう語られる。「この記憶はお前という人間を規定し、人生をかたちづくり、お前をある決められた場所に送り込もうとしている。どのようにあがこうと、お前がこの力から逃れることはできない[5]」と。

しかし、急いで付け加えなければならない。『１Ｑ８４』において記憶はそうした幽閉化の機能・呪縛力として現れるだけではない。記憶は呪縛を解き、視界を開き、主人公をして自分を他者に開かせ結合させる力としても登場する。『世界の終り……』のあ

（4）『世界の終り……』上、二七七頁。

（5）『1Q84』1、四九二頁。

の壁のメタファーに関連づければ、まさに壁に脱出口を穿つ力としても問題となる。

『1Q84』の他方の主人公である青豆を見てみよう。青豆は、行きずりの男とのセックスの果てにレイプされ殺害された中野あゆみ——彼女はほとんど青豆の分身である——と自分を比べ、こう考える。自分があゆみとちがって、彼女ほどの荒淫の欲望に占拠されてしまわない理由は、自分のなかに保持され続けてきた小学校時代に天吾と取り交わした愛の記憶にある、と。「天吾に対する想いが私からもぎ取られることはない。それが私とあゆみとのいちばん大きな違いだ、と青豆は思う。私という存在の核心にあるのは無ではない。荒れ果てた潤いのない場所でもない。私という存在の中心にあるのは愛だ。私は変わることなく天吾という十歳の少年のことを想い続ける」[6]（傍点、村上）。

小説の進行は、天吾もまたこの青豆との記憶を回復することによって、最初彼の意識に呪いのように貼りついていた母にまつわるくだんの記憶から解放されることを示す。前者の記憶は運命を支配する座から退けられる。その代わりに、新たな人生の軌道を照らすシグナルとして青豆との愛の記憶がその座に就く。物語が終わりにさしかかる頃、天吾は小学生時代の青豆との出会いを鮮明に思い出す。二人して見た月の記憶を甦らせることで、彼もまた青豆と同様、夜空に二つの月を見るに至る。以前は、天吾のなかで青豆と一緒に仰いだ記憶の月は「純粋な孤独と静謐」[7]のシンボルであった。いまやそれは二つの月、一対の月となることで、彼にとって「相変わらず寡黙」ではあるが、「しかしもう孤独ではない」[8]ということのシンボルに変換される。BOOK2のラストは、父の死のベッドに別れを告げ、独り東京に列車で帰る天吾が、この「月の二つある世

(6)『1Q84』2、一一三頁。

(7) 同前、三九二頁。

(8) 同前、三九五頁。

界」を自分の世界として生きてゆく決意の言葉で結ばれる。「たとえ何が待ち受けていようと、彼はこの月の二つある世界を生き延び、歩むべき道を見いだしていくだろう。この温もりを忘れさえしなければ、この心を失いさえしなければ」[9]と。

かくて『1Q84』においては、記憶は人間を彼の悪しき運命に幽閉する力でもあるし、またその運命から彼が脱出し、人生の別な軌道を手にする梃子ともなるものとして問題にされる。悪しき意味でも善き意味でも、それは――ここでニーチェの言葉を借りれば――その人間の「花崗岩のような精神的運命」である。ニーチェはこういった。「すべて主要な問題にのぞんでは、『私はこういうものだ』という厳として変えがたいものが言葉を発する」[10]と。あるいはそれは、『羊をめぐる冒険』以来の村上のテーマである己の実存を蝕む非現実性の苦悩から主人公を救済する唯一なる力である。主人公の実存に他者あるいは世界の現実性を引き寄せ、結集させ、それらをいわば彼の存在の果肉と変え、そうすることによってまた個人の存在を非現実性から現実性へと取り返してゆく力の源泉、存在の核・「かなめ石」をなすものである。

僕は指摘しておきたい。まさにこの問題位置に《記憶》が就くのは『世界の終り……』からであって、『羊をめぐる冒険』ではまだ全然そうではない、と。後者にあっては、記憶は自己という存在が非現実化してゆくことの象徴として語られる。記憶とは、新しく誕生した細胞に押しのけられ、剝離し、干からびて、形を失い、名前を失い、捨てられ、塵のように消えてゆく古い細胞のごときものでしかない。主人公は彼のもとを去っていった妻についてこう述べることができるだけだ。「僕が今彼女について知っているのは、彼女についてのただの記憶にすぎない。そしてその記憶はうらぶれた

(9) 同前、五〇一頁。

(10) ニーチェ『善悪の彼岸、道徳の系譜』二四六頁。

細胞みたいにどんどん遠ざかっていくのだ。そして僕には彼女と行ったセックスの正確な回数さえわからない」(11)と。

『世界の終り……』において村上文学は実に重要な跳躍を実現したのだ。一言でいうなら、《運命—記憶—物語》の三者関係は彼のもとでいわば打って一丸となって《幽閉とそこからの脱出の物語》という主題を樹立せしめたのだ。

この点で、多くの読者はあまりにも唐突と感じるだろうが、僕はこう主張したい。このテーマ樹立にあたって、おそらく村上はニーチェとの対決、なかんずくニーチェの「パースペクティヴ主義」と呼ばれる思想との対決を必須のものにしたいにちがいない、と。

だが、僕がこういえば、村上愛読者はこういうにちがいない。なんという独断! いかなる証拠もなき独断! と。事実、そのようなニーチェとの関係を語る証言は村上の発言のなかにも、彼の書いたもののなかにも、ついぞ見つからないのだから。

だが、僕はそう見当をつけている。

ニーチェのパースペクティヴ主義の問題構造

たとえばここに、自分がかつて小学校でひどいイジメにあった経験を回想する或る大学生の手記の一節がある。「その経験は後遺症のようなものに姿を変えていきます。まるで人の言ってることが信用できなくなるのです。他人の発言や行動を悪い風に受け止め、人との交流を極力避ける、この悪循環で、さらに自分自身を暗夜のなかに葬り去っ

(11)『羊をめぐる冒険』下、二一七頁。

ていく、これの繰り返し。……僕は後に軽いノイローゼにかかりました。誰も信用できない人生、これほど辛い人生はないです」(12)。

イジメという出来事があった。この出来事はいまではこの学生にとって自分という小さな存在に、しかし、貼りついてしまった《宿命・運命》のように感じられる。というのも、それは「後遺症のようなものに姿を変え」、彼につきまとい、他者を恐怖して他者との交流を避けるがゆえに、いっそうますます他者を恐怖しなければならなくなる「悪循環」のなかに、彼を閉じ込めてしまう原因となったからだ。その出来事は、彼が他者を見るときの《地平線》、座標軸、あるいはメガネ、アンテナ装置となった。「他人の発言や行動」はもはやそのままには受け取られなくなった。たとえば、彼の後ろの席から聞こえてきた笑い声や向こうに見える談笑する級友の姿は、自分を嘲笑する笑いではないかとの強い不安を彼のなかに引き起こした。するとその瞬間から、彼の耳や目はその笑いのなかに嘲笑の調子や目配せやあてこすりを語る密かな言葉の断片を探し回ることへと勝手に動き出し、実際それをキャッチし、案の定というようにそれを彼に送り返した。皮肉な言い方をすれば、彼はそこに「自分の聞きたいものだけを聞き、見たいものだけを見た」ともいえる。裏返しにいえば、彼は「聞けども聞こえず、見れども見えず」の状態のなかに置かれた。その笑い声がもっていたかもしれない朗らかな調子や談笑の温もり、晴れやかな活気などといったものはキャッチされず、ただただ彼への嘲笑と悪意だけを彼は聞き、見た。彼の使用する《地平線》、座標軸、あるいはメガネ、アンテナ装置は、裏切り・嘲笑・悪意などの要素だけをキャッチし、増幅し、ズームアップした。信頼、友情、愛、談笑、善意などの要素はほとんど信じるに値しないものと

(12) 拙著『創造の生へ――小さいけれど別な空間を創る』はるか書房、二〇〇七年、一八頁に載せた一節を再度引用した。

して看過し、視野のなかに取り込むことはなかった。それらの要素はつねに彼の視界からはフェイドアウトしてゆくのであった。こぼれ落ちてしまうのであった。それが、彼が他者や世界を見るときのパースペクティヴ・遠近法であった。自分は他者から嫌われる存在であり、かつ他者はその表面に見せている姿の背後で実は自分を嫌悪し嘲笑しているという観念は、彼の固定観念・強迫観念となった。先入見となった。つまり彼の《地平線》となった。かくて彼は他者の言葉と行動を「悪い風に受け止める」ことしかできなくなった。また他者との接触は必ずそういう成り行きに自分を押しやると考えたから、彼は他者との交流から自分を遠ざけた。《世界》の相貌はますます黒ずんだものとなるほかなかった。光度は押し下げられ、闇や影だけが増幅されたのである。彼はこの成り行き・「悪循環」から《脱走・脱出》することはできなかった。

では、もう本当に彼はこの悪循環から脱走することはできないのか？

この学生は先の一節をこう続けていた。

「しかしぼくは少しずつだけれどわかりかけてきた気がします。やはり、人間という生物は独りでは生きていけない。人に受け入れてもらえない、人に認めてもらえない、人に愛されない、そして人を愛さない、嫌だ。僕は嫌だ。一時は、人を傷つけたり、憎んだり、人を無価値と判断することでしか自分にほんのわずかな心の平安を得ることができなかった。しかし、そんな体験をした人間にはその人間だけに与えられるものがあると僕は思っている。それは他の人よりも少しだけ、他の人の心の痛みをわかってあげられることができることだと思う[13]」と。

こういう問題を念頭にして、今度は次のニーチェの言葉を読んでみよう。

(13) 同前、一八頁。

それは、ニーチェのパースペクティヴ主義のエッセンスを表す一節、『曙光』の断片一一七番である。

> 刑務所の中で。——私の眼は、どれほど強かろうと弱かろうと、ほんのわずかしか遠くを見ない。しかもこのわずかのところで私は活動する。この地平線は私の身近な大きな宿命や小さな宿命であり、私はそこから脱走することはできない。どんな存在のまわりにも、中心点をもち、しかもこの存在に固有であるような、ひとつの同心円がある。同様に、耳がわれわれをひとつの小さな空間の中に閉じこめる。触覚も同じことである。刑務所の壁のようにわれわれの感覚がわれわれの一人一人を閉じこめるこの地平線に従って、われわれは今や世界を測定する。われわれは、これは近くあれは遠い、これは大きくあれは小さい、これは硬くあれは柔らかい、と呼ぶ。この測定をわれわれは感覚と呼ぶ(14)（傍点、引用者）。

ニーチェによれば、この各人それぞれが世界を「測定する」さいの独特のパースペクティヴ（遠近法）こそは「われわれのすべての判断と『認識』の基礎」である。いいかえれば、僕たちはみな一人ひとり自分の遠近法《パースペクティヴ》のなかに幽閉されている。だからニーチェは「刑務所の壁」のメタファーを使って問題を語ったのだ。かくてニーチェはこう結論する。今度は「蜘蛛の巣」のメタファーを使いながら。「現実の世界への逃走も、すりぬける道も、抜け道も、全くない！　われわれは自らの網の中にいるのだ、われわれ蜘蛛は。そしてわれわれがそこで何をつかまえようとも、まさしくわれわれの網でつか

(14)　ニーチェ、茅野良男訳『曙光』、ニーチェ全集7、ちくま学芸文庫、一三九～一四〇頁。なお僕は推測する。この一節のなかにある「耳がわれわれをひとつの小さな空間の中に閉じこめる」という箇所は、『羊をめぐる冒険』に登場する「非現実的なまでに耳の美しい女」と深く関係する、と。音を聴く耳は、村上文学にとって主人公たちが世界あるいは他者との関係に入るか否かの最重要の通路として特権的な地位を得ていると思われる。「美しい耳」は「聞けども聞こえず」の幽閉性を打ち破る力を備えた耳のメタファーであり、『羊をめぐる冒険』において、その女は「美しい耳」をもちながらも、それを「ふさいでいる」という「半身性」（＝欠如性）にとどまっている人物として登場してくる。

まえられるもの以外には、何もつかまえることができないのだ」[15]（傍点、引用者）と。

実にニーチェは稀代の逆説家である。ふつう僕たちは自分の眼・耳・舌・鼻・皮膚、五感を、世界や他者を感知するアンテナとみなしている。キャッチする装置、いいかえれば、自分を外へ開く装置だ、と。だが！　ニーチェがやってきて、こう告げるのだ。アンテナとは幽閉装置なのだ。君のアンテナは君を幽閉する装置だ。君はそれをもっているおかげで、あれが見えず、これが聞こえず、それが味わえず、これも嗅ぎとれず、それに触れることもできない！　と。

人間は、或るとき或る場所で或ることをきっかけとして、自己について或る決定的ともいえる経験をする。自分が何者であるかについての。この特別な意義をもつ自己経験から、自分にその後も取り憑いて離れぬものとなる感情や欲望が、あるいはその偏奇が誕生する。また、この自己経験からなのだ。その人間が自分を包む世界や出会う他人を見て取るときの特有の遠近法というものが生まれるのは。それはまさに運命によって与えられ、運命的な規定力を発揮する。かくてニーチェの半自伝的著作『この人を見よ』のなかにこう書かれる。「偉大な作家というものは、自分自身がそれであるその現実からのみ汲み取って書くものなのだ[16]」と。『ツァラトゥストラ』にはこうある。「われわれの体験とは、結局ただ自分自身を体験することなのだ[17]」と。

いうまでもなく自己経験は記憶となって保持される。あらゆる体験の底には或る決定的な意味を帯びることになった《記憶》が実は据えられているということになる。本書第1章で考察した村上文学における《記憶》の問題はまさにここに連結する。ここで『海辺のカフカ』からも、このテーマを語る或る登場人物の言葉を一つ引用しておこう。

(15)　同前、一四〇頁。
(16)　ニーチェ、川原栄峰訳『この人を見よ』、ニーチェ全集15、ちくま学芸文庫、五八頁。
(17)　ニーチェ『ツァラトゥストラ』下、一五頁。

「ほとんどすべてのものごとは忘れ去られていきます。あの大きな戦争のことも、取り返しのつかない人の生き死にのことも……（略）……しかしそれと同時に、どれだけの時間を経ようと、途中で何が起ころうと、決して忘却することのかなわないものがあります。すり減らない記憶があります。かなめ石のように自分の中に残るものがあります」[18]（傍点、引用者）。

僕は次のことも強調しておきたい。各自の自己経験と各自の遠近法《パースペクティヴ》との絆に視点を据えるこのニーチェの心理学的な認識論は、現実に対する夢の優位という思想と一つにつながってゆくということを[19]。

人間は自分は現実を認識していると思い込んでいる。だが、いかなる人間の現実認識も彼の自己経験のなんらかの投影というフィルター・色眼鏡をとおしてのものだ。つまり、人間にとって現実とはどんな場合にも自己経験が投影された「仮象」にすぎない。かかる仮象の最も極端な凝縮された形こそは、フロイトを待つまでもなく、各人がその睡眠中に見る夢だ。

とすれば、実は一切は夢＝仮象なのだ。或る独特な形に歪められ、自己経験が産み出す或る独特な幻想や過剰化した恐怖や怒りなどによって独特に夢化されたものとしてしか、そもそも現実認識は成立しない。まるで僕たちの姿を奇妙に歪ませ、或る部分だけを異常に増幅させたり縮小させたりして映す遊園地の面白鏡のなかの自分の姿のように、現実は特有の歪みを抱えた像としてしかその姿を僕たちに差し出さない。この事情は人間の生の事情そのものからくる。というのも、生、生きるとは、大なり小なり、その個人が自分の自己経験から由来する彼固有の情動の偏奇、その他人に比しての過剰な

（18）『海辺のカフカ』上、二〇三頁。

（19）参照、拙著『《想像的人間》としてのニーチェ』一九七～二〇五、二四〇～二四一頁、等。

り過少なりを生きることだから。ニーチェはいう。「一切の生は、仮象・術策・欺瞞・光学、遠近法と誤謬との必然性にもとづいている」[20]と。

ニーチェの『悦ばしき知識』の断片五四番には、こんな言葉が。「仮象とは、私にとって、働くもの生きているものそのものであり、それはその自己嘲弄のあげく、次のような感慨を私にいだかせるものである。つまり、ここには仮象と鬼火と幽霊踊りのほかには何もないのだ」[21]と。

もともとニーチェは自分を、「行為者」という人間類型に対置して、あらゆるものに対して一歩引いた懐疑の眼差しを向ける醒めた認識の追求者という意味の「認識者」とみなす。「行為者」のほうは自分を衝き動かす情動の真実さなり正当さを確信して、一直線に行為に突き進む人間の類型だ。この点では、ニーチェの視点からすれば、「行為者」ぐらい仮象・幻想に囚われている人間もないということになる。

しかし、右の一節のなかではニーチェは徹底している。あらゆる仮象への囚われに懐疑の眼差しを向ける「認識者」の自分すらが、実は「仮象」のなかで幽霊踊りを舞う一人であるという。「またこれらのすべて夢見る者のなかにあって『認識者』たる私自身も自分の踊りを舞うのだ、認識者は地上の踊りを長引かせる一手段であってその限り現存在の祭礼世話人の一人なのだ、一切の認識の崇高な帰結と連合は恐らくこの白日夢の普遍性とあらゆる夢想者相互の理解の汎通性を維持し、そうすることによってこそ夢の永続性を維持するための最上の手段であり、将来もそうであるだろう」[22]と。

「認識者」がその鋭利な知的な認識作業を遂行するときに依拠する根本的な枠組み——たとえば、時間や空間の意識、それに基づく因果連関の意識（すべての現象には必

(20) ニーチェ『悲劇の誕生』二一頁。

(21) ニーチェ、信太正三訳『悦ばしき知識』、ニーチェ全集8、ちくま学芸文庫、一二四頁。

(22) 同前、一二四頁。

ず原因があり、その原因の結果として起こる、という視点[23]――すら、「白日夢の普遍性とあらゆる夢想者相互の理解の汎通性」を維持するための手段でしかない。それ自体が仮象のいわばおおもとの生産装置であり、「夢の永続性を維持するための最上の手段」だ。ニーチェはそうまでいうのだ。

こうしてニーチェにあっては自己経験の運命主義と仮象のパースペクティヴ主義とは一体となる。この一体性は彼の思考の方向性を決定的に幽閉性のペシミズムへと向かわせる。右に見たとおり。

だからニーチェにいわせれば、厳密にいえば現実と夢の区別はつかない。しかも、夢化された現実を現実と思い込んでいる現実認識、自分の現実認識の帯びる独特な歪みについて無自覚なままの意識よりも、深層に隠された事柄についての認識が大手をふるって主人公として踊り出す睡眠中の「夢」、その夢が提出する認識像のほうがいっそう嘘がなく、いっそう正確に彼の根底にある自己経験の本質に彼を帰還させてくれるかもしれない。あるいはその夢に登場したさまざまな人物や出来事と彼とが結ぶ関係性の本質へと認識を導いてくれるかもしれない。秘密が語られ、真実が打ち明けられるのは夢のなかでのことなのだ！　こうして、どういう方面からいっても、人が「現実」と思い込んでいる現実像よりも、「夢」と自覚された夢のほうが認識論的価値は大である。

実にニーチェはこうした視点をフロイトに先立って決定的な形で提出した稀有な哲学者なのだ。そこにいまも枯渇することのない彼の現代性《アクチュアリティ》があり、彼の哲学はまさに「文学の哲学」たる名誉を保持する。

このニーチェのパースペクティヴ主義は、そっくりそのまま村上の文学思想の土台に

(23) これらの認識の根本枠組みを、先験的な普遍性をもつ理性的＝合理的な認識枠組みだと主張した著作が、かのカントの『純粋理性批判』である。ニーチェはそれすらを夢的なものへとひっくり返すわけである。

持ち込まれたのではないか？　インタビュー集『夢を見るために……』にこうある。「小説を書く利点は、目覚めながら夢を見られるということにあります[24]」、「フィクションを書くのは、夢を見るのと同じです[25]」。「夢を見るために毎朝僕は目覚めるのです[26]」という村上の言葉はタイトルに採用されたほどだ。つまり、村上にとって創作とは二重の意味で夢の叙述なのだ。その奇想天外なシュールな面白さ、想像力の遊戯、非現実性という意味において小説は夢に等しい。しかし同時にまた、そうしたフィクショナルな性格こそがむしろ人間たちの隠しもつ或る秘密・真実・生の深層と真相を打ち明けるための仕掛けとなるという意味でも、小説は夢と等しい。この村上の観点はそのままニーチェの観点に直結するものではないか？

本書の第1章で僕は『羊をめぐる冒険』での「いとみみず宇宙とは何か」宣言を取り上げ、さらにそれを『海辺のカフカ』で大島がいう「相互メタファー」の議論に結びつけた。ニーチェのパースペクティヴ主義の基本構造を見たいま、僕がこう主張しても読者はそれほど奇異に思うことはないはずだ。――まさに「いとみみず宇宙とは何か」宣言も大島のいう「相互メタファー」の関係性も、ニーチェのパースペクティヴ主義と同一の観点を示すものにほかならない、と。さらに僕は読者に、第1章を振り返って次のことを確認するようお願いしたい。本節の冒頭でニーチェのパースペクティヴ主義の核心を簡潔に語るものとして引用紹介した『曙光』・断片一一七番のアフォリズム、そのなかの「刑務所の壁」と「蜘蛛の巣」のメタファーが、前者は村上の『世界の終り……』での「街」あるいは「壁」のメタファーとして、後者は『海辺のカフカ』のなかの暗い森をさまよう田村カフカ少年が大島の「相互メタファー」という視点を思い出し

(24)『夢を見るために……』二一二頁。
(25)同前、三四五頁。
(26)同前、一五七頁。

ながら自分を振り返る言葉のなかに、いわば《引用》されていることを。

しかし、同時に僕たちは気づく。継承はそこまでだと。村上を駆動するニーチェ的問いは、その追求の果てに、彼をニーチェ批判へと反転させる。村上はニーチェとは反対に、この運命の与える仮象世界の幽閉性からの脱出可能性を問題にする。

つい先ほど僕は強調した。村上文学において《記憶》は主人公をして運命の幽閉性のうちへと呪縛する力である。だが、同時にまたこの幽閉を内側から内破し裂開せしめる力でもある。《記憶》の力はそうした両義性において捉えられている、と。

『世界の終り……』における《世界の完全性の逆説》

この《記憶》がもつ両義性への視点の淵源は『世界の終り……』にある。この小説のいわば世界ヴィジョンの本質をなす《世界の完全性の逆説》とでも呼ぶべき視点がそれだ。そしてこの逆説の視点こそは、僕の観点からすれば、ニーチェのパースペクティヴ主義との村上の対話が、その果てに彼をニーチェとの対決へと反転させるその成り行きの所産なのだ。

では、その《世界の完全性の逆説》とはいかなるものか？

『世界の終り……』は、「世界の終り」ワールドと「ハードボイルド・ワンダーランド」ワールドでそれぞれ繰り広げられる二つの物語のパラレル・ワールドとして展開する。既に触れたように、「世界の終り」ワールドの主人公「僕」が自分の影を捨てて住む世界《ワールド》が「街」だ。

ところで、この「街」は小説のなかで「世界の終り」であるといわれる。なぜそういう言い方がされるのか？《お前にとってはこの「街」以外の別な世界はない、お前の世界はこの「街」として自己完結している、この世界だけがお前の手にする唯一の世界、つまりお前の運命だ》といわんがためだ。それは通常の終末論的な意味での世界の終わり＝カタストローフをいうものではない。

とはいえ、この運命論的な世界ヴィジョンに関して真に重要な問題は、村上の設定する次の逆説にある。村上にとっては、運命として与えられた「街」という世界が、もし「世界の終り」であることによって隅々まで運命によって規定された完全な自己完結した一つの世界であるとしたら、この世界は、「完全」であるがゆえに、実は逆説的にも運命からの脱出――半ばのでしかないにしろ――の可能性を孕むのである。

世界の完全性と脱出可能性に関する主人公たちの逆説に満ちた思弁は、既にこの『世界の終り……』の開始部分、中間部分、終結部分にこの小説の主題を示唆するものとして暗示的に配置されている。小説のほとんど冒頭に「僕」の言葉としてまずこうある。「世界というのは実に様々な、はっきりといえば無限の可能性を含んで成立しているというのが私の考え方である。可能性の選択は世界を構成する個々人にある程度委ねられているはずだ。世界とは凝縮された可能性で作りあげられたコーヒー・テーブルなのだ[27]」。中間部に大佐の次の言葉。「ここは完全な街なのだ。完全というのは何もかもがあるということだ。しかしそれを有効に理解できなければ、そこには何もない。完全な無だ。そのことをよく覚えておきなさい[28]」。

小説の終結近く、「街」を語る「影」の言葉。「俺がこの街に必ず隠された出口がある

(27)『世界の終り……』上、一六頁。

(28)同前、一四七頁。

と思った」のが「確信になった」のは、「なぜならこの街は完全な街だからだ」と。続けてこういわれる。「完全さというものは必ずあらゆる可能性を含んでいるものなんだ。そういう意味ではここは街とさえもいえない。もっと流動的で総体的なものだ。あらゆる可能性を提示しながら絶えずその形を変え、そしてその完全性を維持している。つまりここは決して固定して完結した世界ではないんだ。動きながら完結している世界なんだ。だからもし俺が脱出口を望むなら、脱出口はあるんだよ。君には俺の言っていることがわかるかい？[29]」。

これに主人公の「僕」はこう答える。「僕もそのことに昨日気づいたばかりだ。ここは可能性の世界だってね。ここには何もかもがあるし、何もかもがない[30]」。

この点で「世界の終り」ワールドの結末は実に暗示的である。主人公ははじめ自分の「影」と密かに再会し、共謀し、二人して「街」という幽閉世界からの脱出を企てる。しかし、最後に彼はこの脱出計画を放棄し、図書館の職員である娘と共に「街」の脇の、そしてそこではまだ住人たちが影を失わないでいる「森」にとどまることを決意する。森にとどまることは、「街」を出ないことであるとともに「街」を出ることでもある。

あるいはこういう言い方もできる。「街」を出ることはそもそも不可能なのである。というのも、その「街」こそ運命であり、「完結した世界」として「世界の終り」だからだ。だから「街」を出るという選択はありえない。しかし、である。ここが肝心な点だ。「街」を別な仕方で生きることは可能なのである。「街」の際《きわ》の「森」に暮らすとは、この別様に生きるという展望《パースペクティヴ》のメタファーなのだ。

(29)『世界の終り……』下、三二〇頁。
(30) 同前、三二〇頁。

先に引用した大佐の言葉にこうあった。「完全というのは何もかもがあるということだ。しかしそれを有効に理解できなければ、そこには何もない。完全な無だ」と。「有効に理解」するとは、実は、それしかないと見えた自己完結性＝完全性がそこからの脱出可能性を孕むほどに完全だということを理解するということであった。幽閉性の物語はこの逆説を梃子に脱出の物語へと変換される。しかし、この脱出とは、いましがた述べたように「街」を捨て、「街」の完璧な外部へと脱出するということではない。「街」をいわばその内部に向けて脱出することである。「街」を別様に生きるという意味の脱出である。

運命を逃れることではなく、別様に生きること
――『世界の終り……』から『1Q84』へ

村上の《ニーチェ的四部作》はみなパラレル・ワールド構成をとる。ところで『1Q84』には、このパラレル・ワールドという世界把握の方法をめぐって、青豆とカルト教団「さきがけ」の教祖たるリーダーが興味深い会話を交わすシーンがある。そこではリーダーがこう強調するのだ。「1984年」ワールドと、青豆がふとした拍子に高速道路に備えつけられた階段を降り下って入り込んだ「1Q84年」ワールドとは、いわゆるパラレル・ワールドの関係にあるのではない、と。現実そのものはあくまで一つだ、と。そもそも、青豆が高速道路の途中でタクシーを降り地上に降りる階段に向かうとき、実は彼女を「1Q84年」ワールドへと導く役を果たすこのタク

シーの運転手は謎めいた忠告を彼女に与える。「**見かけにだまされないように。現実というのは常にひとつきりです**[31]」（太字、村上）と。そういう物語的仕掛けが『1Q84』には施される。

この『1Q84』が押し出す問題は、実は既に『世界の終り……』のなかに孕まれている。脱出とは、幽閉の「街」の完璧な外部としての別な世界へと脱出することではなかった。繰り返しいえば、いわば幽閉の「街」を内部に向けて脱出することであり、言葉を換えていえば、それを別様に生きるということであった。そして、別様に生きる可能性は「街」そのもののなかに内蔵されているのであった。

『1Q84』でいえば、「1984年」ワールドと「1Q84年」ワールドとのパラレル構造は、いわば転轍的な構造として打ち出される。両者は並置関係にあるのではない。後者は前者の転轍として生じるのだ。この『1Q84』の転轍的な世界ヴィジョンに関して僕はこういいたい。それは、『世界の終り……』の《世界の完全性の逆説》という世界ヴィジョンが『1Q84』で《記憶》の「時間性」論と「合わせ鏡」構造論に媒介されることで形態変化を起こすことによってもたらされる、と。

右の事情が『1Q84』ではどう展開するのか、それをちょっと掘り下げてみよう。

『1Q84』にこうある。「脳という器官のそのような飛躍的な拡大によって、人間が獲得できたのは、時間と空間と可能性の観念である[32]」と。ここでまず問題となるのは時間性、つまり時間に対して個人が抱く遠近法《パースペクティヴ》である。

その時間遠近法は、その個人が自分の人生に生じた出来事の何をどのように意義づけるかによって構成される。或る出来事が人生の決定的な出来事として記憶されるなら

(31)『1Q84』1、二七頁。

(32) 同前、四九〇頁。

ば、その記憶が軸になってその個人の過去と現在と未来の遠近法が定められる。善き意味（たとえば、青豆にとっての天吾との愛の記憶）でも、悪しき意味（たとえば、天吾にとっての自分を捨てた母の記憶）でも。その場合、その出来事の過去性は同時に現在的である。つまりそれは現在的な過去性である。それは過去でありながら、同時に「いま、ここ」での彼の人生の方向性を規定する力として現存しているからだ。だからまたその過去は、彼の未来に向けた展望のとり方を左右する未来的な過去でもある。こういう問題連関について明確な哲学的な認識・主題化をおこなったのはハイデガーの『存在と時間』である。周知のことながら。

人間にあっては時間がそのように個人独特な時間性・時間遠近法において生きられるということは、別な言い方をすれば、人間は自分の人生の孕む可能性についての意識に基づいて時間性を構成するということだ。何が記憶され、何が忘却されるのか、あるいは忘却されたと見せかけながら何が執拗に記憶として持続するか等の問題は、その個人がいかなる可能性に自己の人生を賭けようとしているかという問題と暗黙のうちに相関している。これまで十分に意義評価しなかった或る別の可能性の発見と、それに賭けようとする別な「仮説」創造、いいかえれば、或る別な人生ヴィジョンの獲得、それはこれまでとは異なった別の時間性・時間遠近法の創造である。

この点でいえば、そうした時間性の変容が記憶軸の変容としていかに主人公のなかに生じるか、それを物語ることこそが『1Q84』の物語構造だ。そして、『1Q84』ではこの変容のプロセスは「ひとつの記憶とその反対側の記憶との果てしない闘い[33]」として提示される。つまり、何度も取り上げてきた記憶の「合わせ鏡」構造が産み出す葛

(33) 同前、五二五頁。

藤劇として。

『1Q84』に即して右の問題の展開をちょっと見てみよう。小説では、右の観点は青豆の親しき友となる女警官中野あゆみ（実は青豆の影的分身でもある）の言葉として登場する。あゆみは幼年期に兄や叔父に性的ないたずらをされたトラウマについて語るなかで、自分にはそのトラウマ的記憶はいまも自分を規定する力として疼いているが、他方兄や叔父にあってはいたずらした記憶としてすら残らず既に消滅しているだろうと述べる。そして、この記憶と忘却との関係性を指して先のようにいうのだ。「やった方は適当な理屈をつけて行為を合理化できるし、忘れてもしまえる。……（略）……でもやられた方は忘れられない。……（略）……世界というのはね、青豆さん、ひとつの記憶とその反対側の記憶との果てしない闘いなんだよ[34]」と。

しかし、ここで重要なことは、この「ひとつの記憶とその反対側の記憶との果てしない闘い」にはもう一つのパターンがあるということなのだ。そのことは次第に小説の進行とともに明らかにされる。あゆみにそういわれて、青豆は「たしかに」と答えつつ、軽く顔をしかめながら、もう一度この言葉を反芻する。その青豆の反芻がもう一つのパターンの存在を暗示する。

青豆がカルト教団「証人会」によって「損なわれた」幼年期を生きた少女であり、それゆえにまた少女時代通学した学校でもいじめられ、まったく孤独な生を送らざるをえなかったという記憶には、その唯一の「反対側」の記憶として天吾によって少女時代「護られた」という愛の切なく仄かな記憶が貼りついている。つまり、この場合には人生への絶望を強いる絶対孤独の記憶に「合わせ鏡[35]」のように、ちょうどその「反対側」

(34) 同前、五二五頁。

(35) 『1Q84』2、二七九頁。「ものごとはすべて合わせ鏡になっている」とはリーダーの言葉である。なお『アンダーグラウンド』の後書き「目じるしのない悪夢」のなかに、この言葉がこう出てくる。「『こちら側』＝一般市民の論理とシステムと、『あちら側』＝オウム真理教の論理とシステムとは、一種合わせ鏡的な像を共有していたのではないかと」（『アンダーグラウンド』（講談社文庫、七四四頁）。

に、か細い記憶であれ忘れがたい記憶として、誰からも拒絶され嫌悪された自分が或るただ一人の少年によって愛され護られたという記憶が貼りついている。それは、損なわれ見捨てられたという孤独の記憶、愛の「失われる」記憶と、護られ必要とされたという愛の記憶との闘争の一対性なのである。

既に触れたことだが、『1Q84』はその扉に、「ここは見世物の世界、何から何までつくりもの、でも私を信じてくれたならすべてが本物になる」という通俗的なラブソングの歌詞を置く。BOOK2第13章においてこの歌詞のもう一つのバージョンが示される。「君の愛がなければ、それはただの安物芝居に過ぎない」と。この歌詞の一節に寄せて、かの教祖リーダーは彼を暗殺にやってきた青豆にいう。「そう、1984年も1Q84年も、原理的には同じ成り立ちのものだ。君が世界を信じなければ、またそこに愛がなければ、すべてはまがい物に過ぎない。どちらの世界にあっても、どのような世界にあっても、仮説と事実とを隔てる線はおおかたの場合目には映らない。その線は心の目で見るしかない」[36]（傍点、引用者）と。

ここに出てくる「仮説」という言葉は、『世界の終り……』が《世界の完全性の逆説》の論理をとおして提起した「可能性」の視点を、『海辺のカフカ』が継承したとき生まれたものだ。たとえば、主人公の田村カフカ少年が自分の人間的回復ははたして可能か、その回復の根拠となるというべき〈母は実は自分を深く愛していた〉ということは本当に事実なのか、いいかえれば、「佐伯さんは僕のほんとうの母親なんだろうか？」と、少年の分身である「カラスと呼ばれる少年」に問いかけるとき、分身はこう答える。「有効な反証が見つからない仮説は、追究する価値のある仮説だ。そして今のとこ

(36) 同前、二七三頁。

ろ、それを追究する以外に君がやるべきことはない。君の手にはそれ以外の選択肢ってものがないんだよ[37]」と。つまり、あの『世界の終り……』のいう「可能性」がここでの「仮説」である。

さて、教祖リーダーは青豆の質問、１９８４年の世界と１Ｑ８４年の世界との関係は「パラレル・ワールドのようなもの？」との問いに、「いや、違う。ここはパラレル・ワールドなんかじゃない。あちらに１９８４年があって、こちらに枝分かれした１Ｑ８４年があり、それらが並列的に進行しているというようなことじゃないんだ。１９８４年はもうどこにも存在しない。君にとっても、私にとっても、今となっては時間といえばこの１Ｑ８４年のほかには存在しない[38]」（傍点、村上）と述べる。

つまり、一つの《世界》を一つの《世界》として成立させるのは、根源的な或る可能性＝仮説の選択なのである。繰り返せば、愛の記憶の「合わせ鏡」構造のどちらの半面を己の根源的可能性として選ぶか、愛の「失われる」記憶を軸に世界を生きるか、それとも愛の記憶の保持を軸に世界を生きるか、その実存的選択によって世界はその人間の《世界》として成立する。一方の選択は他方の選択の棄却であり、したがって二つの相反する《世界》が併存的に進行するということはない。あるのは、一方の《世界》から他方の《世界》への転轍、進行軌道の切り替えだけである。「ここではあくまで時間が問題なんだ。言うなれば線路のポイントがそこで切り替えられ、世界は１Ｑ８４年に変更された[39]」。そしてこの場合、愛の「失われる」記憶を軸に成立していた１９８４年から、その「合わせ鏡」構造のゆえの反転を可能にすることによって、１Ｑ８４年へ人生の進行を転轍することはあっても、その逆はない。そのことが『１Ｑ８４』の小説の時

(37) 『海辺のカフカ』下、三七九頁。

(38) 『１Ｑ８４』２、二七二頁。

(39) 同前、二七二頁。

間性構造となるのだ。「今となってはもう他に……（略）……選びようがない」はずの「私という乗り物《キャリア》」（前出）の軌道が、記憶というポイントが切り替えられることによって転轍する。つまり、１９８４年の世界における時間性が１Ｑ８４年世界のなかでのそれへと転轍される。

ここで僕たちは、かのニーチェの問いに投げ返される。運命の幽閉性を内側から切開する力としての「仮説」、あるいは運命の幽閉性を内側へと脱出せしめる力としての「仮説」、しかしまさに、それが「仮説」と自認されていることは、それすらも「仮象」の域を決して出るものではないということではないか？

当然、ニーチェはそう問い返すだろう。

では、村上春樹はこの反問にどう応えるのか？

メタファーではない、ソリッドで個別的な記憶

新たな「仮説」に賭けようとする天吾の言葉。

> でもやっとわかってきたんだ。彼女は概念でもないし、象徴でもないし、喩えでもない。温もりのある肉体と、動きのある魂を持った現実の存在なんだ。そしてその温もりや動きは、僕が見失ってはならないはずのものなんだ。そんな当たり前のことを理解するのに二十年もかかった[40]（傍点、引用者）。

(40) 同前、三五六頁。

この天吾の言葉といわば一対になっている言葉が『海辺のカフカ』にある。それはこの小説のほとんどラストシーンに現れる言葉だ。図書館の職員であり、田村カフカ少年の魂のガイドともいうべき大島が別れにさいして少年に語りかける言葉である。

世界はメタファーだ。……（略）……でもね、僕にとっても君にとっても、この図書館だけはなんのメタファーでもない。この図書館はどこまで行っても——この図書館だ。僕と君とのあいだで、それだけははっきりしておきたい。……（略）……とてもソリッドで、個別的で、とくべつな図書館だ。ほかのどんなものにも代用はできない[41]。

このラストシーンに向かう展開を少し遡ってみよう。小説の終結部近く、少年は彼の母とおぼしき「佐伯さん」の幽霊にこの「暗い森」のなかから元の人間の暮らしの世界に戻れといわれる[42]。彼はこういう。「僕が戻る世界なんてどこにもないんです。僕は生まれてこのかた、誰かにほんとうに愛されたり求められたりした覚えがありません。自分自身のほかに誰に頼ればいいのかもわかりません。あなたの言う『もとの生活』なんて、僕にとってはなんの意味もないものなんです[43]」（傍点、村上）と。

佐伯はいう。「私がそれを求めているのよ。あなたがそこにいることを」と。またこうもいう。「あなたに私のことを覚えていてほしいの。あなたさえ私のことを覚えていてくれれば、ほかのすべての人に忘れられたってかまわない[44]」と。

少年はこう問い直す。「記憶というのはそんなに大事なものなんですか？」と。佐伯

（41）『海辺のカフカ』下、五一三頁。
（42）自分を捨てたはずの母から、迷宮となった暗い森のごとき世界から出て元の人間界へ戻れと諭され、主人公がその帰還を果たすというモチーフは、『1Q84』でそのまま引き継がれる。BOOK3に至るや、天吾は彼を捨てた母の甦り、あるいはその霊の憑依した人物として設定された安達クミから「猫町」を出るように諭される（BOOK3、一八四～一八五頁）。
（43）『海辺のカフカ』下、四六六頁。
（44）同前、四六七頁。

は答える。「それは場合によってはなによりも大事なものになるのよ[45]」と。

さらに最後の章において、少年の魂のガイド役を務めた大島はこう述べる。

「大事な機会や可能性や、取りかえしのつかない感情。それが生きることのひとつの意味だ。でも僕らの頭の中には、たぶん頭の中だと思うんだけど、そういうものを記憶としてとどめておくための小さな部屋がある。きっとこの図書館の書架みたいな部屋だろう。そして僕らは自分の心の正確なありかを知るために、その部屋のための検索カードをつくりつづけなくてはならない。掃除をしたり、空気を入れ換えたり、花の水をかえたりすることも必要だ。言い換えるなら、君は永遠に君自身の図書館の中で生きていくことになる[46]」。

先に取り上げたラストシーンの大島の言葉は右の言葉の後に続くのである。

僕は前節でこう問いを出した。青豆や天吾を幽閉から脱出せしめる根拠となる愛の記憶も、この記憶が産み出す「仮説」的ヴィジョンも、ニーチェ的観点からすれば、それもまた「仮象」ということにならないだろうか？　と。この問いに村上ならどう応えるのだろうか？

この問題を考えるための一つの手がかりは、先に取り上げた大島の「この図書館だけはなんのメタファーでもない」という言葉にある。大島によれば、記憶は「生きることのひとつの意味」をなすものであり、「自分の正確なありかを知る」ためのかけがえのない手がかりとなるものである。「世界はメタファー」であって、それ自体の実体的な現実性を問うことが無意味な、各自の自己経験が投射されたニーチェ的な「仮象」であり、「夢」的なものであったとしても、ここで問題となっている記憶だけは「メタファ

(45) 同前、四六八頁。

(46) 同前、五一九～五二〇頁。

ー」ではない。

ここで問題となっている記憶とは、このラストシーンに流れ込んでいく前段の佐伯と少年とのやりとりが示すように愛の記憶である。愛する－愛されるという記憶は、村上文学にとっては、おそらく唯一それ自体の現実性を承認することが許されるリアルな記憶、生命《いのち》というそれ以上還元不可能な生のリアルに直に突き刺さる記憶なのである。「とてもソリッドで、個別的で、……（略）……ほかのどんなものにも代用はできない」もの、つまりは、一個のかけがえのない個人の実存のリアリティの根拠となるものなのだ。個人は、この記憶から出発して自分を創造し、またこの記憶へと回帰することをとおして自分の「正確なありか」を検証し、自分の現在の生のあり方が正しいものであるか否かを測る。それは生の出発点であると同時に回帰点でもあり、そこから出てそこへと戻る螺旋的なこの生の運動それ自体が、生に《意味》というものを創り出すというのだ。

仮にここで「アイデンティティ」という言葉を使えば、ここで問題となっている愛の記憶こそが個人の実存のアイデンティティを産み出す根拠となるものであり、それは個人の実存の非現実化に対立する契機として、個人に自分の実存のリアリティに対する確信を与えるものなのだ。（後の第3章で僕は次のことを示す。村上文学において実存の非現実化は『ねじまき鳥……』以降は実存の「空き家」化、つまり芯ないし核となるべき愛の記憶の流出・喪失として語られることになることを。）

個人が自己の実存（生命）のアイデンティティを、自分が演じ演じさせられる或る「役割」に自分を固着させることによって調達しようとするならば、あるいは、自分を衝き動かす或る情動の一方向をいっそう過剰化しそれに固着すること（自己劇化）で調達しようとするのであれば、そのようにして獲得されたアイデンティティは結局一つの虚妄であり、自己欺瞞を達成する最も大きな内的な手段にすぎない。その機能は、欲せられるアイデンティティの自己欺瞞的調達を可能にする仕掛け、つまり「仮象」のアイデンティティの製造装置として、まさにつねにメタフォリカルであるにちがいない。

だが、ここに提出される愛の記憶が根拠となって産み出される実存のアイデンティティは、そういった自己欺瞞をとおしての自己の仮象構築に対して、自分の「正確なありか」に基づく自己創造を個人の実存に許す根拠として考えられてくるものなのだ。

愛という介在者

『ねじまき鳥……』を振り返ってみよう。主人公の「僕」は猫好きの人物として登場する。そして、物語は彼ら二人の間から愛猫がいなくなってしまうことから始まる。クミコはその探索を「僕」に託す。だが、彼は探し当てることができない。物語の終結においてクミコは「僕」に書き送ったメールのなかでこう述懐する。「あの猫は私とあなたとのあいだに生じた善いしるしのようなものだった」[47]と。

「善いしるし」とは何のしるしなのか？

ここで僕たちは再び幽閉性とそこからの脱出というテーマに連れ戻される。クミコは小説の終結近くメールのなかで「僕」にこう告白する。兄ノボルによって自分の内部から引きずり出された「力」に自分が身を委ね、「〈駄目になった〉」のは運命の決定であ

（47）『ねじまき鳥……』第3部、五〇三頁。

ったと思える、と。「それは前もってどこかの真っ暗な部屋の中で、私とはかかわりなく誰かの手によって決定されたこと」だったのだ、と。しかし、クミコはこう続ける。「しかしあなたと知り合って結婚したとき、そこには新しい別の可能性があるように見えたのです。このままどこかの出口にうまくすっと抜けられるのではないかと私は思いました。でもそれはやはりただの幻影にすぎなかったようです。すべてにはしるしというものがあるし、だから私はあのときなんとかいなくなった私たちの猫を探しだそうとしていたのです[48]」と。

＊　なお、ここで急いでいっておきたい。次の第3章「反・《力》としての愛」で、僕はこのクミコの告白に暗示されている《力》の問題を論ずる。兄ノボルによってクミコの実存の暗部から引きずり出され、かつ彼女がそれに身を委ねることとなった《力》とは、僕の観点からすればニーチェの「力への意志」の概念がそれに最も似つかわしい種類の《力》なのだ。そしてなんらかの運命的事情から己の実存を非現実性に蝕まれて空虚化させられた人間は、この空虚によってこの《力》へのドアを開け、また空虚を補塡するものとしてのこの《力》に自分を身売りする。実は村上文学は『羊をめぐる冒険』以来この人間の事情にひたと焦点を当てて書かれてきた。

猫はこの生の「新しい別の可能性」、運命の与える幽閉性からの「出口」、脱出のメタファーであった。というのも、彼ら二人の間には「最初から何か親密で微妙なもの」・「神話のような機械のかみ合わせ[49]」があったからだ。おそらくそれは、かのプラトンの

(48)　同前、二六九頁。

(49)　『ねじまき鳥……』第2部、一九六頁。

『饗宴』で語られる、互いを自分の半身として求めあうエロス的関係性がもたらす「かみ合わせ」の応答性といえるだろう。この応答しあう力こそが自分に生の「新しい別の可能性」への脱出を約束してくれるように、クミコには思えた。

本章の最初の節「村上文学における運命という主題」で、運命という主題が『ねじまき鳥……』で確立する事情を象徴する箇所として、この小説に登場する或る獣医の言葉を僕は引いた。獣医は運命の力の重しを決して疑わない運命論者であった。しかし、「獣医は妻と娘を心から愛していた[50]」。この愛は運命論者である獣医にとっては「大きなパラドックスであり、どこまでいっても解消することのできない（と彼には感じられる）自己矛盾だった」と村上は書き添える。そう村上が書いたのは、僕の理解では、愛の経験には本質的に自ら選んで応答するという決断の契機が、サルトル風にいえば《自由》の契機が孕まれているからだ。愛とは、愛する相手に応答して、応答が要求する行為を、あるいは犠牲を自ら選ぶことにほかならない。だから愛において運命は自由に転化し、自由は運命に転化するといってよい。それで村上は次のように書いたのだ。「それは彼の人生に仕掛けられた巨大な罠みたいに思えた」と。

ところで、その妻と娘を失ったときの獣医のことを村上はこう描く。「獣医は今では何の介在もなく、彼の運命と二人きりになっていた[51]」と。

僕はここでニーチェの『ツァラトゥストラ』第一部「友人について」章を思い出す。その書き出しはこうであった。「わが身には、いつも余分に、一人の者が付きまとっている[52]」。その「一人の者」とはまさに村上の好むあの《影》、自己意識の半身、もう一人の我である。彼は孤独の内にひきこもった自己分裂者の内なる対話者だ。「いつも一か

(50)『ねじまき鳥……』第3部、三一九頁。

(51) 同前、三三〇頁。

(52) ニーチェ『ツァラトゥストラ』上、一〇一頁。

ける一は――それは長いあいだには二となるのだ」とは、なんともまた巧みな評言だろう！　己の運命と「二人きりになった」獣医にはまさに右のニーチェの評言がずばり的中しよう。ニーチェはいう。深い自己分裂に陥り、それに呪縛された者は自分を相手にした対話に「熱中しすぎる」(53)。いつしか一は二となっている。だが、この第二者はもう一人の自分にほかならない。アリ地獄的な沈降しかその先には待っていない。いやます孤独しか。その行く末は自殺でしかない。あるいは、あのA少年の「懲役一三年」が予言した運命、「魔物（自分）と闘うもの」は「その過程で自分自身も魔物となる」という運命しか。

ニーチェはこう続けている。「隠遁者にとって、友人はいつも第三者である。第三者は、二人の対話者が深みに沈みこむのを阻止するコルク製の浮子なのだ」(54)と。なんとまあ、見事な比喩だろう！

このような第三者、現実の他者であり、しかも彼が生きる自己分裂とそこから生まれる自己内対話の立会人となってくれる人間。この自己内対話を堂々めぐりの悪循環に沈めるのではなく、反対にそこから新たなる自己の創造の道を開き、そこへと彼を引っ張りあげ、「超人」というはるかに遠い先へと旅立たせてくれるきっかけとなる人間。それがツァラトゥストラ＝ニーチェにとって恋人にも勝る「友だち」という存在であった。

獣医にとって愛する妻と娘は、このかけがえのない「第三者」・「友だち」ではなかったのか？　獣医が己の運命という「深みに沈みこむのを阻止するコルク製の浮子」ではなかったのか？　自分の運命と「二人きりになる」ことは運命への投降・身投げをもた

(53) 同前、一〇一頁。

(54) 同前、一〇一頁。

らす。運命と自分との間に「介在」する人間がいるならば、その人間への応答の熱意とそれが生む行為が、経験が、運命を別様に生きる道を指し示し、そのことで運命からの脱出を彼に可能にするかもしれない。愛とはこの介在者の存在を示す「善いしるし」である。

　クミコがノボルによって引き出された運命の暗黒なる性欲動の《力》のただなかにあったとき、彼女はいかなる応答の責任感覚も夫たる「僕」に対して抱かなかった。だから彼女はその欲動の内部ではいかなる罪悪感も感じずに済んだ。しかし、究極においてクミコが欲していたのは夫たる「僕」との応答の絆であった。

「僕」はクミコにとっての唯一なる介在者である。その応答の絆を破壊した欲動の《力》性を、だから彼女は処断しようとする。「私はそれが正確に何であるのかを知りたいと思います。私はそれをどうしても知らなくてはならないと思うのです。そしてその根のようなものを探って、それを処断し、罰しなければならないと思うのです[55]」と、彼女は「僕」への手紙に書く。

　クミコの告白する夢は切ない。

「……そしてあなたは暗闇の中で私の姿を見のがして、そのまま前を通り過ぎてどこかに行ってしまうのです。いつも必ずそういう夢でした。でもその夢は私をずいぶん助けて励ましてくれました。少なくとも私には夢を見るだけの力は残っていたのですね。それは兄にも止められないことでした[56]」。

「僕」の言葉もこのさい引いておこう。

「君は僕にすべてを忘れてほしいと言う。……（略）……でもそれと同時に、君はこ

(55)『ねじまき鳥……』第2部、一九七頁。

(56) 同前、五〇一～五〇二頁。

の世界のどこかから僕に向かって助けを求めている。それはとても小さな遠い声だけれど、静かな夜には僕はその声をはっきりと聞き取ることができる。……（略）……たしかに一人の君は僕から遠ざかろうとしている。君がそうするにはたぶんそれだけの理由があるのだろう。でもその一方でもう一人の君は必死に僕に近づこうとしている。僕はそれを確信している[57]」。

こうして実は『ねじまき鳥……』は、クミコがかつての脱出の希望について下した言葉、「でもそれはやはりただの幻影にすぎなかったようです」という言葉を暗黙のうちに否認して終わる。「僕」は、延命装置の呼吸器の管を抜いて兄を死に導いたクミコが刑期を終えて出所するのを待つことを選ぶ。

幻影だったのかどうかの結論はまだ下されない。それは未決のまま保留されているのだ。

クミコの脇に立つ、立ち会う、それは「僕」の最終の態度決定である。

ほとんどそれは《愛》に等しい。あるいは逆にいって、《愛》とは村上において脇に立つ意志、あるいは立ち会う意志である。『ノルウェイの森』がそう描いたように。

僕は村上に賛成したい。愛はなるほど仮象に、自己投影に、相互メタファーにまみれている。最も凶暴なそれらの渦巻きだとさえいいうる。とはいえ、その根底、起源には、もうそれ以上メタファーに還元できない、それ自体のかけがえのない生命《いのち》の経験が、まさに自分の重大な内的欠損に直に触れてきてそれを補完する者に出会っているというかけがえのないエロスの直観が、一個の原石として置かれているのだ。村上風にいえば、「とてもソリッドで、個別的で、……（略）……ほかのどんなものにも代用はで

（57） 同前、二七一～二七二頁。

きない」ものとして。それは仮象性を突破する生の現実性の礎石・「かなめ石」のようなものとなるのだ。

より正確にいえば、こうではないだろうか？　人間が生の必然的かつ本質的に産み出す仮象を突破しきることはできないというのを認めることは、人間の生が仮象の内部に幽閉され続けるということを認めることではない。問題は突破できるかできないかという問いにあるのではなく、突破するという方向性・姿勢において生が産む仮象に対決し続けながら生を生きるか、いいかえれば、突破するという方向性においてつねに途上にある生の形を選ぶか、それとも、仮象のなかに安住するにせよ、あるいは逆に絶望して真っ逆さまに「仮象」のなかに身投げし終には死へと帰還するにせよ、そのような突破に向かう生の途上性を放棄するのかという問いにある。ここで『海辺のカフカ』で登場するかの「仮説」という言葉を持ち出せば、こういってもよい。「有効な反証が見つからない仮説は、追究する価値のある仮説だ」と。愛の記憶は少なくともそういう「仮説」である、と。

まさに愛の記憶は、それほどにすっぽりと仮象に包まれている記憶はほかにないように見えて、大島のいうように「とてもソリッドで、個別的で、……（略）……ほかのどんなものにも代用はできない」・「なんのメタファーでもない」記憶なのだ。愛の記憶のこのいわばアンビヴァレントな性格が、愛の記憶を、それを元手・手がかり・根拠とするならば、人間は仮象にくるまれた幽閉性から自分と他者の生の現実性の息づく場へと自分を裂開できるという「仮説」にまで高める。マルティン・ブーバー風にいえば、こうだ。「私－きみ」関係性が切り開こうとする互いの「現実」の共有化・相互参与へと、互いを相手に向けて裂開する繰り返しの可能性、それを担保するものが愛の記憶である、と。

　ここでブーバーの次の観点を引用しておきたい。

「きみと関係をむすぶものは、きみと『現実』を共にするものである。たんに自分のうちにはなく、さりとて、自分のそとにもない『現実』をきみと共に分かつのである。まことに現実とは、自分だけで所有することができないもの――必ず誰かと共に分かち合わなければならないもの――を指している。何であれ、相ともに分かち持たないところには、『現実』は見出せない。自分ひとりでものを所有するところに、現実は成立しない。その反対に、きみとのまじわりが、直接的なればなるほど、私ときみが分かち持つ現実は、いよいよ豊かになってゆくのである」(58)。

　愛とはこの「私－きみ」関係の最高形態である。あるいはそれへの切ない憧憬である。この観点を村上文学が一貫して主題にしているかのプラトン的エロスの関係性に関連づければ、こうではないか？　相手がその内面の核心に抱く生の切迫した現実とは、或る重要な何かを自分が欠如しており、この欠如によって自分の実存が或る非現実性によって蝕まれているという窮迫的現実である。この欠如的で窮迫的な現実へ参与し、それを分け持つことこそ、プラトン的なエロス性の目標であり、追求価値であり、意味である。そして、この参与こそが、相交わる二者の実存を非現実性の苦悩から現実性へと取り返す。

　だから愛の記憶とは、相互「半身」的な絆を結ぶ「きみ」に出会い、いま欠如しているがゆえに渇望している現実共有をかつて生きえた時間があったという、痛切な身に染

（58）マルティン・ブーバー、野口啓祐訳『孤独と愛――我と汝の問題』創文社、一九五八年、四五頁。

み入るエロス的記憶なのだ。そうであるなら、自己の存在を非現実化の過程から救出し、その現実性の回復を実現したいという切なる欲望にとっては、愛の記憶という「仮説」を「追究する以外に君がやるべきことはない。君の手にはそれ以外の選択肢ってものがないんだよ」（前出）ということになる。

実は人間の生の途上的性格を強調した哲学者こそニーチェであった。彼がこの途上性に与えたメタファーは「橋」であった。人間はこの岸から向こうの岸へと渡る「橋」の途上にある存在であった。「人間において偉大であるところのもの、それは、人間が一個の橋であって、目的ではないことである(59)」。

とはいえ、ニーチェにおいて人間が橋的存在であるのは、彼が人間に与えた、人間は「超人」へと到達すべきだとする遠近法《パースペクティヴ》のゆえにである。

村上において問題になっていることは「超人」への到達ではない。仮象のなかへの捕縛を相互に突破しうる、互いの生の現実性へのエロス的な相互参与である。

この目標はニーチェが決して掲げなかったものであり、だからまた彼がその意義を認めなかった目標である。

(59) ニーチェ『ツァラトゥストラ』上、一二六頁。

【補注】愛の観念をめぐって、ニーチェと村上春樹

愛という人間同士の関係をどう捉えるか、どういう問題として設定するか、この点をめぐってニーチェと村上春樹を対質させるならば、そこにどんな問題が浮かび上がるか？ ここで簡単に素描しておきたい。

ニーチェは『悦ばしき知識』断片一四番で、「すべて愛と呼ばれるもの」は「所有欲」に還元されると述べ、こう続けている。「所有への衝迫としての正体を最も明瞭にあらわすのは性愛である。愛する者は、じぶんの思い焦がれている人を無条件に独占しようと欲する。彼は相手の身も心をも支配する無条件の主権を得ようと欲する。彼は自分ひとりだけ愛されていることを願うし、また自分が相手の心のなかに最高のもの、最も好ましいものとして住みつき支配しようと望む」[60]と。続けて彼は、愛する者がいかに恋敵の死を願い、また愛する者にとって自分の性愛にかかわることのない世界はいかにどうでもよいものとなるかを縷々指摘したあとで、こう皮肉たっぷりに述べる。「われわれは全くのところ次のような事実に驚くしかない、——つまり性愛のこういう荒々しい所有欲と不正が、あらゆる時代におこったと同様に賛美され神聖視されている事実、また実に、ひとびとがこの性愛からエゴイズムの反対物とされる愛の概念を引き出した——愛とはおそらくエゴイズムの最も端的率直な表現である筈なのに——という事実に、である」[61]。

ニーチェはこの観点から、最晩年の著作『偶像の黄昏、反キリスト者』のなかでビゼーの『カルメン』を、愛と憎悪のアンビヴァレンツをかくまで鋭くかつ感動的に描ききったものはないと絶賛し、こう指摘する。『カルメン』は「運命としての、宿命としての、シニカルで、無邪気で、残酷な愛」[62]を描き出しており、そうした愛はまた「自然」を表す。かかる愛の自然性とは、言葉を換えていえば、愛は「その手段において戦いであり、その根底においては両性の死にものぐるいの憎悪である」[63]ということだ、と。ニーチェは、愛をそのように解釈する観点は「哲学者にふさわしい唯一の解釈」[64]だと述べ、かつそうした解釈をとる人間は稀だとして、愛に関する愛他的観念、つまり、愛はしばしば自分の利益を犠牲にしてまでも相手の利益を願うのだから、人間は「愛においては無我である」とする世間一般の理解——それは西洋社会においてはまさにキリスト教出自のものだ——を嘲笑している。彼によれば、この自己を犠牲にして相手に献身しようとする欲求の根底にあって

(60) ニーチェ『悦ばしき知識』七九～八〇頁。

(61) 同前、八〇頁。

(62) ニーチェ、原佑訳『偶像の黄昏、反キリスト者』、ニーチェ全集14、ちくま学芸文庫、二九一頁。

(63) 同前、二九一頁。

(64) 同前、二九二頁。

働いているのは、実はいっそう深く相手を所有しようとする欲望である。だから、どんな無私な情熱も、相手を所有できないことがはっきりするやいなや憎悪へと一変する。ニーチェはこう付け加える。「次の格言は神々のあいだでも人間のあいだでもその正しさをもっている――愛はすべての感情のうちで最も利己的であり、したがって、傷つけられるときには、最も寛大ではない(65)」と。

　愛とは愛する相手を絶対的に所有しようとする最も強烈な欲望であるがゆえに、他者という原理的に所有不可能な存在――なぜなら、相手は生きた自由なる他者なのだから――を所有しようとする不可能な課題を自分に与えることで、愛は結果として所有しえない相手への憎悪に転換せざるをえない（この観点においてもニーチェはフロイトの先行者である）。いうまでもなく、この問題は嫉妬という感情の核心である。おそらくニーチェは実に深く嫉妬に苦しんだ人間だからこそ、嫉妬という感情が人間にとってもつ恐るべき力を知悉していた人間であると思われる(66)。『ツァラトゥストラ』のなかに別な問題の文脈を担うものではあるが、次の言葉がある。「きみの諸徳のどれもが、いかに最高位を切望しているかを。どの徳も、きみの全精神を欲求し、それを自分の伝令にしようとするのだ。どの徳も、憤怒、憎悪、ならびに愛における、きみの全力を欲求するのだ。どの徳も他の徳を嫉妬しているが、嫉妬は或る恐ろしい事柄である。諸徳もまた嫉妬によって破滅することがありうる。嫉妬の炎に囲われるものは、ついには、サソリのように、毒を含んだ針を自分自身に向ける(67)」と。ここでの「徳」という言葉を「愛」という言葉に置き換えて右の一節を読んでみれば、それがそのまま先のニーチェの性愛論に移動することに人は気づくであろう。「嫉妬は或る恐ろしい事柄である」という右の文中の一節は実に印象的だ。

　ニーチェの議論を特徴づけるのは、彼が愛をめぐる問題をただひたすら「所有」という関係性の視点の下で捉え、「所有欲望」の問題としてだけ議論していることだ。つまり、彼

(65) 同前、二九二頁。

(66) これらの問題を夏目漱石の諸作品のなかに追跡する論文を、最近僕は「漱石とニーチェ」というタイトルのもとに書いた。参照されたし。所収、近畿大学文芸学部大学院紀要『渾沌』第六号。二〇一〇年。

(67) ニーチェ『ツァラトゥストラ』上、六七頁。

の観点は所有還元主義と特徴づけることができる。彼がこういう見地に立つに至る根底には彼の「力への意志」の思想が据えられている。本書第3章の「ニーチェの『力への意志』の問題構造」節や注(74)(一四三頁)で示すように、彼がそこで考えている「生の本質」をなす「力」とは、「支配欲や所有欲」というきわめて「男性原理」主義的な攻撃的性格の情動だけである。したがって、愛の情動も彼の下ではおよそ一切の母性愛的諸要素を失って、ひたすら他者の支配を目指す男性的な所有の欲望に還元されることになる。彼は『悲劇の誕生』のなかで「とりわけ性欲、陶酔、残酷という三つの要素」は、「人間の最古の祝祭の歓喜」に属しており、これらの要素こそ芸術を推進させる根元要素であり、「芸術と美への憧憬」は「性欲の恍惚への間接的憧憬(68)」であると論じる。ここで注目しておきたいのは、ニーチェにあっては性的快楽・恍惚は実に彼が祝祭の歓喜の他の二要素とした「陶酔、残酷」という要素と一体となっていることである。だから、彼は性欲を「乗馬」への愛に喩えてもいる。「性欲は、圧倒を、専有を欲するが、しかもそれは献身であるかのごとくみえる。根本においてそれは、おのれの『道具』への、おのれの『乗馬』への愛にすぎず、これこれのものは、それを利用することのできる者としてのおのれに所属しているという確信である(69)」(傍点、ニーチェ)。

つまり、ニーチェの視界には、本書が村上にかかわって論じた性愛の快楽の女性的形態――自他融解の溶出的快楽の追求――も、愛撫の快楽のもつ「優しさ」の性格も登場しないことはもちろん、村上が愛の核心として提出したプラトン的エロスの「魂の結託」がもたらす身心的な快楽も、実存「治療」的作用力も、ブーバーが基盤に据える問いかけ、つまり、そこでの関係性の根底が「私‐きみ」関係性なのか、「私‐それ」関係性(ひたすらに相手を自分の欲望・利害・認識の対象として遇するだけで、主体として尊重し受容するということのない、自己中心的な関係性)なのかという峻別的問いかけも、問題として全

(68) ニーチェ『悲劇の誕生』三一四～三一九頁。

(69) 同前、二八七～二八八頁。

然現れてこないのである。ブーバー的問いかけの視点からいえば、愛をめぐるニーチェの言説は徹底的に「私－それ」関係性の基盤に立つものであって、一度も「私－きみ」の相互主体的な双方的で相互受容的な関係性の基盤に立つことはない。

あるいはこういえる。愛の特有の苦悩は、「私－きみ」関係性をもっとも深く生きたいという欲望が、我知らず、もっとも凶暴な「私－それ」関係性に変質し、滑落することにある。しかし、この矛盾性がニーチェでは問題にならない。矛盾としてではなく、前者が後者に還元されるだけだ、と。

さて、ここであらためてニーチェと村上を対質させるならば、なんとも印象的なのは、両者それぞれが互いに相手が差し出す問題を視野からまったく排除していることである。

いましがた述べたように、ニーチェには、村上が愛の核心に持ち出したようなプラトン的エロスの関係性は全然問題となっていない。

しかしながら、僕の視点からいうと、だからといって村上に問題がないかというと、そうではない。村上には、ニーチェの所有還元主義が愛を考察するとき問題視野から追い出してしまった全部の問題があるといってよいが、しかしその反面、まさにニーチェが問題にした問題はほとんど欠落している。実はこの点は村上によって半ば気づかれているともいえる。ニーチェが愛の問題の核心として差し出した問題は愛と憎悪とのアンビヴァレンツの問題であり、その凝集点は嫉妬の問題であった。

この点で村上は興味深い発言をインタビュー集『夢を見るために……』でおこなっている。彼は「嫉妬の感情」を自分はあまり経験したことがないと述べ、こう続けている。「そのことをホームページで書いたら、『そんなの信じられない。リアリティーがない』ってメールがいっぱい来た。でも、僕にとっては嫉妬という感情がないという状況の方が自然だし、リアリティーがある」(70)と。

(70)『夢を見るために……』六五頁。

この発言は彼の作家的資質を考えるうえで重要である。事実、村上の描き出す愛の物語において、最初に見たニーチェの観点と真に渡りあう深さをもった考察は全然見いだせない。確かに、荒淫的性欲もレイプ欲望も、そのサド＝マゾヒスティックな「力への意志」的性格においては、まさにニーチェの提出する性愛欲望の所有還元主義的把握と呼応するものではある。

しかしながら、村上は愛の挫折が産む嫉妬、また愛を挫折させる嫉妬という問題局面において、いうならば、愛のプラトン的エロス的性格が自らをニーチェが問題とするような愛の所有主義にへし折るという問題は一度も書いたことがない。愛し合う二人のプラトン的なエロスの「つがい性」が問題となっているかぎり、そこにはまだニーチェが『カルメン』を絶賛するなかで提出したような愛の苦悶性は問題として登場しない。ニーチェ的な「力」に抗する《愛》というテーマ設定は、明らかにその内部に愛の挫折・嫉妬・そこからの解放といった問題を切実な人間の問題として内包しているはずだ。しかし、嫉妬に苦悶することなき村上の作家的資質は、この問題をテーマライズするには適さない。彼の下では、プラトン的エロスの「つがい」的二者の世界と、「暇つぶし」的セックスの友人的パートナーとの二者の世界が、平和に棲み分け的に併存している。この二つの世界のそれぞれが、その関係の持続を脅かす他者の出現によってニーチェ的な嫉妬の苦悩に引き裂かれ、愛と憎悪のアンビヴァレントな死闘のうちへと崩壊したり移動したりする物語、それは村上のよくするところではない。無いものねだりをしても無意味だという問題がそこにはある。

もっとも、こうした村上とニーチェとのすれ違い方のいわば完全さが、逆説的にも両者の間にある背中合わせ的な、いいかえれば、それこそ「合わせ鏡」的な対決性を実は暗示しているのかもしれない。むしろ問題は読者に投げ返されているというべきかもしれない。

第3章　反・《力》としての愛

『羊をめぐる冒険』と『1Q84』とのあいだ

処女作にはその作家のすべてが既に種子として孕まれているといわれる。あるいは、作家は彼の処女作に向けて自分を成長させていくのだ、と。おそらく、この格言は村上春樹の場合『羊をめぐる冒険』に対してこそ与えられねばならないだろう。村上がシュールリアリスティックな文体を創造するうえで、この作品をいかに自分の「出発点」とみなしているか、そのことは既に第1章で僕は紹介した。一人の独創的な作家における形式＝文体の創造は同時に内容（＝テーマ）の誕生でもある。両者は切り離しがたく統一している。『羊をめぐる冒険』は村上文学のテーマの創造においても出発点をなす。

『羊をめぐる冒険』とは、世界を破滅に持ち込む神秘的で邪悪な力をもった羊を探す冒険譚であった。この羊は或る種の人間に取りつき、彼らの存在をいわばハイジャックして自分の「宿主」と変えることで、彼らを自分の代理執行人《エージェント》、自分の意図を実現する「権力機構」[1]の指導者に変えようとする。その羊の意図とは、その「宿主」に変えられた「鼠」と呼ばれる男の言葉によれば、人間の世界に善悪の彼岸に立つ原初的生命エネ

（1）『羊をめぐる冒険』下、二二七頁。

ルギーの混沌的な《力》が渦巻く、「そこではあらゆる対立が一体化する」ところの「完全にアナーキーな観念の王国」[2]をもたらすことであった。この羊の正体を突きとめ殺害する冒険の旅に出かけるのは、それぞれの孤独から己の存在を非現実性によって蝕まれている男と女であり、二人は羊を求めて彼らと同様に非現実化しかけた《世界》のなかへと旅立つ。この非現実的な冒険旅行には一つの仄かな希望が匂う。もし羊探しと殺害を彼らが全うできたら、この二人の男女はこの冒険旅行を通じて自分の存在回復をはかることができるかもしれないとの。二人の間には、互いのなかに自分の失われた半身を見いだし求め合うプラトン的エロスの絆が仄かに輝く。そのような寓話的冒険譚が『羊をめぐる冒険』であった。

　神秘的で邪悪かつ甘美な《力》の化身である羊にその存在を乗っ取られ、羊の宿主に変えられるのは羊博士、右翼の大物の先生、そして主人公の影的な分身である先の鼠である。彼らがその宿主となるこの悪しき《力》については鼠の口をとおしてこう語られる。「それはちょうど、あらゆるものを呑みこむるつぼなんだ。気が遠くなるほど美しく、そしておぞましいくらいに邪悪なんだ。そこに体を埋めれば、全ては消える。意識も価値観も感情も苦痛も、みんな消える。宇宙の一点に凡る《あらゆ》生命の根源が出現した時のダイナミズムに近いものだよ」[3]と。小説の最後で鼠の自死が明らかとなる。その自死は、その羊を「宿主」たる自分もろとも消滅させるためであった。羊を倒すにはその道しかなかった。

『1Q84』が二〇〇九年に出版された。『羊をめぐる冒険』の二七年後である。そこに僕たちは見いだすこととなった。『羊をめぐる冒険』が提出した主題への村上の真正

(2) 同前、二二八頁。

(3) 同前、二二六～二二七頁。

面からの復帰を。

或る一点で、『1Q84』の副主人公たるカルト教団「さきがけ」の「リーダー」と呼ばれる教祖は『羊をめぐる冒険』の鼠の継承者であった。また後者の羊は『1Q84』ではリトル・ピープルとなる。リーダーは鼠と同様、自死をもってリトル・ピープルに打撃を与えようとする。自分をその「代理人」(リトル・ピープルの聴従者)に変えることで人間世界とリトル・ピープルとの「チャンネル」に仕立てあげた彼らに対して、リーダーは自死することでこのチャンネルを破壊し、しばしの活動停止を彼らに余儀なくさせようとする。そのために自分を暗殺にきた青豆に自分を殺してくれと頼む。かくて暗殺であったはずの青豆の行為は自殺幇助に変質する。

また関係の同一性は次の点にも顕著だ。『羊をめぐる冒険』に登場する羊博士はこの羊と自分との間に誕生した「特殊な関係」を「交霊[4]」と呼ぶ。同じくリーダーは自分とリトル・ピープルの関係を、娘のふかえりを「パッシヴァ」(つまり巫女)とし、自分をその「レシヴァ」(受信者=聴従者)とする交霊の関係として語る。

『1Q84』のリーダーはリトル・ピープルについてこう語るのである。「リトル・ピープルと呼ばれるものが善であるのか悪であるのか、それはわからない。それはある意味では我々の理解や定義を超えたものだ。我々は大昔から彼らと共に生きてきた。まだ善悪なんてものがろくに存在しなかった頃から。人々の意識がまだ未明のものであったころから[5]」と。あるいはまたリーダーはこうもいう。「彼らの欲求はすなわちわたしの欲求になった。その欲求はきわめて苛烈なものであり、逆らうことはできなかった[6]」。「君たちが相手にしているのは、それをどのような名前で呼ぼうと、痛烈な力だ[7]」(傍

(4) 同前、五一頁。
(5) 『1Q84』2、二七六頁。
(6) 同前、二四〇頁。
(7) 同前、二八三頁。

点、引用者）。あるいは、かかる《力》の「代理人」としてのリーダーを指して『1Q84』はこう特徴づける。「しかし彼自身は多くの意味合いにおいて普通ではない人間だった。その普通でなさは、少なくとも部分的には、善悪の基準を超えたもののように思えた」[8]（傍点、村上）と。

このテーマの同一性、構造の一致は何を物語るものだろうか？

また、羊とリトル・ピープルが体現するエネルギー・欲求あるいは《力》とは何であろうか？　何のメタファーなのか？

「原初の混沌」、それはニーチェ的ヴィジョン

羊についての鼠の言葉は既に示した。もう少し見てみよう。この小説には羊側に立つ黒服の「奇妙な男」が登場し、彼が主人公の「僕」に羊探しを依頼する。その彼は羊が体現するものへの親愛の念をこう披瀝する。「世界の原初は混沌であって、混沌は凡庸ではない。凡庸化が始まったのは人類が生活と生産手段を分化させてからだ。そしてカール・マルクスはプロレタリアートを設定することによってその凡庸さを固定させた。だからこそスターリニズムはマルクシズムに直結するんだ[9]」と。とはいえ、彼はマルクスを擁護しもする。マルクス自身は「原初の混沌を記憶している数少ない天才の一人」であるが、それを凡庸化して歪曲したのがマルクス主義だ、と。そのさい彼はこうも付け加える。「私は同じ意味でドストエフスキーも肯定している[10]」と。

このくだりにも、『1Q84』が『羊をめぐる冒険』に対してもつ継承の関係が秘め

(8) 同前、三六〇頁。

(9) 『羊をめぐる冒険』上、一九五頁。

(10) 同前、一九六頁。

る問題を暗示している側面がある。

カルト教団「さきがけ」を脱出する少女ふかえりの避難先となる戎野先生は、オーウェルの『一九八四』に「スターリニズムを寓話化したもの」として登場する「ビッグ・ブラザー」に関してこういう。このオーウェルの近未来小説の舞台となる一九八四年が実際に訪れてみると、「ビッグ・ブラザーはあまりにも有名になり、あまりにも見え透いた存在になってしまった。……（略）……言い換えるなら、この現実の世界にもうビッグ・ブラザーの出てくる幕はないんだよ。そのかわりに、このリトル・ピープルなるものが登場してきた。なかなか興味深い言葉の対比だと思わないか？[11]」と。この新たに登場してきたリトル・ピープルを戎野はこう認識する。「リトル・ピープルは目に見えない存在だ。それが善きものか悪しきものか、実体があるのかないのか、それすら我々にはわからない。しかしそいつは着実に我々の足元を掘り崩していくようだ[12]」と。

戎野先生の「この現実の世界にもうビッグ・ブラザーの出てくる幕はない」という言葉は、「奇妙な男」の言葉に引き戻してみれば、真正マルクス／マルクシズム／スターリニズムという問題系の全体が現実性を失い、もはや歴史的意味を失ったということである。

もちろん戎野先生は「奇妙な男」の線上に位置する人物ではない。後に論じるが、僕の解釈によれば、羊／奇妙な男／綿谷ノボル／田村カフカ少年の父／ジョニー・ウォーカー＝カーネル・サンダーズ／リトル・ピープル／リーダー（の半身）という人物系が、村上文学の織りなしてきた「原初の混沌」的《力》の側が形づくる問題系である。戎野先生は、おそらく鼠やリーダーのもう一つの半身とつながる形でこの《力》の問題

(11)『1Q84』1、四二二頁。

(12) 同前、四二二頁。

系に対抗する側の人物系の一人であろう。つまり、『1Q84』の主題となる「リト
ル・ピープルなるもの」と「反リトル・ピープル作用」の対抗を形づくる後者の側に立
つ人物ということになろう。だから、「奇妙な男」にあえて関連づければ、彼はその対
立者である。
実際のところ『羊をめぐる冒険』における「奇妙な男」の思想がどんな構造のものな
のかは曖昧である。彼がマルクス主義とスターリニズムを直結させつつ、「原初の混沌
を記憶している数少ない天才の一人」である真正マルクスとこの二者を対立させている
からといって、彼がスターリニズムとそれを産んだ「マルクシズム」に抗して真正マル
クスを復活させるべく闘う新《ネオ》マルクス主義者ではないことは明らかである。（スターリ
ニズムを克服しうる新しいかつ真のマルクス主義の創造という課題は、一九五〇年代か
ら七〇年代までは日本のみならず全世界の知識人の間で〈そして知識人の多数は左翼的
であった〉大きな位置を占めた思想的テーマであった。だが、ソ連－東欧社会主義国家
群が自己崩壊し、中国社会主義が中国共産党が独裁的に指揮をとる「赤い資本主義」に
変質し、全世界がＩＴ投機資本主義の全面的グローバリゼーションの下に服し、マルク
ス主義のいう「社会主義革命」なるものが現実味をもった可能性としてまったく感じら
れなくなった今日、いわば《敵》を失い、対論の相手を失い、論争する意味を失い、
現在的《アクチュアル》な思想的テーマとしては成り立たなくなったといってよい。戎野先生の発言の背
後には明らかにこの問題が控えている。）また、そうかといって、彼が穏当な中庸の精
神に富んだ自由主義者《リベラリスト》であるともとても思えない。

羊の宿主となった一人が「右翼の大物の先生」とされ、「奇妙な男」はこの先生の配

下とされていることからも、彼はくだんの羊的《力》の立場を右翼的方向で継承し、旧マルクス主義であれ新マルクス主義であれ、総じて左翼的思考を嘲笑する側に立っていることが暗示されているといいうる。あたかも、ニーチェが彼の時代のドイツ社会民主主義を、総じて一九世紀社会主義を、「ルサンチマン宗教」たるキリスト教の「同情」道徳の世俗版とみなして嘲笑したのと類似の立場が、そこには暗示されている。僕はそう見る。

しかし、この「ビッグ・ブラザー」との対比で問題となる「リトル・ピープル」問題、それがどのような現代の問題のメタファーなのかという点は、あとで取り上げることにしたい（本書補論ⅠおよびⅡ）。

とりあえずいまは戎野先生との関連は棚上げしておいて、かの「奇妙な男」が羊の体現する「原初の混沌」的な《力》について語ることをもう少し追おう。

そこでまず僕の視点をずばりここで提起しておこう。そのほうが僕の議論が狙うところをあらかじめ明示して読者にはわかりやすいにちがいない。僕は実はこう推測するのだ。『羊をめぐる冒険』や『1Q84』を読んでいるだけではとうてい推測できないことなのだが、しかし、確かだと僕の確信することがある。羊が体現するとされる「原初の混沌」的な《力》のイメージ源泉をなすもの、それはニーチェの「力への意志」の思想にちがいない。これが僕の推測なのである。

『羊をめぐる冒険』でのキーワードは原初的生命の「るつぼ」性あるいは「原初の混沌」であった。またそれは「あらゆる対立が一体化する」ところのものであるがゆえに、『1Q84』ではもっとはっきり強調されるように「善悪の彼岸」に立つものとして語られた。村上はマルクスとドストエフスキーの名をこのキーワードに結びつけた。だが、僕にいわせれば、肝心のもう一つの名が故意に隠されている。その名とはニーチェなのだ。

ニーチェがドストエフスキーをいかに絶賛したことか！　彼は、自分のいう「力への意志」が善悪の彼岸に立つ確信犯的犯罪者が抱く自己感情と等しいものであることに対して、ドストエフスキーの『死の家の記録』が類稀な文学的＝心理学的傍証を与えるものであると考えた。ニーチェはこういったのだ。「ドストエフスキー、私が何ものかを学びえた唯一の心理学者である」、彼の発見は「私の生涯の最も美しい幸運に属する」(13)と。ドストエフスキーの背後には明らかにニーチェがいる。

僕の推測をさらに押し進めよう。

ニーチェの「力への意志」の問題構造

「奇妙な男」は鼠よりずっと前に羊の宿主となった右翼の大物の先生について語りながら、こういう。「私と先生の間にはいろいろと共通する部分があった。たとえば理性とか論理とか倫理を超えた種類のものに対するね」(14)と。いうまでもなく、そういう種類のものが「凡る生命の根源」たる「原初の混沌」的ダイナミズム・《力》だが、右の形容は、ニーチェの「力への意志」の議論に通じている者であれば、その対置の取り方が実にニーチェ的だと直観するものだ。

この視点から『羊をめぐる冒険』のいわば前編である『1973年のピンボール』を

(13)　ニーチェ『偶像の黄昏、反キリスト者』一三八頁。

(14)　『羊をめぐる冒険』下、二四〇～二四一頁。

振り返ると、次のことが興味深い。この小説の主人公の「僕」はカントの『純粋理性批判』を枕頭の書とする。理性・論理・倫理はカントの一八番であり、いわば専有物である。ニーチェほどカントに敵意を抱き彼を軽蔑した者もいない。主人公が『純粋理性批判』を枕頭の書としていたとされるのは、実は枕頭の書であったのがニーチェの著作であったことを覆い隠すための反対仮面ではなかったか？　ニーチェいわく。「逆というものこそは、神の羞恥が着こんで歩くに格好の仮装なのではあるまいか[15]」。

僕の屋上屋根を重ねる独断的推測だが、この推測を支える支柱として、ここで僕はニーチェの「力への意志」のポイントとなる点を列挙しておきたい。というのも、それらのポイントが見え隠れするのだ。羊やリトル・ピープルについて語る登場人物たちの口吻には。

一、ニーチェにとって《力》とは、自己昂揚に自己昂揚を重ね自己を自己へと駆動してやまない生命の情動であり、かかる運動の完璧な自律性・自己目的性・自己完結性によって己を特徴づけるものだからこそ[16]、《力》そのものが「力への意志」なのだとされた。

二、かかる性格の《力》が「生の本質[17]」である。いいかえれば、かかる《力》である場合にだけ、生は己の現実性を確証できる。逆にいえば、かかる《力》が衰弱している者は自分の存在を非現実的なものとして感じ、その自分の存在の脆弱性・弱さに劣等感を抱き苦悩することになろう。かくて人間は、その《力》の強度によって「強者・主人」と「弱者・奴隷」とに二分され、それぞれが掲げる道徳は一八〇度価値の体系を異

(15) ニーチェ『善悪の彼岸、道徳の系譜』七九〜八〇頁。

(16) 参照、拙著『《想像的人間》としてのニーチェ』一三〇〜一三三頁。『三島由紀夫におけるニーチェ』二〇〜二一頁。

(17) ニーチェ『善悪の彼岸、道徳の系譜』四五〇頁。

にする。一言でいえば、暴力は強者にとっては愛すべき価値だが、弱者にとっては自分を押し潰す反価値＝悪である。

三、ハイデガーが彼の有名なニーチェ講義『ニーチェ』で強調したように[18]、ニーチェは最終的にこの「力への意志」の運動性をたんに有機体のみならず、一切の存在者の本質規定に格上げし、普遍化する。したがってニーチェにとって宇宙の全存在者を貫く本質的規定は「力への意志」となる。

四、この「力への意志」のいわば生気論的な宇宙大の普遍化の基底には、ニーチェが古代ギリシャから摂取し彼のデビュー作『悲劇の誕生』以来最晩年の『偶像の黄昏、反キリスト者』に至るまで保持した「根源的一者」の宇宙観がある。つまり個々の存在者を駆動せしめる諸々の「力への意志」は、根源的には、死と再生の「永遠回帰」的循環を生きる宇宙生命、宇宙そのものとしての「根源的一者」の混沌的全体性に帰一する。

五、ニーチェは、この「根源的一者」の混沌的全体性をキリスト教的な人格神的創造主（理性的合目的性をもって世界創造をおこなうとされる）表象と厳しく対立させながら、その反・目的論的な混沌的性格を発狂直前に発刊した『偶像の黄昏、反キリスト者』のなかで「生成の無垢」と呼んだ[19]。ハイデガーは『ニーチェ』のなかで正しくもこのニーチェとキリスト教神学との間の係争点——混沌か目的論的な理性的秩序か——を強調した[20]。

六、この宇宙の混沌的全体性をいわば無底無明の闇の淵源とし、そこから無意識をとおして身体の情動的な《力》（「生の本質」）として発現してくる「力への意志」は、意識が担う蒼ざめた理性の統制を撃破する身体の無意識の闇の《力》、およそ人間の意識

(18) ハイデガー、細谷貞雄監訳『ニーチェ』Ⅰ、平凡社ライブラリー、一六頁。

(19) ニーチェ『偶像の黄昏、反キリスト者』六八頁。

(20) ハイデガー『ニーチェ』Ⅰ、三〇八、四〇二、四二五～四二六頁、等。なお、拙論「『ニーチェ的なるもの』と現代（中）Ⅱ　ハイデガーとニーチェ」、近畿大学文芸学部大学院紀要『渾沌』第四号、二〇〇七年、所収、一四八～一五四頁、参照。

などではその究極の原因を理解しえない《力》としてニーチェによって称賛される。またニーチェによれば、《力》の強度の劣る凡庸な一般人の意識はかかる「力への意志」の闇性・混沌性・矛盾性を恐怖し、それを「論理化」することで説明可能＝裁判可能なものへ変え、あらかじめカント的な道徳的理性の軍門に下らせようとする。だが、この「論理化」は《力》の生命的な混沌的豊饒さの貧弱化にほかならない。

七、いうまでもなく、かかる「力への意志」は善悪の彼岸に立つ本質的に反道徳的で、かつ審美的な意志である。ニーチェは自分の哲学的デビュー作『悲劇の誕生』を後に振り返り、既にそれは「非道徳的な芸術家神」の立場に立って芸術こそを「真に形而上学的な行為」とみなし[21]、「一つの純粋に審美的な教義と評価、一つの反キリスト教的な教義と評価を案出した」[22]（傍点、ニーチェ）著作であったと自画自賛している。

八、この《力》観の基底には、「真に能動的な諸情念」は「支配欲とか所有欲」であり、人間は本質的に「攻撃的で侵略的」であって、それ以外ではありえないというニーチェのウルトラ男性主義の観点が据えられている。かくてニーチェ的《力》は、ひたすらなる自己昂揚を目指すというそのナルシスティックな自己完結的性格もあいまって、本質的に徹頭徹尾暴力的である。

ここでちょっと『1Q84』に目を転じてみよう。

先に示したように、かのリーダーはリトル・ピープルの体現する欲求・《力》を「きわめて苛烈な」・「逆らうことはできなかった」・「痛烈な力」と呼び、その代理人となったリーダーを「多くの意味合いにおいて普通ではない人間」であり、「その普通でなさ

(21) ニーチェ『悲劇の誕生』二〇頁。
(22) 同前、二二頁。

は、少なくとも部分的には、善悪の基準を超えたもののように思えた」と描いた。

　ところで、ニーチェの『権力への意志』のなかの断片にこうある。「力の感情は、それが突如として圧倒的に人間を襲うときには――そして大きな欲情の場合にはすべてこうであるが――、おのれの人格に対する懐疑をよびおこすということである。彼は、おのれがこの驚くべき感情の原因であるとはあえて考えず――かくして彼は或るより強い人格を、或る神性を、この場合の説明のために役立てる」[23]（傍点、引用者）と。そのような「或る神性」を帯びた《力》が、ここでリーダーがいう「痛烈な力」であり、だからまたその担い手は「普通ではない人間」、つまりあのニーチェのいう善悪の彼岸を生きうる神的狂気の能力を備えた「超人」ということになるのではなかろうか？

　また『1Q84』において、ヤナーチェックの「シンフォニエッタ」は主人公の青豆を1984年の世界から1Q84年の世界へといわば転送し、「引き込む」さいの序曲の役割を果たすのだが、この転送とは、先に引いたリーダーの言葉が暗示するように、「リトル・ピープルなるもの」と「反リトル・ピープル作用」とが相闘いあう二つの力の拮抗世界への転送という意味をもつ。

　この曲を聴くとき青豆を摑む気分はこう描写されている。「彼女はそこでは拷問するものであり、同時に拷問されるものだった。強制するものであり、同時に強制されるものだった。そのような内部に向けた自己完結性こそが彼女の望むことであり、それは彼女を慰撫してくれた」[24]と。「リトル・ピープルなるもの」はそうした「内部に向けた自己完結性」を彼女にもたらす「痛烈な力」として問題となっているのだ。

　さて、僕にいわせればこうだ。右の「内部に向けた自己完結性」についての特徴づけ

(23) ニーチェ、原佑訳『権力への意志』上、ニーチェ全集12、ちくま学芸文庫、一四七頁。
(24) 『1Q84』2、六一、六二頁。

は、完璧にニーチェの「力への意志」が語る《力》の自己昂揚的構造とその言葉づかいまで一致している。ちなみにいえば、「拷問するものであり、同時に拷問されるもの」「強制するものであり、同時に強制されるもの」の関係性は、三島由紀夫がボードレールに由来するものとして愛好した「死刑執行人にして死刑囚」たるサド＝マゾヒズムのナルシスティックな単性生殖関係（「自己劇化[25]」）の表現に呼応している[26]。

ここで「司令官的情動」について論じるニーチェの『善悪の彼岸、道徳の系譜』での議論を少し紹介しておこう[27]。「生こそは力への意志である[28]」という根本観点に立つニーチェにとって、意志とはカントのごとき「純粋理性意志」ではまったくない。後者のカント的意志は、欲動的自己からの反省的分離によってまったく欲動的動因を自分から排除し、ただ道徳的理性にのみ依拠して自己決定をおこなう高み・境位というものを想定し、この境位に立つ意志として己を立てる。他方、ニーチェ的意志とは、つねに欲望的＝情念的なそれ自体感性的な「力への意志」である。ニーチェは、感性的実質をもたないカントのいうがごとき「無記」なる「自由意志」など絵空事だと嘲笑した。ニーチェの観点からいえば「意志の自由」とは、人間を衝き動かす諸情動のなかにいわば「司令官」のごとき中心的で命令者的役割を果たす情動があり、それが他の情動を押しのけ圧服して己を貫徹する事態をいうものだ。つまり、そうした特権的で命令者的な「司令官的情動」こそが「意志の自由」、自由なる意志の実質にほかならない。

ニーチェはかくいう。「〈意志の自由〉――とは、命令をくだし、それと同時に自らをその実現者と同一視する意欲者の、あの多様な愉悦状態を表現する言葉なのだ」（傍点、引用者）と。さらに説明してこういう。そのさい人間の情動は、一方では「司令官的情

(25)　澁澤龍彦『三島由紀夫おぼえがき』新潮文庫、六八、八二頁。
(26)　付言すれば、サルトルは『家の馬鹿息子』Ⅲ（人文書院、二〇〇六年）において、この関係性をフローベールのサド＝マゾヒズム的感受性を特徴づける規定として多用している。
(27)　このニーチェの「力への意志」の思想についての詳細な考察を、僕は拙著『《想像的人間》としてのニーチェ』でおこなった。
(28)　ニーチェ『善悪の彼岸、道徳の系譜』三〇四頁。

動」として「自らの命令者としての愉悦感情」を楽しむと同時に、他方ではその「司令官的情動」に圧服され従わされ、その道具となることを引き受ける「従順な〈下属意志〉あるいは〈下属霊魂〉の愉悦感情をも、享受する」[29]と。つまり、命令者たる「司令官的情動」が己に逆らう他の諸情動をねじ伏せ圧服するときのサディスティックな愉悦と、それによってねじ伏せられ圧服される他の諸情動のマゾヒスティックな愉悦とが対《つい》になっており、この両契機が一つになって生を包み込むときに湧き起こるサド＝マゾヒスティックな愉悦の全体性こそが、「力への意志」が享受する愉悦にほかならない。

「シンフォニエッタ」が青豆を1Q84年の世界へと転送するとき、彼女はこうした《力》によって慰撫される自分をひとまず見いだす。彼女の親しい友であり、かつ彼女の影的な分身でもある女警察官の中野あゆみと同様である。それはまず彼女たちの場合、激しい荒淫の欲望に自分を委ねるときの慰撫として現れる。それは彼女のなかの「リトル・ピープルなるもの」の出現なのだ。しかし、この出現は同時に「反リトル・ピープル作用」の惹起であり対抗出現を引き起こす。青豆にあっては、それは青豆のなかにいまも絶滅されずに保持されている、かつての小学生時代に天吾と取り交わした「愛の記憶」の蘇生であり、この記憶の持続が、あゆみのように凶暴な性欲の衝動に完全に身を任せてしまうことから青豆をからくも遠ざける。

さらにまた『羊をめぐる冒険』に次の一節がある。主人公の「僕」は鏡に自分を映す。すると彼は奇妙な感覚に囚われる。鏡のなかの像が本物の自分で、反対に後者が前者であるような感覚の反転を覚える。この問題の文脈で突然「自由意志」という言葉が登場する。彼は口元を手の甲で拭ってみせるのだが、そのあとで

(29) 同前、四四頁。

こう述懐する。「今となっては僕が本当に自由意志で……（略）……拭いたのかどうか、確信が持てなかった。僕は『自由意志』ということばを頭の中にキープしておいてから左手の親指とひとさし指で耳をつまんだ(30)」と。

なにもニーチェを持ち出さなくとも、「自由意志」は実在しうるか否か、すべては因果的に決定されているなら「自由意志」の存在余地はないのではないかという議論は、古来以来の哲学的難問《アポリア》の一つである。とはいえ、カントは次の点で有名である。すなわち彼は、道徳というものが可能になるためには責任が問えるのでなければならず、責任が問えるためにはまったく無記なる「自由意志」があり、それゆえに意志がただただ道徳的理性（「実践理性」）にのみ従って、いいかえれば情動的決定因を排して、行為を選択することが可能だということが証明されねばならないと論じた。そしてカントは、自分は道徳を可能とするために自由意志の実在を、あえて——つまり、論理的には証明できないが——仮定すると告白したのである。ニーチェはこのカントをキリスト教的道徳観念の哲学的共犯者として痛罵しつつ、意識に対する無意識的身体性（＝情動）の優位と運命愛という二つの主張をひっさげて、いわばカントと真逆の位置から「自由意志」の概念を問題に付したのだ。

この経緯を頭に置くならば(31)、右の場面には明らかにニーチェの影が——おそらく三島由紀夫をとおして(32)——射している。そう僕には読める。

(30)　『羊をめぐる冒険』下、二〇三頁。

(31)　たとえば、ニーチェの『この人を見よ』のなかに、「あらゆる道徳的価値からの一つの脱却」を目指す後期ニーチェの反道徳の立場から、カント的「自由意志」の概念を痛罵し嘲笑する次の一節を、われわれは見つけることができる。「『霊魂』とか『精神』とか『自由意志』とか『神』とかいう嘘の諸概念、道徳の補助概念は、人類を生理的にだめにしてしまうという意味以外にどんな意味を持っているのだろうか？」（一一五頁）。

(32)　参照、拙著『三島由紀夫におけるニーチェ』八三〜八六頁。三島の『暁の寺』は、カント的な意志への信念を前提として法務官を己の天職としていた本多繁邦が、ニーチェ的宇宙観の仏教版といえる阿頼耶識思想に接して、この信念を崩壊せしめられ、法務官としての人生を終える経緯を、この小説の形而上学的主題である阿頼耶識論のいわば副主題として呈示する。

実存の「空き家」化と《力》による誘惑

では、なぜ『羊をめぐる冒険』において先生と鼠は羊に乗っ取られたのか？

鼠は語る。彼が羊につけいられたのは、彼の抱え込んだ「自分の中で何かが確実に腐っていく」という存在の「壊疽」化、「たえまなく暗闇にひきずりこまれていく弱さ[33]」のゆえだった、と。この弱さとは、彼に自分は「非現実性」によって蝕まれている人間だと思わせる、彼の存在の脆弱性であった。既に前作『1973年のピンボール』にこうある。「そこで鼠は行き詰った。何かが欠けていた。それも大事なものだ。そのために部屋全体が現実感を喪失したまま宙に漂っていた[34]」。だが、究極の問題とは鼠の存在自体が或る重大な欠如によって非現実化し宙に漂うものとなったことであった。この非現実化が羊を呼び込む。

一方では、彼のなかに生じた重大な欠損・空虚化が人間存在の根底に隠されている暗闇の混沌の生命のマグマに対するバリヤーを取っ払い、彼がそこへと滑落してゆくための扉を開く。他方からいえば、彼は自分の実存的空虚を埋める誘惑の《力》としてこの暗闇のマグマを発見し、それに魅入られる。そして、この欠損は必ず「損なわれる」という否定の経験として生じるものだから、たとえこの原初的生命の混沌的エネルギーがそれ自体はあらゆる対立を超えた善悪の彼岸に立つものであったとしても、その噴出はなんらかの意味で既に「損なわれた」ことに対する復讐暴力へと水路づけられたものとして現れてくる。いいかえれば、それは既に《悪》の滲み出したもの、《悪》への一面

(33) 『羊をめぐる冒険』下、一二四〜一二五頁。

(34) 『1973年のピンボール』一二五頁。

化へとひたすらに傾斜してゆくものとして現れる。問題の核心はこの成り行きにある。

　この問題設定もまた『1Q84』に継承されている。そこでは、リトル・ピープルは、愛の記憶が保持されている存在、そのような実存的実体性（「マザ」とこの小説が呼ぶところの）を維持しえている存在は冒すことができない。少女ふかえりの口述をアザミが筆記した『空気さなぎ』のなかでは、「彼らはマザである少女には直接手を出すことができないらしい。そのかわりまわりにいる人間に害を及ぼし、滅ぼすことができる」といわれ、その矛先はその周辺の人間たちの「もっとも弱い部分」に向かうとされる。(35)『空気さなぎ』のなかでは、それは青豆との愛の記憶を失った天吾のいわばメタファー・分身でもあるトオルであった。つまり、『羊をめぐる冒険』の鼠の実存の非現実化をもたらす原因となる欠如せる「何か」とは、『1Q84』では愛の記憶だとされるわけだ。そこでは問題回答への実に明示的な指示がなされる。他方『羊をめぐる冒険』には暗示はあっても、まだこれほどまでの主題化はない。とはいえ、問題の基本構造は既に同一だ。或る致命的な欠如が引き起こす実存の非現実化がニーチェ的な「力への意志」による実存のハイジャックを許す。

　この観点から『ねじまき鳥……』のクミコや『海辺のカフカ』のナカタを振り返ってみよう。すると次の主題がくっきりと浮かび上がる。《実存の「空き家」化とニーチェ的力によるその補償的充填》という主題が。

　『ねじまき鳥……』の副主人公は妻クミコである。そしてクミコのいわば「影」的分身が、己の実存の苦境の果てに娼婦となり、自らを「肉体の娼婦」であるとともに「意識の娼婦」とも呼ぶ加納クレタである。クレタが自分について語る言葉や告白はクミコ

(35)　『1Q84』2、四一六頁。

のいわば「影」的なそれだ。クレタは、或るときクミコの兄である綿谷ノボルによってレイプされる。それによって、その実存を「損なわれる」。この棄損がもたらしたものは激しい苦痛と同時にまた凶暴なマゾヒスティックな性的快楽であり、この快楽をいわば地の果てまで追おうとする見境のない性欲の昂進であった。クレタは述懐して次のように述べる。ノボルに犯されたときに得た性的絶頂は同時に墜落の感覚であり、「私のからだのねじはひとつ残らずほどけて落ちてしまっていました」というほどの自己解体の感覚であった。彼女の実存の内実をなしていたはずのものの一切、つまり記憶が液体となって外へ流出させられてしまうという感覚であった(36)、と。

ここに「空き家」となった自己というテーマが浮上する。実に「空き家」は『ねじまき鳥……』において中枢的なメタファーであり、この小説が最初に提出したものだ。そして「空き家」とは、つなぎとめるものがなく何でも入り込めるという事態のメタファーなのだ。クレタは、この「空き家」化によって「自分の肉体の動きや感覚」が「私の意思とは無関係に、好き放題に動きまわっている」まったき混沌状態に陥ってしまったと述懐する(37)。またクミコのほうは、自分の内に隠れているいわば娼婦化し見境のない充足を求める性欲のありようを暗示して、「僕」にこう語る。「私の中のどこかに、何かちょっとしたものが潜んでいるような気がする……（略）……ちょうど空き巣が家の中に入ってきて、そのまま押入れに隠れているみたいにね(38)」と。

他方、綿谷ノボルは、妹のクミコによれば、他人のなかに潜む見境のない凶暴な性欲も、また戦争の暴力に典型化する権力欲動や復讐欲動の暴力もただちに嗅ぎとり、それを誘発し外に引き出す特殊な能力の持ち主である(39)。この認識はまたノボルに対する

(36)『ねじまき鳥……』第2部、二三九～二四〇頁。

(37) 同前、二四二頁。

(38) 同前、一二四～一二五頁。

(39)『ねじまき鳥……』第3部、五〇〇～五〇一頁。

「僕」の認識でもある。ノボルがいまや外に引き出そうとするものは、「不特定多数の人々が暗闇の中に無意識に隠している」ところの、「歴史の奥にあるいちばん深い暗闇」にまでまっすぐ結びつく「暴力と血に宿命的にまみれている」[40]ものだ、と「僕」は語る。

つまりノボルはあの羊の直系であり、また『1Q84』のリーダーの《悪》の半身——彼自身が自死をもって闘おうとする——はその継承者である。ノボルが引きずり出す《力》に関しては次のようにもいわれる。「……ある種の下品さは、ある種の淀みは、ある種の暗部は、それ自体の力で、それ自体のサイクルでどんどん増殖していく。そしてあるポイントを過ぎると、それを止めることは誰にもできなくなってしまう」[41]と。ここでも、あの「力への意志」の自己完結性をなすナルシスティックな自己昂揚の運動性が問題となっている。

(40) 同前、四五八~四五九頁。

(41) 『ねじまき鳥……』第2部、六三頁。

カーネル・サンダーズVSナカタ

『ねじまき鳥……』における右のテーマは『海辺のカフカ』に確実に引き継がれる。主人公の田村カフカ少年の父と、そのいわばメタファー的・分身的存在であるジョニー・ウォーカーならびにその生まれ変わりカーネル・サンダーズは、綿谷ノボルの継承者として現れる。

あらためて問おう。実存の「空き家」化はどのようにして生じるのか？　村上はそれを『海辺のカフカ』ではどう描き出すのか？

まず「空き家」化は少年に起きる。小説がその最後の帰結に向けて走り出そうとする後半部分の始まりのあたりで、主人公の少年は自分の抱え込んだ内的な運命、彼の自己経験の核心を告白する。母は姉だけを連れ、彼だけを父のもとに残して去った。「僕にはいい母に愛されるだけの資格がなかったのだろうか？　その問いかけは長い年月にわたって、僕の心をはげしく焼き、僕の魂をむしばみつづけてきた。母親に愛されなかったのは、僕自身に深い問題があったからではないのか。僕は生まれつき汚れのようなものを身につけた人間じゃないのか？　僕は人々に目をそむけられるために生まれてきた人間ではないのだろうか？(42)」。

つまりはこれが、ニーチェの問題とする、その人間のパースペクティヴを誕生させる自己経験の、田村カフカ少年におけるそれである。「家の中には僕しかいない。どうしてかはわからないけれど、自分がすでに捨てられ、そこにひとりで残されたことを僕は知っている。このできごとがこのさき深く決定的な影響を自分に与えていくだろうことがわかっている。誰が教えてくれたわけでもない。僕にはただわかっていたのだ(43)」(傍点、村上)。

つまり実存の「空き家」化は愛の記憶の喪失、それが損なわれることによって起こる。

しかも、少年の場合、その「空き家」化の上に父の復讐的暴力が加えられる。父は、絶えまなく少年に「父を殺し、母と姉と交わる(44)」呪われた運命を予告してやまない人間として登場する。或るとき大島は少年に尋ねる。なぜ君の父はひどい予言を君の心にまるで「鑿でその一字一字を刻みこむ」ように何度も君に宣告したのだろうか？　と。少

(42)『海辺のカフカ』下、三七三頁。

(43)同前、三七四頁。

(44)『海辺のカフカ』上、四二七頁。

年はこう答える。「あるいは父は、自分を捨てて出ていった母と姉に復讐をしたかったのかもしれない。彼女たちを罰したかったのかもしれない。僕という存在を通して」と。大島は問う。「たとえそうすることによって、君が損なわれてしまったとしても」と。さらに少年はこう答える。「僕は父にとってたぶんひとつの作品のようなものに過ぎないんだ。彫刻と同じだよ。たとえ壊しても損なっても、それは父の自由なんだ[45]」と。

少年は、父から殴打するといった肉体的暴力はあまり被らなかったかもしれない。しかし、その父の言葉が表す彼への根源的な否認・侮辱・拒絶という精神的暴力を何度も繰り返して内面化した。彼は、そのような宣告がそれ自体において表現する、自分を劣等な存在とみなす父の眼差しを内面化した。つまり、彼は自ら自分を劣等で汚れた人間だと思い込む。だが、同時にこの自殺に等しい自己否認である自己の劣等視を、生命としての彼の存在は全身をあげて否認しようとするだろう。つまり、自分を復讐と破壊の暴力として打ち立てることが彼の生命性の最後の証となろう。ここで「原初の混沌」たる生命エネルギーという視点を持ち出せば、そのような混沌性はいまや復讐暴力という水路づけを得て、一挙にそこへと流れ込む《力》として自分の形を整えるといえよう。

それは暴力の内面化の必然的帰結である。内面化された暴力は、生命体である人間にあっては必ず復讐の暴力として再外面化されねばならない。そのとき人は暴力の行使を自ら選び決定する主体というよりは、むしろ、ミッシェル・フーコーのいうように、「臣下《シュジェ》」としての「主体《シュジェ》」、内面化された暴力に使役される者、代理執行人《エージェント》となる。少年はかつて二度学校で暴力事件を引き起こした過去をもつ。「自分ではおさえがきかなく

(45) 同前、四二八頁。

なる」ときというものがある。「でもときどき自分の中にもうひとりべつの誰かがいるみたいな感じになる。そして気がついたときには、僕は誰かを傷つけてしまっている」(46)。

ここで以前引いたニーチェの言葉をもう一度引用したい。ニーチェいわく。「力の感情は、それが突如として圧倒的に人間を襲うときには……（略）……おのれの人格に対する懐疑をよびおこす……（略）……彼は、おのれがこの驚くべき感情の原因であるとはあえて考えず――かくして彼は或るより強い人格を、或る神性を、この場合の説明のために役立てる」(47)。

『海辺のカフカ』の展開をもう少し追おう。

すると僕たちはまたしても見いだす。同じテーマを、今度はナカタの上に。

小説の他方の軸、パラレル・ワールド構成の他方は「ナカタ」とカタカナ書きされた主人公の物語である。ナカタは猫と会話を交わせる奇妙な非現実的な人物として登場する。彼は、いっそう夢化され、また一種おどけた道化的なメタフォリカルな語り口で語られる物語、しかもそこでは猫たちが人間のように語るメルヘン的な現代のお伽噺の主人公である。当初はまったく独立の互いに没交渉に見えた二つの物語が、その進行をとおして次第にそのメタフォリカルな相同性を色濃くしていった果てに互いに交差しあうという《物語》的仕掛け、このパラレル・ワールド的仕掛けに小説のエンターテイメントな力の源泉がある。《物語》が挑発する想像力の遊戯的な自己享楽の力が、またそれが帯電するいわばカフカ的なユーモアに満ちた治癒力、つまり衝動に突き動かされる己に投身するのではなく、笑うことをとおして距離をとることを教える治癒力が、この《物語》から湧き出してくる。

(46) 『海辺のカフカ』下、八〇～八一頁。

(47) ニーチェ『権力への意志』上、一四七頁。

二つのワールド、二つの物語の第一の交差点は次の点に設定される。ナカタはジョニー・ウォーカーという名の猫殺しを生業とする奇妙な人物を、彼から「自分を刺殺せよ」とのいわば呪文をかけられて刺殺するに至る（ついでに一言。ナカタによるジョニー・ウォーカー刺殺は青豆によるリーダー刺殺の場合と同様、ここでも自殺幇助に変換する）。ジョニー・ウォーカーは猫たちの友であるナカタの眼前で猫たちの腹を裂き、首を刎ね、心臓を抉りだして口に入れ、うまそうに噛み下し、ナカタを挑発し続ける。お前の前に置かれた選択肢は、俺に猫を殺すにまかせるか、それとも俺を刺殺するかのどちらかだ、と。およそ人殺しとは無縁なはずの穏和なナカタのなかにも、ジョニー・ウォーカーへの激しい憎悪と復讐の欲望がジョニー・ウォーカー自身の挑発を意図した行為によって引き起こされる。この奇想天外なエピソードは、第一の軸の主人公である田村カフカ少年の父が自宅で何者かによって刺殺されるという事件に重なる。物語の展開の果てに、ナカタによって刺殺されたジョニー・ウォーカーとは実は少年の父であり、このナカタの犯行は少年の抱く父殺害の欲望のいわば代理執行というメタフォリカルな意味をもつということが明らかとなる。こうして、小説の結末近く二つの物語が交差する。

少年は自分の父が自宅で何者かによって刺殺されたことを知らされたとき、ありありとその犯行が自分の手によるものだとの奇妙な感覚に襲われる。そのことをめぐって少年は大島にこう漏らす。「僕は夢をとおして父を殺したかもしれない。とくべつな夢の回路みたいなのをとおって、父を殺しにいったのかもしれない」[48]と。（いうまでもない。本書第1章で述べたように、村上はかの『源氏物語』の六条御息所の生霊の物語をここ

(48)『海辺のカフカ』上、四三一頁。

で翻案している。)

ではなぜナカタが、ジョニー・ウォーカーを刺殺する彼の物語をいわば夢の媒体とすることで、少年の父殺しの代理執行人となったのか?

村上は、小説の仕掛けとしてナカタの物語に次のメタフォリカルな意味を帯電させる。

——ナカタはもともとは「中田」という姓の人間であった。彼の少年時代に関しては戦争中の疎開先の小学校の女教師岡持先生がこう述懐する。自分は中田少年の表情に「暴力の影を認めないわけにはいきませんでした(49)」と。そしてこう続ける。「中田君のお父さんは大学の先生でした。お母さんも、いただいた手紙を拝見する限り、高い教養を備えた方のようでした。つまり都会のエリートの家庭です。もしそこに暴力があったとしたら、それはおそらく田舎の子どもたちが家の中で日常的に受ける暴力とは異なった、もっと複雑な要素を持つ、そしてもっと内向した暴力であったはずです。子どもが自分一人の心に抱え込まなくてはならない種類の暴力です(50)」と。

この中田少年は或ることがきっかけとなって、この女教師から少年の眼から見れば理不尽きわまりなき殴打を受ける。女教師はその事件を痛恨の想いで回顧しながら、「暴力を振るうことによって、そのとき彼の中にあった余地のようなものを、私は致命的に損なってしまったのかもしれません(51)」と述懐する。中田少年はこの殴打をきっかけに昏睡状態に陥り、完全に記憶喪失となって、その昏睡から覚めたとき別な人格としての「ナカタ」となる。

この設定が村上の物語の仕掛けである。つまりナカタとは、この小説の主人公である

(49) 同前、二一四頁。
(50) 同前、二一五頁。
(51) 同前、二一六頁。

田村カフカ少年の一種のメタファーなのである。ナカタが田村カフカ少年に代わって少年の父を刺殺するのは、ナカタが少年中田であったとき彼は田村少年と瓜二つの少年であったからなのだ。いわば彼らは年を隔てた双子の兄弟のごとき存在なのだ[52]。

かくて暴力が暴力を誘発するのである。すると、そこには暴力の地獄的循環性が誕生し、そのままにしておけばそれは暴力のひたすらなる自己増殖というシステムを形づくるに至る。この成り行きは、『海辺のカフカ』では「カラスと呼ばれる少年」の「戦いというのは一種の完全生物なんだ[53]」という言葉によって表現される。

ここで僕は二つのことに注目する。

第一。既に述べたように、実存の「空き家」化と暴力によるその補償的充塡というテーマが再度、今度はナカタのなかに立ち現れる。少年中田は完全な記憶喪失に陥ってナカタへと生まれ変わった。だからナカタには一切記憶がない。つまり、この小説のなかでの《記憶》というテーマにかかわらせてさらにいえば、少年と佐伯と大島の間で問題にされたような愛の記憶も含めて一切の記憶が喪失してしまった人間、それがナカタだ。ナカタはホシノにいう。ホシノは、物語の進行がそのあと示すように、ナカタに深く心を寄せるようになり、命がけでナカタの遺志を継いで、人間の根底に巣食う復讐と破壊の暴力そのもののメタファー、ジョニー・ウォーカーの生まれ変わりカーネル・サンダーズを殺す。そして彼は猫と会話するナカタの能力を引き継ぐ。その彼にナカタはいう。「ナカタは頭が悪いばかりではありません。ナカタは空っぽなのです。……(略)……ナカタは本が一冊もない図書館のようなものです。……(略)……あるとき何かが起こって、その結果ナカタは空っぽの入れ物みたいになってしまったのです[54]」と。

(52) 参照。「僕」と生き別れの影的分身のもう一人の「僕」との双子的二者関係が、小説創作を駆動する内的メカニズムとなることをめぐる村上の発言(『夢を見るために……』二一六頁)。

(53) 『海辺のカフカ』下、三四八〜三四九頁。

(54) 同前、一六八頁。

ナカタはさらに続ける。「まったくの空っぽというのがどういうことか、ホシノさんにおわかりになりますか?[55]」と。ナカタによれば、それは空き家と同じように「なんだって誰だって、自由にそこに入ってこられる」ということを意味する。小説の進行とテーマにもっと即していえば、少年の父が体現したような破壊と復讐の暴力のメタファーたるジョニー・ウォーカーが彼のなかに入り込み、「ナカタが望んでもないことをナカタにさせる」ということを、しかしながら、ナカタは阻止できない。なぜなら阻止する内的必然性がナカタにはないからだ。「ナカタには逆らえるだけの力がありませんでした。なぜならばナカタには中身というものがないからです[56]」。

既に僕たちは見てきた。田村少年にとって最高度の意味で問題となった記憶とは、母から必要とされたという記憶、つまり愛の記憶だったことを。いましがた引用したホシノに語りかけるナカタの言葉の直前にはホシノの回想が置かれている。ホシノは祖父が好きであった。彼はこう回想する。「もしじいちゃんがいなかったら、俺なんかどうなっていたかわかんねえものな。じいちゃんがいたから、それでもなんとかまともに生きていこうって気になれた。うまく言えないけど、何かにつなぎ止められているような気がしたんだ[57]」と。「しかしホシノさん、ナカタには誰もいません。何もありません。つなぎ止められてもおりません[58]」とナカタは答える。

もう一つの注目点は、少年の父が体現する《力》がまたしてもニーチェ的な善悪の彼岸に立つ「原初の混沌」的エネルギーとして、まず語られることである。

自分を損なった父の暴力について、小説は大島に向かって少年にこう語らせている。父は確かに一人の独創性のある芸術家であったかもしれない。だが、彼は自分のなかか

(55) 同前、一七三頁。

(56) 同前、一七四頁。

(57) 同前、一六九頁。

(58) 同前、一六九頁。

ら芸術創造のエネルギーを引き出した後の「残りかす」、「毒のようなもの」を「まわりにまきちらし、ぶっつけなくちゃならなかった」そういう性格の人間だった。そのようにして「父は自分のまわりにいる人間をすべて汚して、損なっていた」。そう語った後、少年は大島にこういう。「でもどっちにしても父はそういう意味では、とくべつなにかと結びついていたんじゃないかと思うんだ(59)」と。

注目すべきは、この少年の言葉に対する大島の応答である。「そのなにかはおそらく、善とか悪とかという峻別を超えたものなんだろう。力の源泉と言えばいいのかもしれない(60)」（傍点、引用者）と。

既に読者には説明するまでもないだろうが、僕の視点からすれば、この大島の言い回しは『羊をめぐる冒険』と『1Q84』をつなぐ線と同一線上にあるニーチェ的な《力》のイメージを念頭に置いたものである。大島の答え方は、この「力の源泉」を一概に否認しているわけではない。むしろ、そうした「力の源泉」が人間の根底に人間の生のリアリティとして据えられていることを認めてのものだといいうる。

しかし同時に明らかなのは、大島にとっても少年にとっても、この原初的な《力》が愛の記憶と引き離されるや、いいかえれば、《愛の損なわれ失われる記憶》と一つになるならば、たちどころにそれは暗黒の復讐の暴力へと転化し発現するに至るものとして捉えられたということである。かの「リトル・ピープルなるもの」と「反リトル・ピープル作用」の対抗という言葉をもじれば、「原初の混沌」的《力》は、愛のエロス的記憶との結合の如何を分岐点にして、人間世界では必ず一方の復讐的暴力、他方の愛のエロス的力へと分岐し、二つの対抗的《力》の抗争として己を展開するに至るのだ。

(59)『海辺のカフカ』上、四二九頁。

(60) 同前、四二九頁。

これがニーチェ的な《力》に対して村上春樹が抱く遠近法《パースペクティヴ》なのだ。そしてこの遠近法から見れば、ニーチェ的遠近法は根源的生命の「原初の混沌」的エネルギーをただひたすらに復讐暴力の発揚という方向と形へと水路づけ、それへの対抗的要素として働く《力》のもう一つのあり方、つまり愛のエロス的記憶の発揮する反暴力の《力》をその視野から切り捨てたといいうるであろう。

いま僕は「愛のエロス的記憶」といった。

この点についてもう少し言葉を足しておこう。

損なわれるものはエロス的記憶である。こう僕はいっておきたい。それが損なわれることが実存の「空き家」化を招来するのだ、と。そのようにいうとき、「エロス的記憶」とは性的快楽の記憶という意味ではなく、既に本書で何度か登場してきているプラトン的なエロスの意味、つまり人間同士が互いをあたかも己の「半身」として切実に必要としあうという意味での「エロス」的関係性を指す。

そして僕の理解では、このエロス的関係の有無、その享受の有無という問題は同時に生の意味という問題に切り離しがたく結びついている。

この点で、たとえば『海辺のカフカ』でナカタが果たす役割に僕は注目したい。

先に僕は「エロス的記憶」という概念に寄せて、それはプラトンが『饗宴』でアリストパネスに語らせたエロスの神話の意味でのそれだということを強調した。『海辺のカフカ』ではこの神話が、母とおぼしき佐伯がその少女時代に生きた或る少年との生涯唯一なる恋愛に関連して言及され、ついで、ナカタとハギタとの会話のなかで今度はいっそう抽象化されて、関係性こそが意味を生むという視点に引き継がれる。ハギタはナカタに「そういう風に関係性がひとつひとつ集まると、そこに自然に意味というものが生まれる」[61]と説く。この視点を小説の究極のテーマにまで引き寄せるなら、いましがたいった意味でのエロス的記憶のみが生の意味を担いうるという思想にゆきつく。

ここでまたもや僕はニーチェを引き合いに出したい。まさに生の意味をどのように根拠づけるかという問題をめぐって。というのも、この問題をめぐってニーチェの思想と村上の立脚する思想との相違は歴然となると思われるからだ。

もはや「神が死んだ」時代において生の意味はいかなる超越的根拠（神）にも求めることはできない。この前提において、ニーチェと村上は一致していると思われる。否、村上のみならず、おおかたの僕たちはニーチェと一致するであろう。村上に話を戻せば、この前提から出発してニヒリズムを超えねばならないという課題を自分の前に立てる点でも、両者は共通していると思われる。

ではニーチェのほうはこの課題にどういう回答をおこなったか？　周知のように、こうであった。《力》の絶対的自己享受の追求として立ち現れてくる「力への意志」、これこそが「生の本質」であり、その実現こそが生の快楽である。《意味》の追求を生の快楽の追求に置き換えることこそが肝要である。生のディオニュソス的快楽主義をもってニヒリズムを乗り越えよう！　これがニーチェの回答だ。

このニーチェ的立場がもつ意味は、それを、愛のエロス的記憶にこそ生の《意味》の湧き出す源泉を見る『海辺のカフカ』の立場と対質させるなら、きわめて鮮明となる。というのも、ニーチェ的な《力》の自己享受とはまったく単独者的なそれであって、そ

（61）『海辺のカフカ』上、三九九頁。

こでは一切他者の存在は《力》の自己享受にとっての本質的構成契機――それが満たされなければ享受自体が成り立たない――とはならないからだ。

だが他方、愛のエロス的記憶がもたらす《意味》の感情はただ他者との絆によってのみもたらされうる。ここに世界観の根本的な対立の地平が浮かび上がっている。

《力》の補償的充塡の女性的形態と男性的形態――性と暴力

繰り返しいおう。村上文学を一貫するテーマはこうであった。

愛の記憶を中核とする人生の記憶の全体像の喪失は実存の空虚化＝「空き家」化を引き起こし、それはニーチェ的な「力への意志」による補償的充塡という問題を引き起こす。

ところで、村上文学において実に特徴的となるのは、この「力への意志」による補償的充塡にも男性的形態と女性的形態との二つがあるということだ[62]。

《力》の女性的形態という問題系は、何よりも、女の登場人物たちの見境のない性的快楽への耽溺・追求として現れる。『ねじまき鳥……』のクミコ－クレタは『1Q84』では半ば青豆によって、また青豆の「脆弱な部分[63]」の分身化ともいうべき中野あゆみによってよりパーフェクトに継承される。

他方、青豆のなかの天吾との愛の記憶は、あゆみのようにこのいわば純粋性欲に我が身を完全に売り渡してしまうことから辛うじて彼女を守る。この《力》としての荒淫の性欲に対して、唯一対抗しうるのは愛のエロス的記憶だけであり、愛の記憶が惹起する

(62) インタビューはインタビュアーの質問に制約されるという本質的限界によって、村上のオウム事件経験の以前に既に『羊をめぐる冒険』からしてこのテーマが彼の文学を摑んできたという点は、『夢を見るために……』ではほとんどテーマライズされていない。いわんや、この暗闇の《力》の発現形態には戦争暴力に頂点を見る男性的形態と荒淫の欲望に身を投げる女性的形態とがあり、そのことが村上文学の大きな特徴であるという問題はまったくテーマライズされることはない。

(63) 『1Q84』2、二四六頁。

深い性交への欲望と《力》としての性欲とは、決して混同することの許されない相対立する別な力と力との闘争である。村上のこの年来のテーマは『1Q84』においても物語の基調をなす。このことについては既にいくどか触れた。

それにしても、なぜこの二つの性欲の葛藤劇が村上文学の基調となるのか？ まずこういうべきだろう。作家として村上は、当然とはいえ、ニーチェ－フロイト的人間認識に同意しているのである。[64] 人間の存在の奥底には、人間と宇宙的自然の結節回路として確かに《力》の存在論が宿っており、この《力》とは、ごく単純化してずばりいうなら二種類の《力》である。すなわち性欲と、狭義の権力欲望、すなわちその最大規模の発揮が戦争暴力であるところの復讐と支配の欲望、この二つである。

そして権力欲望は、アマゾネス的例外はつねにあり続けるにせよ、人間の生存活動の基軸の他方、すなわち女性が主な担い手となった採集経済活動に対して男性の固有領域となった狩猟経済活動の経験をとおして、また社会組織化の原理が母権制的要素を次々と希薄化させて父権化する歴史過程ともあいまって、男性における《力》の発揮とその享受の中軸となる。

他方、女性的な《力》の発揮と享受は性と生殖＝育児が直結した、いいかえれば、性的快楽と母性愛経験が重なり合ってゆく進行方向をとる肉体的自己享受の場である。性的快楽の中心軸は愛撫し愛撫される優しい自己融解の快楽のなかにある。それはペニスに中心化した侵略と射精の快楽として構成される男性的な性的快楽との対極をなす。そして、女性は狩猟経済活動から除外されている点でも、社会組織化の原理が父権化する人類史の成り行きからいっても、権力欲望を自己の《力》経験の重要な場面とすること

(64)『夢を見るために……』で「セックスは鍵です。夢と性はあなた自身のうちへと入り、未知の部分をさぐるための重要な役割を果たします」と村上は発言している（一五七頁）。

はない。

　したがって、《力》の男性的形態においては、権力欲望と性欲は《力》の本質的二要素として同時に相互に通底しあい、いわば「相互メタファー」の関係を結ぶ。権力欲望は性欲を刺激する比類ない《力》の感覚であり、戦争暴力はレイプ暴力と手に手を携えて行進する。しかし女性的形態にあっては、そういう事態はアマゾネス的例外にとどまる。

　そもそも、性欲は愛に満ちた優しい愛撫の快楽を一方の極としながらも、必ず他方の極をもち、それは暗い夜のサド＝マゾヒスティックな、レイプすることとレイプされることの一対性が形づくる暗黒の快楽の極である。バタイユのいう「黒いエロティシズム[65]」である。彼は『エロティシズム』のなかで「やさしさは、夜の歓楽の暴力を弱める（夜の歓楽においては、一般にサディスティックな暴力が行使されていると考えられているのに）[66]」と述べ、性愛快楽の核心を愛撫の優しさにではなく、侵犯の快楽、つまりはレイプの快楽たる「黒いエロティシズム」に置く。この暗黒の極においてレイプ性欲は戦争暴力のメタファーであり、また後者は前者のそれである。

　レイプ性欲のもつ攻撃性は男性に特徴的ではある。だが、だからといって女性には存在しないというわけではない。何事も、ユング的にいえば、両性具有的に男と女にそれぞれ比重を異にしながらも分有されていると見るべきだし、サディズムとマゾヒズムはそもそも対《つい》関係にあることを忘れるべきではない。

　ニーチェはいう。「われわれが〈高次の文化〉と呼ぶもののほとんどすべては、残忍の精神化と深化に基づいてなりたっている。——これが私の命題である[67]」と。彼こそ

（65）ジョルジュ・バタイユ、澁澤龍彦訳『エロティシズム』（ジョルジュ・バタイユ著作集）、二見書房、一九七三年、一八五頁の原注8。
（66）同前、三五六頁。
（67）ニーチェ『善悪の彼岸、道徳の系譜』二四〇頁。

は、人間の情動の闇の奥底に疼くサド＝マゾヒズムの炎を人間認識の中心点に押し出した最初の哲学者だ。次の言葉こそ彼の真骨頂というべきだろう。すなわち、「残忍とは他人の苦悩を眺めるところに生ずるものだとしか教えることのなかった従来の愚劣な心理学を、追いはらわなければならない。自分自身の苦悩、自分自身を苦しめることにも、豊かな、あふれるばかり豊かな快楽があるのだ(68)」と。

　村上が荒淫の欲望に身をまかす女を描くとき、その女の性欲は基本的にサド＝マゾヒズムの混淆的全体性を形づくっている。そう僕は考える。犯されるマゾヒスティックな快楽には、そのようにして自分を相手に犯させしめる自分に対するサディズムが宿っているのだし、自分を《力》としての性的快楽のなかにいわば投げ捨てる荒々しさは、女にあっても本質的に男性的な性格のものだ。そこにはアマゾネス的契機が宿っているともいいうる。荒淫の快楽において男女は互いに猛獣のごとく咬み合う！

　だが、こうした性欲と権力欲望とが織りなす相互メタファーの対《つい》性には、愛の本質的に母性愛的な優しさと愛撫快楽の優しさとの不可分な絆が、いわば両極対立の一方の極として対抗している。この観点からいえば、人間の性愛経験はつねにこの両極性の間を往還する。それは愛しあう恋人の共に生きる同じ一つのセックスのなかでさえそうだ。愛撫はいつしかレイプに等しいサド＝マゾヒズムの快楽追求へと変貌し、かつまた後者はいつしか前者へと変貌する。「ゲルニカ」と「泣く女」の時代のピカソの妻であったマリー・テレーズ・ワルテルはこう打ち明けている。ピカソはサド＝マゾヒスティックな性行為を好み、彼とのセックスは「ときには恐ろしくてひどい」ものだったが、しかしつねに「最後には完全に満足された経験だった(69)」と。

(68) 同前、二四一頁。

(69) ジュディ・フリーマン、福のり子訳『ピカソと泣く女──マリー・テレーズとドラ・マールの時代』淡交社、一九九五年、一四五、一五八頁。

しかし、恋人の間ではレイプ快楽はそれ自体がメタファーにとどまる。深い結合、膣を充満させるペニスの強固な勃起と、それに刺し貫かれることで真底に達した結合を成し遂げる膣の受動的能動性のメタファーとしてだ。またそれにすぎないものとして。それは戦争暴力のメタファーとはならない。

女性が主要な担い手である性欲と性的快楽の女性的形態の基本性格は、愛撫され優しくされることの快楽のもつ、また征服され所有される快楽のもつ自己融解的な性格に、その意味でのマゾヒズム的性格にある。この問題基盤の上で、村上文学はつねに女性のなかに二種類の性欲の葛藤劇を追求してきたといいうる。つまり、己をニーチェ的な《力》として享受しようとするさいの性欲の女性的形態と、愛のエロス的記憶に己の基盤を置く性欲との葛藤劇の追求である。この視点が、愛のエロス的記憶の喪失による実存の「空き家」化と、またその記憶の回復による「空き家」化していた実存の存在回復のドラマと一体となり、このドラマの人間的な欲望の内実性として展開する。それは見事な小説的必然性である、と僕は思う。

男が担う《力》の男性的形態をめぐる問題系は、『ねじまき鳥……』においては何よりもまず綿谷ノボルである。ついで間宮中尉の語る皮剝ぎボリスと彼によって皮を剝がれる情報部の山本のエピソードの全体によって示される。ついで『海辺のカフカ』におけるナカタがその担い手となる。この男性的形態にあっては、実存の空虚化を補償的に充塡する「力への意志」は、端的な暴力への欲望として発揮されるサディズムとして現れる。それは村上によっていわばその積分的形態である戦争暴力へと結びつけられる。

戦争暴力こそは「力への意志」の男性的形態の凝集点である。

『海辺のカフカ』に戻れば、暴力の問題を取り扱うこの小説の方法的な特徴として眼を引くのは次の二点だ。第一点。この小説においては少年をめぐって展開するいわば微分化された暴力の物語は、必ず戦争という積分化された暴力の物語と、いわば互いが互いを随伴する構造において物語られてゆく。少年中田がナカタへと変身する物語は太平洋戦争の物語の一エピソードという形で語られてゆく。また、ナカタを挑発して彼を自分の刺殺へと衝き動かせようとするジョニー・ウォーカーは、戦場において兵士たちが生きねばならなくなる暴力の地獄的循環性――殺すか殺されるか、またそのようにして復讐には復讐を、の――を示すことで、いわばナカタを刺殺行為へと口説く。また実際にナカタの友たちである猫を彼の目の前で残酷に処刑してみせ、猫をジョニー・ウォーカーに殺させるにまかせるか、それともジョニー・ウォーカーを刺殺して猫を助けるかの否応ない選択にナカタを追い込み、穏和な彼のなかにさえ復讐の欲望を引き起こす。

また『海辺のカフカ』の終結部分で展開する「暗い森の迷路」を抜け出る物語は、太平洋戦争のさなかこの森のなかへと、戦争を駆動する「暴力的な意志」(70)に絡めとられまいと脱走し、いまもその奥に隠れ住む、神話的＝メルヘン的な二人の脱走兵からの援助を受けてなされる。

微分的暴力は積分的暴力と通底する。少年の対話的分身である「カラスと呼ばれる少年」は、少年の心に渦巻いていた父を殺し母や姉を犯そうとする暴力の欲望を批判しながら、こういう。既に引用したことがあるが、もう一度引こう。「いいかい、戦いを終わらせるための戦いというようなものはどこにもないんだよ。……（略）……戦いは、

(70)『海辺のカフカ』下、四一三頁。ここでも「意志」という言葉がニーチェを暗示する。

戦い自体の中で成長していく。それは暴力によって流された血をすすり、暴力によって傷ついた肉をかじって育っていくんだ。戦いというのは一種の完全生物なんだ」[71]と。

ついでにいえば、この微分的暴力と積分的暴力との通底しあう二重構造のパラレル・ワールド的な小説構造は、これまた既に『ねじまき鳥……』で決定的な形で構築された小説的仕掛けである。間宮中尉がノモンハン事変のソ満国境で体験する、全身の皮を剝がされて拷問死する山本大尉の出来事や、その後シベリアに抑留された彼が収容所のなかで体験する「皮剝ぎボリス」との出来事の記憶、それは、クミコや加納クレタが経験する性欲動の暴力化という微分的暴力にかかわるテーマと――レイプ暴力と皮剝ぎのサディズムの相同性を媒介とすることで――二重構造ないしはパラレル・ワールド的関係、あるいは「相互メタファー」(『海辺のカフカ』から借用すれば)の位置に立つ。

『海辺のカフカ』の終結部で少年とくだんの二人の脱走兵が交わす会話はこうである。

「銃剣のことは忘れないようにね」と背の高い兵隊が言う。「相手を刺したら、それをぎゅっと横にねじるんだ。そしてはらわたを裂く。そうしないと、君が同じことをやられる。それが外の世界だ」

「でもそれだけでもない」とがっしりしたほうが言う。

「もちろん」、背の高い兵隊が言う。そしてひとつ咳払いする。「僕は暗い側面を語っているだけだ」

「それに善悪を判断するのはとてもむずかしい」とがっしりした兵隊が言う。

「しかしそれはやらなくちゃならないことだ」と背の高い兵隊が言う。

(71) 同前、三四八〜三四九頁。

「たぶん」とがっしりしたほうが言う。[72]

僕の視点に立てば、この絶妙な会話のシーンはまたしても完璧にニーチェが体現している問題と対応している。ニーチェの世界観は根本的に戦争的・戦士的である。彼は彼の戦争的世界観をまず何よりもギリシャ悲劇とその源泉となったホメロスの英雄叙事詩の世界から学んだ。「復讐の正義《ディケー》」が恐ろしい容赦ない敵殲滅の論理として、また欲望として貫徹するギリシャ的世界を、彼はこう捉えた。それは、軟弱な「近代的人間性」にとってはあまりにも残酷でおぞましく、とうてい承認不可能なものではある。しかし、実はこうした残酷きわまる復讐欲望の充足に快感を覚える古代ギリシャ人の人間性こそが、人間の根源を嘘偽りなく肯定するものであって、そのような人間肯定の仕方を近代は古代ギリシャから学ぶべきだ、と。

「ホメロスの競争」と題された彼の論考から引こう。

> たとえば古代のもっとも人間らしい人間たるギリシア人は、残虐性、虎狼のごとき殲滅欲、といった一つの性向を具えている。かかる性向は、……（略）……ギリシア人の全歴史および彼らの神話において、近代の人間性という柔弱な概念を抱いて彼らを迎えるわれわれを不安に陥れずには置かないのである。……（略）……勝者が戦争の正義に従って、男の市民はすべて処刑し、婦女子はことごとく奴隷として売り払うとき、われわれはかかる正義の是認のうちに、ギリシア人がその憎悪の剰《あま》すところなき吐露を真剣な必要事と見做したことを見るのである。このような瞬間

(72) 同前、四七七〜四七八頁。

に、ギリシア人の鬱積され、昂まり漲った感情が和らぐのであった。……（略）……ホメロスの世界の背後に、あらゆるギリシア的なるものの母胎として横たわるものは何であるか？……（略）……この厭わしくも恐ろしい神統記的伝説は何という現世の生存を反映していることであろう。それは、**闇の子たち**である争闘、愛欲、欺瞞、老齢、死のみの支配している人生である。……（略）……この鬱屈せる大気のなかでは、闘争が救済であり、救助である。勝利の残虐性が生の歓呼の極致なのである。事実殺戮と殺戮の償いとからギリシア人の正義の概念が発展したように、より高貴な文化も己が最初の勝利の花冠を、殺戮の償いの祭壇から受け取る(73)（太字、ニーチェ。傍点、引用者）。

ニーチェはこのサディスティックな世界観をさらに、「生の本質」は「力（権力）への意志」であるとする彼自身の生の哲学によって根拠づけようとした。

否、実はニーチェの思想構造はもっと複雑である。というのも、彼はキリスト教道徳を激烈に批判するなかで、「キリスト教」とイエスその人の思想とを厳しく対立するものとして区別し、この問題の文脈ではイエスの思想を「きわめてインドならざる土地にあらわれた仏陀」という呼び方までして、その絶対平和主義をキリスト教のルサンチマン的本質と対比する。「仏陀はまた、見解を異にする者に対する闘争をもなんら要求することがない。彼の教えは何ものにもまして、復讐の、忌避の、ルサンチマンの感情におちいらないようにつとめる（――『敵対によっては敵対は終わらず』とは、全仏教の感動的な折り返し句である……）」とニーチェは述べ、この復讐放棄の思想こそ、また

(73) ニーチェ『悲劇の誕生』三二頁。

イエスの思想の核心だと強調した。

ここでニーチェに対する僕の見解を述べておこう。

ニーチェのなかには二つの立場が併存し、すさまじい葛藤を演じていた。ギリシャ的な「復讐の正義」を人間の「生の本質」論から見て諾とする立場と、反対にこの「復讐の正義」こそを放棄し、自己を全的にルサンチマンの復讐欲望から解放せよというイエス的な立場、この二つの葛藤である。そのうえでその二者択一が問題となった。ニーチェのギリシャ賛美と「主人道徳」のサディスティックな高唱の背後には、ニーチェがこの二者択一を前にしての煩悶の果てに、前者を選び後者を捨てるという思想的決断があった、と僕は考える。また、ニーチェの「生の本質」論とそれを担う彼の感受性が極度に男性主義的な攻撃性の方向へと一面化してゆくのは(74)、この一面化なくしてはイエス的立場を己から切り捨てることができないという、一種の反動形成的な力学が彼に作用した結果である、と。心の奥底ではイエス的なものを愛していたからこそ、それと手を切るためには、彼はその要素をことごとく自分のうちから排斥し亡きものにしなければならなかったのだ。まさにこの点においてニーチェは自分自身をサド＝マゾヒスティックに経験せざるをえなかった。

先の二人の兵士の会話は、僕にいわせれば、そうしたニーチェ特有の一面化の力学を批判する観点をおのずと表現するものとなっている。「復讐の正義」が支配する現実は確かに人間の根源的な現実ではあるが、それでもその一面である。また人間を衝き動かす情動の力がそのリアリティを示すのは、それが「善悪の彼岸」に立つ圧倒的な「力への意志」として己を発揚することにおいてだとしても、それでも反暴力の力を具現する

(74) ニーチェが「生の本質」のなかに、ただ「侵害的、暴圧的、搾取的、破壊的にはたらくもの」だけを見て、その反対のもの、つまり受容的、協調的、贈与的、献身的、建設的、育成的、保育的、等々の働きを見いださなかった点は注目される。つまり、彼の生についての感受性はきわめて男性原理的であり、母性愛的な女性原理的要素をまったく欠落している。そこに彼の特徴がある。参照、拙著『《想像的人間》としてのニーチェ』一二九〜一三〇頁。

もう一つの側面、かの愛のエロス的記憶もまた人間の根源に由来する。またこのもう一つの側面にかかわることによってこそはじめて、人間は善悪の区別をたんに社会的に強制された道徳的判断の問題としてではなく、自分の愛のエロス的記憶への応答責任の問題、自分の実存そのものに食い込んだ他者への応答責任の問題として引き受けることができるようになる。

先に見た「カラスと呼ばれる少年」のおこなう暴力の「完全生物」的性格についての考察は、その帰結においてイエス的立場へと、つまり復讐欲望の自発的な放棄と「ゆるす」ことの倫理へと向かうであろう。僕は小説の終結部において示される少年と佐伯の会話を想起する。

> 「そしてあなたは捨てられてはならないものに捨てられた」と佐伯さんは言う。「ねえ。田村くん、あなたは私のことをゆるしてくれる?」
> 「僕にあなたをゆるす資格があるんですか?」
> 彼女は僕の肩に向かって何度かうなずく。「もし怒りや恐怖があなたをさまたげないのなら」
> 「佐伯さん、もし僕にそうする資格があるのなら、僕はあなたをゆるします」と僕は言う。
> **お母さん、と君は言う、僕はあなたをゆるします。そして君の心の中で、凍っていたなにかが音をたてる**[75]（太字、原文）。

（75）『海辺のカフカ』下、四七一頁。

「リトル・ピープル」解釈論争に抜け落ちている視点

つい最近、僕は『村上春樹『1Q84』をどう読むか』を読んだ。そこでは村上文学を批評する名だたる評論家諸氏三五名が『1Q84』を論じていた。さまざまな評価と視点がそこでは行き交っていたが、ほぼ次の点では大方が一致しているかに見えた。あのリトル・ピープルが象徴するものは、いわば王権的な主宰者的な権力がもはや成立しないところの、すべての人間がそこに組み込まれその共犯者であり分有者となっているところの、現代の「システム」としての暴力——フーコー等が最初に鋭利に問題化した——であろう。システムとなった暴力あるいはシステムという暴力、これのメタファーがリトル・ピープルにちがいない、と。(76)

事実、インタビュー集『夢を見るために……』での村上の発言は彼が「オープン（開放）システム」に対置する「クローズド（閉鎖）システム」——それはオウム真理教団のメンタリティを念頭にしている——が「リトル・ピープル的なるもの」のイメージ源泉であることを示唆する。(77)

だが、僕にいわせれば、村上文学の展開に即すとき、このいかにもなるほどと思わせる評論家たちの意見一致には、その議論展開において或る重大な視点の欠落が見られる。まさにそれが、これまで僕が一貫して論じてきた《実存の「空き家」化と《力》による補償的充塡》というテーマなのだ。また次の点も気になる。「システム」という概念との安易な同一視は、ここで問題となっている《力》に村上が与えたあの「原初の混

(76)『村上春樹『1Q84』をどう読むか』河出書房新社、二〇〇九年。特に次の諸氏の発言。安藤礼二、石原千秋、斎藤環。なおそこでは、リトル・ピープルが何者であり、何のメタファーなのかはBOOK2まではとうてい明確になってはおらず、その解き明かしがBOOK3に期待されるという点ではほとんどの意見は一致していた。遺憾ながら、この期待をBOOK3は満たさなかった。はぐらかしたといってよい。本書補論I「『1Q84』批判」が示すように、この点では前掲書での川村湊とほとんど同じ批判を僕は村上に対して抱く。

(77)『夢を見るために……』一一八～一二〇頁。

沌」という主要な性格規定に対する注目をそらしかねない。というのも、「システム」の概念は通常反復される法則的な秩序性と結びついており、それが与えるイメージにおいておよそ混沌性の対極となるものだからだ。また村上は、先に見たように、他者に開かれたメンタリティのあり方を「オープン（開放）システム」と名づけているように、システムという言葉をポジティヴな意味でも使用する。

くだんの問題の文脈で村上がシステムという言葉をどのように使用しているかに注目すれば、次のことがわかる。『ねじまき鳥……』でノボルについてこう書かれていた。先に引いたが、もう一度紹介しよう。「ある種の淀みは、ある種の暗部は、それ自体の力で、それ自体のサイクルでどんどん増殖していく。そしてあるポイントを過ぎると、それを止めることは誰にもできなくなってしまう」と。同じく『海辺のカフカ』では復讐暴力の自己増殖連鎖を「完全生物」と呼んでいた。村上が暴力に関してシステムという言葉を使うのは、多くの場合この《力》の自己増殖的運動性を指してなのだ。既にいくどか指摘したように、それはニーチェの「力への意志」のもつ自己増殖的・自己鞭撻的・自己劇化的構造とほぼ等しい。

いうまでもなく、この点でシステムという言葉は、この暴力の自己増殖を《止めるのは誰か?》ないし《止めるのは何か?》という問いかけと抱き合わせになっている。合わせ鏡になっている。既に何度も述べたように、この《止める力》は愛のエロス的記憶に宿る。

あるいは、こう述べるほうが正確かもしれない。なるほど、リトル・ピープルはシステムとなった暴力あるいはシステムという暴力のメタファーではあるが、このメタファーは、システムに取り込まれる各個人の主体的＝実存的な側面を「実存の『空き家』化と《力》による補償的充塡」という視点から問題化するという含意を孕んだものだ、と。この含意がしっかりと摑まれていなければ、「リトル・ピープルなるものと反リトル・ピープル作用」の対抗という『１Ｑ８４』の根幹的テーマが、この小説では同時に《力》と《愛》との対抗として描き出されるという肝心な点、それが見えなくなるのだ。

「聴従者」たるリーダーとリトル・ピープルなるもの

『１Ｑ８４』においてリーダーは自分が宗教家と見られることを拒否して、こういう。「わたしは自分のやってることを宗教行為だとは考えていない……（略）……わたしがやっているのは、ただそこにある声を聞き、人々に伝達することだ[78]」と。彼によれば、この声への聴従はかつての太古の王の仕事であった。「その時代にあって王とは、人々の代表者として〈声を聴くもの〉であったからだ。そのような者たちは進んで彼らと我々を結ぶ回路となった[79]」。ここでいう「彼ら」とはリトル・ピープルのことである。

この聴従者というリーダーの自己規定もニーチェに深くかかわっている。

ハイデガーを引き合いに出そう。ハイデガーのニーチェ講義『ニーチェ』はそのニーチェ理解の正確さと深さにおいて有名である。かつハイデガーが実はいわばニーチェの使徒であった事情をこよなくよく語る著作でもあった[80]。そのハイデガーは『ニーチェ』のなかで、彼のニーチェ考察の帰結として「聴従」という世界態度こそが哲学者のとるべき態度だと主張した。『ニーチェ』Ⅱ・第二章「同じものの永遠なる回帰と力への意

(78)『１Ｑ８４』２、二三六頁。

(79) 同前、二四一頁。

(80) 参照、拙稿「『ニーチェ的なるもの』と現代（中）Ⅱ　ハイデガーとニーチェ」。

志」の結びの言葉はこうである。

「始原の問いに許されていることは、人間を存在の声の聴従へ共鳴させ、そして存在の真理の見守りに仕えさせる思索である(81)」と。

この場合「存在」の始原があげる声とは、世界のキリスト教的な目的論的解釈を無化してしまうほどの、「無底」の深淵の闇の彼方から聞こえてくる、《力》の混沌の渦巻きがあげる《声》にほかならない。この見地こそが、ハイデガーによれば、「存在」の本質を「力への意志」とみなし、かつ「力への意志」とは混沌たる「力」の戯れにほかならないとしたニーチェの《力》の形而上学の帰結なのである(82)。

実によく似ている。リーダーの立ち位置は。

僕の推測を述べたい。明らかにここで村上はハイデガーがニーチェから引き出してきた「存在の声の聴従」を念頭にし、そのパロディ化をおこなっている。さらにその点にかかわって興味深いのは、リーダーにあってはこの「聴従」という世界態度が宗教家であることへの拒否と結びつき、その拒否が、実は愛という関係性ないしは力の存在をいわば「仮説」する立場への拒否と結びついていることである。

まずリーダーはこう宗教を批判する。「世間のたいがいの人々は、実証可能な真実など求めてはいない。真実というのは大方の場合、あなたが言ったように、強い痛みを伴うものだ。そしてほとんどの人間は痛みを伴った真実なんぞ求めてはいない。人々が必要としているのは、自分の存在を少しでも意味深く感じさせてくれるような、美しく心地よいお話なんだ。だからこそ宗教が成立する(83)」(傍点、引用者)。

この宗教批判の論理はニーチェのキリスト教批判の論理と実質的には同一である。

(81) ハイデガー『ニーチェ』Ⅱ、平凡社ライブラリー、二六一頁。

(82) 参照、拙稿「『ニーチェ的なるもの』と現代(中)Ⅱ　ハイデガーとニーチェ」一五四～一五六頁。

(83) 『1Q84』2、一三四頁。

ニーチェは『権力への意志』のなかで、こう述べている。第一に、キリスト教的道徳の視界においては「生成や消滅の流れのうちにある人間の卑小性や偶然性」はそれ自体として直視されることはなく、人間には神的使命の担い手として「一つの絶対的価値」が授けられる。また第二に、人間の過誤と残酷に満ちた生はこの視界のなかでは神の世界創造計画の不可欠の一部分とみなされ、弁神論的パースペクティヴ(84)へと組み入れられることによって、「禍害は意味に満ちている」と解釈されることとなる。第三に、そうした神的使命と神的意図を人間はキリスト教を通じて認識しうるとキリスト教は主張するがゆえに、「キリスト教は、絶対的価値についての知識を人間はもちうるとみなし、だから最も重要なものに対してこそ十全な認識を人間に与えた(85)」と。ニーチェの結論はこうだ。キリスト教は人生の根源的な困窮と残酷さに対してこうした三つの「まったく特定な解釈」を施すことで、「人間がおのれを人間として軽蔑しないように、生きることを敵視しないように、認識することに絶望しないようにはからった。すなわちそれは、一つの保存手段(86)」（傍点、ニーチェ）となった、と。

だから、『1Q84』でリーダーがおこなう宗教批判の論理はキリスト教的な宗教へのニーチェ的な批判である。ただし、その実質は何かというと、ニーチェが批判したようなキリスト教神学のおこなう目的論的で弁神論的な世界観の提示に対する批判というより、愛の宗教としてのキリスト教批判なのである。

リーダーと青豆とのやりとりを読んでゆくと、リーダーの宗教批判のいわば真の対立項は青豆の抱く愛の実在性に関する信念だということが明らかとなる。青豆の「私には愛があります」、「愛があればそれで十分だ」という断言に対して、リーダーはいささか

(84) キリスト教の神学的前提は、神という全知全能の叡智的創造主が世界を創造したという点にある。他方この世が不条理・不正に満ち満ちていることはすぐ感じられるから、神ともあろう叡智的創造主がかかる不条理・不正までも創ったのはなぜか？ という疑問が沸き起こるのは必定である。キリスト教神学はこの問いに納得のゆく答えを出すことを第一義の課題とせざるをえない。そこから生まれる議論を神の弁護論、すなわち「弁神論」という。
(85) ニーチェ『権力への意志』上、二三三頁。
(86) 同前、二三三頁。

の皮肉をまじえて「どうやらあなたは宗教を必要としないみたいだ」と述べ、さらに説明して「なぜなら、あなたのそういうあり方自体が、いうならば宗教そのものだからだよ」という(87)。

このリーダーの言葉に対して、青豆は「宗教とは真実よりむしろ美しい仮説を提供するもの」というのがあなたの考えなのかと問い返す（ここでも「仮説」という言葉が登場する！）。このやりとりからして、またこれまで論じてきたように、「リトル・ピープルなるもの」と「反リトル・ピープル作用」との拮抗関係の核心が、愛が損なわれ失われる記憶と愛のエロス的記憶との拮抗関係＝「合わせ鏡」関係であることからしても、愛の作用力の承認をめぐる対立がニーチェ的《力》に対して『１Ｑ８４』が押し出す対決点だということは明らかである。

繰り返せば、リーダーは『羊をめぐる冒険』（否、『風の歌を聴け』の末尾のニーチェの言葉以来というべきか）以来一貫して問題となっている「原初の混沌」に対する聴従者として身を構える。他方、そういう観想的な世界態度に潜んでいるニヒリズムに対抗する意志をもって幾多の主人公が、まさに愛のエロス的記憶を自分の存在の「正確なありか」を測定する「かなめ石」——ソリッドで、代用の効かない、個別的な、もはやメタファーではない、実在の——として想起することで、「原初の混沌」がニーチェ的な暴力的な《力》へと水路づけられ形態化されることに対抗して、「原初の混沌」を「反リトル・ピープル作用」へと水路づけ形態化しようとする二人の男女の冒険譚が誕生する。

つまり、それが村上の原物語《ウア・ヒストリー》の構造なのである。

(87)『１Ｑ８４』2、二三五〜二三六頁。

反・《力》としての愛と公正であらんとする意志

「反リトル・ピープル作用」は何よりもニーチェ的な《力》に抗する作用として描き出される。これが僕の視点である。そこには村上春樹自身の作家的資質が込められている、と僕は考える。本章の考察の最後をこのテーマで結びたい。

公正であろうとする責任感、いいかえれば正確であろうとする責任感。この問題から考えていこう。

というのも、ニーチェをもじっていえば「公正への意志」こそは村上の作家的資質だからであり、そこに彼の根本的な反ニーチェの原基があると思えるからだ。

ニーチェの「力への意志」の思想は、「善悪の彼岸」においてその源を発する、ひたすらなる自己享受を追求する自己目的的な、自己完結的な強烈なナルシシズムに貫かれた《力》の思想であった。そこには他者が存在しない。他者が存在しない以上、他者への責任、応答責任の論理が入る余地がない。ここで澁澤龍彦の三島批評の「自己劇化」[88]という言葉を借用するなら、それはまた「自己劇化への意志」となって展開するものでもある。

では、たとえば『海辺のカフカ』の立つ位置はどう特徴づけられるか?

僕はこう特徴づけたい。『海辺のカフカ』は、「善悪の彼岸」においてその源を発する《力》のリアリティを承認するところから出発する点でニーチェと同じ道を歩むようでいて、究極においては「責任」という倫理を自らの立場の基底に据えようとする、と。

(88) 澁澤龍彦『三島由紀夫おぼえがき』新潮文庫、六八、八二頁。

責任とは何か？　村上の場合、責任とは、他者へと想像力を働かせることの責任である。また他者から必要とされ、それゆえにまた他者を必要としたという、人間相互の必要としあうエロス的関係性の哀切な記憶への責任である。それはまた、自分が抱き自分を委ねようとする情動に対して公正であり正確であろうとする責任感でもある。

『海辺のカフカ』において主人公の田村カフカ少年は夢のなかで姉のさくらを犯す。「カラスと呼ばれる少年」に村上はこういわせる。「たとえ夢の中であったにせよ、君はそんなことをするべきではなかったんだ[89]」と。さくらは少年に犯されながら、こう彼にいう。「でもこれだけは覚えていてね。君は私をレイプしているのよ。君のことは好きだけど、これは私の望んでいるかたちじゃない[90]」と。

世間的道徳のカテキズム（道徳的教義問答）のなかで、少年による姉の夢化されたレイプが弾劾されているのではない。さくらという一個のかけがえのない他者との関係性のなかで、少年は彼女から「君のことは好きだけど、これは私の望んでいるかたちじゃない」と弾劾されているのである。少年とさくらとが結んでいるかけがえのない応答責任性の関係の名において、少年はさくらによって弾劾されているのである。

だが、まさにそうした応答の誠実さが賭けられた「責任」の観念こそは、「善悪の彼岸」に立つナルシスティックな「力への意志」を己の思想原理とするニーチェに根本的に欠如するものなのだ。

僕はこの責任という問題を、村上のなかにつねに疼いている「公正への意志」とでも呼びたくなる感情と結びつけたい。

村上文学はつねに主人公たちに自分の欲望のあり方、いいかえれば、欲望が結び合わ

(89)『海辺のカフカ』下、三四七頁。

(90)同前、三一二頁。

せる自己と他者との関係の形の「公正さ」、あるいは「正しさ」・「公平さ」・正確さについて吟味することを要求する。

たとえば、『世界の終り……』において主人公はこう述懐するのだ。「そして私は彼女に対して公正に振舞うことができたのだろうか？……（略）……そんなものを求めているのは私くらいなものだ。しかし公正さを失った人生になんてどれだけの意味があるだろう？……（略）……公正さというのは極めて限定された世界でしか通用しない概念のひとつだ。しかしその概念はすべての位相に及ぶ。かたつむりから金物店のカウンターから結婚生活にまで、それは及ぶのだ。誰もそんなものを求めていないにせよ、私にはそれ以外に与えることのできるものは何もないのだ。そういう意味では公正さは愛情に似ている」[91]と。あるいは『ノルウェイの森』のなかで直子はこう手紙に書く。「私はその四ヶ月のあいだあなたのことをずいぶん考えていました。そして考えれば考えるほど、私は自分があなたに対して公正ではなかったのではないかと考えるようになってきました。……（略）でもこういう考え方ってあまりまともじゃないかもしれませんね。どうしてかというと私くらいの年の女の子は『公正』なんていう言葉はまず使わないからです」[92]。

「公正」であろうとする村上文学の主人公に共通したこの人間的資質こそ、おそらく村上本人の作家的資質の最重要の要素の一つであろう。そして僕の考えでは、このおよそ激情的なものや過剰性を嫌悪する「公正」たろうとする感情的資質こそ、彼をニーチェに対して、また三島由紀夫に、いいかえれば「自己劇化」の論理に、彼らをつなぐ「力への意志」に対して、ディオニュソス的なものやそれへの憧れに対して、根底的に

(91) 『世界の終り……』下、三三四頁。

(92) 『ノルウェイの森』上、一七六頁。

対立させるものだ。それは、村上文学の主人公たちに共通する、自己に一歩距離をとって己を宙に浮かすことを愛する、あの静穏な持続性をもった内省的な、またつねにユーモアと優しさの滲んだ気分の基底なのだ。いわばそれはチェーホフ的資質である。既に『羊をめぐる冒険』のなかで村上は主人公にこう語らせている。「……僕はいろんなことをできるだけ公平につかみたいと思っている。必要以上に誇張したり、必要以上に現実的になったりしたくない。でもそれには時間がかかるんだ[93]」と。

また僕たちはここで『海辺のカフカ』でのかの大島の言葉も思い出す。記憶は自分の「正確なありかを知る」ための唯一最大の手がかりなのだという言葉を。

とはいえ、この「公正への意志」は「力への意志」とちょうど合わせ鏡になっているのかもしれない。何事もそうであるように、一方は他方の影法師なのだ。

ここでまた『風の歌を聴け』の末尾のニーチェから引いた言葉が甦る。

「昼の光に、夜の闇の深さがわかるものか[94]」。

「公正への意志」は昼の光のなかに立つ意志である。

しかし、おそらくその影のなかでもう一人の作家が呟いているのであろう。お前に、「夜の闇の深さがわかるものか」と。

(93)『羊をめぐる冒険』上、二〇〜二一頁。

(94)『風の歌を聴け』一五七頁。

第4章 「自己療養行為」としてのセックス

二つのセックス

『羊をめぐる冒険』においてセックスは主人公のいわば世界把握の中核的な梃子の位置に据えられている。それは、最初に登場するガールフレンドの言葉を借りれば、「私にとっての世界の成り立ちかたのようなもの(1)」を知る通路なのだ。

また主人公はこういう。「性交ということばが僕はとても好きだ。それは何かしら限定された形の可能性を連想させてくれる(2)」と。こうした意味を帯電させられた「性交」という言葉は、小説全編にまるで花のように撒き散らされているといってよい。というのも、「何かしら限定された形の可能性」を連想させるということは、この小説では「希望」をもつということと等置されているからだ。或る登場人物はこういう。「希望というのはある限定された目標に対する基本的姿勢を最も美しいことばで表現したものです(3)」と。つまり、性交は希望という花なのだ。

だが、なぜ主人公にとって性交は希望の花なのか? また、「私にとっての世界の成り立ちかたのようなもの」を示すものとなるのか? それがわかるためには、もう少し

(1) 『羊をめぐる冒険』上、一四頁。
(2) 『羊をめぐる冒険』下、三三一頁。
(3) 『羊をめぐる冒険』上、一〇〇頁。

この小説の思念というものを追わねばならない。

もっとも、次のことはいっておかねばならない。「性交」という言葉は小説全編に撒き散らされているとはいえ、この小説では読者を性的興奮に誘うようなポルノグラフィックな描写はまったくない。実にこのこともまた村上文学の特徴だ。確かに、この点は後期になるほど改められる。特に『ねじまき鳥……』以降、『海辺のカフカ』においても『1Q84』においても、男性主人公が自分のペニスを愛する女のヴァギナに挿入し果てるときの感触の細部描写に村上は入れ込んでいるという印象がある。とはいえ、描写の基底をなすものは、読者を性的興奮に誘うポルノグラフィックな意図ではなく、まさにセックスをとおして「世界の成り立ちかた」を探索するというきわめて知的な、いうならば哲学的な意志だ。性交快感そのものの文学的再現が作家村上の書く欲望の中核をなしているとは思えない。

ところで、既に『羊をめぐる冒険』において、セックスは主人公によって二種類に分類されていた。「自己療養行為としてのセックス」と「暇つぶしとしてのセックス」[4]に。もっとも、この二種類の区別が意味するものについて、この小説はそれほど明らかにしてはいない。しかし、この区別は僕のいう《ニーチェ的四部作》のなかでその後執拗に追求されることになる。事実、村上はインタビュー集『夢を見るために……』のなかで、自分にとってセックスは究極的には「soul-commitment（魂の結託）」のごときものと考えられていると述べ、こう続けている。「もしそれが良きセックスであれば、あなたの傷は治癒されるかもしれないし、イマジネーションは強化されるかもしれない。それはひとつ上のステージへと、より良き場所へと通じる通路なのです[5]」と。

(4) 同前、四七頁。

(5) 『夢を見るために……』二一九頁。ただし、同書はこのテーマを『羊をめぐる冒険』以来の村上に一貫するテーマとして議論の前景に押し出しているわけではない。

『羊をめぐる冒険』で繰り返し登場する言葉は「性交」の他に、既に何度も述べたことだが、「非現実」という言葉だ。自分の存在が非現実性の感覚に蝕まれた人間、それに相関して自分が生きる《世界》そのものが非現実感に浸されてゆく人間、だからまた自分の実存と《世界》ともどもの現実性の回復を希求する人間、かかる人間がこの小説の主要な登場人物たちである。セックスは、この場合、自己という存在の、あるいは自己と他者との絆の、その現実性のいわば特権的な確証場面として登場する。主人公の「僕」は、自分とのセックスの回数を正確に記録していた妻がこの記録を離婚にさいして廃棄したことを嘆く。この廃棄は彼女と彼との絆が現実性から非現実性へと移行したことのメタファーにほかならない。たとえばこのような形で、セックスは村上にとって既に『羊をめぐる冒険』以来世界把握の中心軸であり梃子なのだ。

だが、それにしてもなぜセックスはそのような意義をもちうるのか？　もっと掘り下げて考えてみよう。

そのとき鍵となるのは、既にこれまで本書でいくどか取り上げてきたプラトン的な意味でのエロス的関係性に対して、村上が強い憧憬を抱いているという点である。この関係性はいくつかの作品では「つがい」の関係性として語られる。たとえば『1Q84』で、天吾は少女ふかえりを抱いたときに湧き起こった感覚をこう述べる。自分とふかえりは「つがい」の関係にある者だと感じた、と。「まるで自分の一部を抱いているような気さえする。血肉を分け、体臭を共有し、意識を繋げたものを抱いているみたいだ[6]」と。『ノルウェイの森』では、こうしたつがい性はまず主人公の「僕」がいわばトリオの関係に入り込んだ直子とキズキとの関係性として描き出される。「私たちは普通の男

(6)『1Q84』2、二九五頁。

女の関係とはずいぶん違ってたのよ。何かどこかの部分で肉体がくっつきあっているような、そんな関係だったの。……（略）……私たち二人は離れることができない関係だったのよ」[7]。主人公の渡辺はこうした二人の関係のいわば立会人の位置に置かれる。そして、その役割を担うことをとおしていつしか、死んでしまったキズキの半ば代理人となる。

こうした「つがい」の関係性とはプラトン的エロスの関係性である。既にいくどか触れてきたテーマだが、要点を繰り返そう。古代ギリシャの哲人プラトンは『饗宴』のなかで、登場人物のアリストパネスの口を借りて「エロス」と呼ばれる恋情の神話的起源をこう説明した。元来両性具有的であった「男女存在《おとこおんな》（アンドロギュノス）」がゼウスによって断ち割られてしまい、断ち割られた一方の男半身と他方の女半身とが元の一体性を回復することで己の存在を元どおりの状態に復帰させ完成させようと、互いに互いの欠如分たる相手を追い求め恋い慕う情熱を抱くに至った、と。『海辺のカフカ』では大島と田村カフカ少年がこの『饗宴』のくだりについて語り合う場面が出てくる[8]。そして読者はあとで気づく。このシーンは、かつて少女であった時代に佐伯が恋人の少年と結んだかけがえのない愛の絆を示唆する布石の役割を負わされていることを。そこでは、このエロス的関係性は「私たちは完全な円のなかで生きていました」[9]といわれる。

このテーマから村上文学を振り返るとき、僕たちは気づく。このテーマは既に『羊をめぐる冒険』のなかで決定的なテーマとなっており、この点でもこの作品はそれ以降の村上文学の祖型《プロトタイプ》・「僕の本当の出発点」[10]の位置につくものだということを。僕は本書第1章「いとみみず宇宙とは何か」節の最後でそのことを指摘しておいた（本書二九～三

（7）『ノルウェイの森』上、二六二～二六四頁。

（8）『海辺のカフカ』上、七九～八〇頁。なお、ロックミュージカル映画の傑作『ヘドウィック&アングリーインチ』のなかでヘドウィックが歌う「愛の起源The origin of love」というロックバラードの歌詞は、この神話をそのまま写したものである。

（9）『海辺のカフカ』下、三六〇頁。

（10）『夢を見るために……』二一七頁。

六頁)。そこでは、主人公の「僕」は羊探しの冒険旅行のパートナーとなる「非現実的なまでに耳の美しい女」から、「自分自身の半分でしか生きていない」のであり、「あとの半分はまだどこかに手つかずに残っている」人間だと批判される。同時にその事情は自分たちに共通したものだともいわれる。というのは、彼女のほうは自分のことを、せっかく耳をもっているにもかかわらず、その耳を自ら塞いでしまっている人間であると語るからだ。

この点を確認するならば、この小説のなかでセックスが「自己療養行為」としてのそれと「暇つぶし」のそれとに二分されることの意味も明らかとなるであろう。つがい性の絆で結ばれる男女のセックスは、プラトン的意味においてエロス的であり、それは、各自が相手と結合することによって「自分自身の半分でしか生きていない」状態から真の全体的な自己へと相互的に復帰するということであり、かくてそれは「自己療養行為」の意味を帯電するに至る。つまり、関係を結ぶ両者が相手との結合をとおして相互に、非現実性に蝕まれていた自分の実存に現実性を回復するという「療養」を施すことになる。このいわば存在療養・実存療養への期待が、この小説では、かの鼠とその恋人の間でも「私の非現実性を打ち破るためには、あの人の非現実性が必要なんだって気がした」(11)という関係性として追求される。またその事情が主人公「僕」と耳の美しい女との関係性といわば「相互メタファー」の関係を形づくる。

既に僕は本書第2章の最終節「愛という介在者」のなかで、マルティン・ブーバーの「私－きみ」関係性の視点を引き合いに出しながら、互いをつがい性にあると感じる二者ほどに自分たちの関係性を「私－きみ」関係性として感じ、またそう生きようとする

(11)『羊をめぐる冒険』上、一七六頁。

者もいないであろうことを指摘した。読者にはぜひその箇所を振り返っていただきたい。

ブーバーは、「私‐きみ」関係性こそがかかわりあう二者の相互の現実共有・現実参与を可能にし、また後者が前者を可能にすると論じた。そうした関係性が成り立ってこそ「現実」という概念がはじめて人間にとって実感性を獲得するのだとした。この点でいえば、村上文学におけるプラトン的なエロス的関係性にあっては、交じり合う二者が抱く生の切迫した現実とは、互いにその「半身」を欠如するがゆえに自分の実存が或る非現実性によって蝕まれているという内面的窮迫性である。同時に二者は、この欠如的で窮迫的な相手の現実へ参与し、それを分け持つことこそが、自分たちの「半身」的関係性によって促されてもいることを発見する。生の切迫したリアリティがその非現実性の苦しみであるという逆説が、互いの欠如する「半身」を与えあう関係を産み出すことによって、生のリアリティを文字どおりリアルなものとして恢復する自己療養的展望を呼び寄せる、といいうる。

だが他方、たんなる「暇つぶし」としてのセックスは、性欲望の交換によって快楽の成就を相互的に実現するコミュニケーション行為であるとしても、たんにそれにとどまる。それはなんら実存的な充足、インタビュー集で村上のいう「soul-commitment（魂の結託）」を意味しない。

『1Q84』では、この「自己療養行為」としてのセックスか、たんなる「暇つぶし」のセックスかについての区別は、天吾とセックスフレンド恭子とが享受するセックスと、天吾と少女ふかえり（＝青豆）のセックスとの違いとして語られる。

その事情は、まず天吾をめぐる次のような描写のなかに姿を顕わす。村上はこう書いている。

「天吾にとっては性欲とは、基本的にはコミュニケーションの方法の延長線上にあるものだ。だからコミュニケーションの可能性のないところに性欲を求めるのは、彼にとって適切とは言いがたい行為だった。そしてふかえりが求めているのが彼の性欲ではないことも、おおむね理解していた。天吾には何かべつのものが求められているのだ――それが何であるのかはよくわからないけれど」(12)。

性欲が性欲として誘発ないし挑発され、性欲と実感され実現される(realization)のは、自分の性欲に相手が自らの性欲を差し出し応えてくれるからであり、あるいはまた相手が差し出した性欲に自分の性欲を差し出すことによって応えようとするからである。性欲の相互応答と交換行為が性欲を性欲として十全に実現する。性欲とは天吾にとって「基本的にはコミュニケーションの方法の延長線上にあるもの」であった。

この意味では、もちろんレイプが性欲の実現としてとうてい「適切とは言いがたい行為」であることは当然だが、たんに問題はそれに尽きない。というのも、天吾とふかえり(=青豆)とのセックスが実現しようとするのは、そうした通常の意味での快楽享受を目指す性欲の交換性ではなくて、一言でいえば、つがい性だとされるからである。とはいえ、そのことは、「つがい」者の間にセックス享受の関係性がこのつがい性のメタファーとして生じることを妨げるわけではない。しかし、そのことは、つがい性がセックス享受の相互的欲望・性欲交換の欲望に還元されるということではない。

相互の性欲交換がつがい性のメタファーとしての意義を獲得するならば、そのセック

(12)『1Q84』2、二九六頁。

スは「自己療養行為」としてのセックスとなる。この「自己療養行為」が『羊をめぐる冒険』では次の意味を帯電することになるのはいうまでもない。

　つまり、この問題の遠近法の下で「私にとっての世界の成り立ちかたのようなもの」が問われるのであり、その成り立ちかたの根幹を定めるものとして、くだんのエロス的関係性の有無が問われるのだ。その関係性にどこまで参与できているか、あるいは享受できているのかを測定すること、その参与によって主人公たちは新たに世界をどのような角度から照射することができるようになるのか、僕たちがこの世界において結ぶさまざまなる関係性をあらためてこの究極の基準を光源として照明してみること、等々が問題となる。「よきセックス」はこうした問いかけをメタファー的に帯電する。この意味で、それは世界に対する僕たちの視点と関与をもう一段高める。つまり、先に紹介した村上の言葉を使えば、「イマジネーション」は強化されるかもしれない。それはひとつ上のステージへと、より良き場所へと通じる通路なのです」ということになろう。

　村上文学においては、つがい性を前にして恋人たちは、それが自分の性欲のなかに還元されてしまわないかと懼れ、躊躇し、あるいは羞恥を感じる。つがい性が己の性欲を挑発し、あるいは誘発することに関して、恋人たちは相手に許しを請い、あるいは許しを与える。『1Q84』の14章の叙述において、天吾が身に被る勃起に関してこう描写される。

「かたくなってもかまわない」とふかえりは彼の心を見透かしたように言った。
「かまわない？」

「それはわるいことじゃない」
「悪いことじゃない」と天吾は彼女の言葉を繰り返した。[13]

あるいは『ノルウェイの森』でなら、直子は性欲を主人公の渡辺に贈与できず、彼のペニスを膣のなかに迎え入れることができない自分の身体を悲しみながらも、彼の被る性欲の苦しみをいたわってペニスを愛撫し、彼を射精に導いてやる。それはかつて彼女とつがいの関係にあったキズキにしてやったことでもあった。

この点で僕はこう付け加えておきたい。セックス欲望に対する村上文学の態度の特質はその優しさにあり、いいかえれば、その女性的性格にある、と。彼の文学にあっては、セックス欲望は根本的にはそのいわばジェントリー（温和で他者を尊重する誠実さに満ちた）な自己肯定的な性格において摑まれる。村上文学の中心的主人公たちは、相手の性欲を優しくいたわって肯定する術を、男も女も、十分に心得ている。

議論を戻せば、村上文学にあってはつがい性が関係の基底であり、それが実体であり、性の快楽享受の欲望はそこから派生するものであり、つねにそれのメタファーである。性欲が基底的な実体で、つがい性がそのメタファーなのではない。関係の構造はつねに逆である。だがまた繰り返しいえば、それは次のことを妨げるわけではない。すなわち、つがい性のメタファー的意味を担って快楽の強度においても最高を極める激しいセックスの享受がつがい者の間に生じることを。

『1Q84』の或る場面で村上は、青豆がその整体術でリーダーの苦痛に苛まれる身体を治療する様子を「まるで奇跡的なまでに深い性行為を成し遂げた恋人たちのよう

(13) 同前、二九七頁。

に[14]」と形容している。この形容が告げるのは、裏返しにいえば、村上文学においてそのような深いセックスはただ恋人たちにだけとっておかれているということだ。

右の形容が示すのは次のことではないだろうか？

セックスを問題にするときに使用する村上の遠近法《パースペクティヴ》の構造はこうなっているのだ。まず性欲それ自体の――ニーチェ的な言い方を使えば――自律的な《力》性・強度という問題の存在が確認される。この《力》性・強度は、セックスしあう双方がそのさいにどれほどの性欲交換をおこなうか、性的コミュニケーションに入り込むかということによって決定される。

しかし、この《力》性・強度は一方ではプラトン的エロスのつがい性との間にメタフォリカルな関係をもつ。つまり、その性的コミュニケーションがつがい性のメタファーとしての意味をもち、同時に、つがい性が性的コミュニケーションの強度や質のメタファーとなるという「相互メタファー」の関係性が両者の間に成立する場合である。

だがまた、その《力》性・強度はつがい性と対極に位置するもう一つの正反対の関係性との間に「相互メタファー」の関係性をもつ場合もある。

つがい性の対極とは何か？

それは絶望的な孤独性であり、ひたすらなる暴力の記憶、つまり全面的に「損なわれた」という記憶、いいかえれば愛の記憶の決定的な後景化と愛の「失われる」記憶の決定的な前景化による実存の「空き家」化である。性欲がこの「空き家」化のメタファーという意味を帯電するや、性欲がどのような性質の性欲となって己を実現することになるのか、この問題は既に先の第3章で論じた。

(14) 同前、二三三頁。

『1Q84』において青豆の性欲は後者から前者への転換を生きるものとして呈示されている。BOOK2の14章における天吾と少女ふかえりの夢化されたセックスは、天吾と青豆がいずれ交わすことになるつがい性のセックスのメタファーとして登場する。青豆は中野あゆみと相互分身的であった極から、少女ふかえりと相互分身的な極へと移動する。村上の好む言い方を使えば、この世においては何事も実は移動の途上にあり、或る地点・或る意味に固定化されているのではない。移動の途上にあることで万物は多義的であらざるをえないし、多義的であるということは変身に変身を重ねるようにメタフォリカルであるということなのだ。

男性セックスの夢精的本質

顕著となるのは『ねじまき鳥……』以来のことだが、男性主人公の性愛経験に村上が与える描写のきわめて大きな特徴は、何よりもそれが「夢精」的性格をもつことであろう。このことは三つの問題に僕たちを送り返す。一つは、男における性愛経験の少年的起源にかかわる問題だ。第二は、少年期の本質的に想像的な性格をもつ自慰経験は、セックスが自慰ではなく現実の女性とのセックスとして実現し、何よりもその快楽をその女性と取り交わすコミュニケーション的な快楽として展開する場合でも、そこでの性的コミュニケーションがつねに想像的性格を帯びていることを必須とするという点では、依然として性快楽の祖型《プロトタイプ》であり続けるという問題である。第三は、セックスの本来的なこの夢想的想像的な性格が、セックスを人間が無意識の世界へと導かれるさいの最重要の通路の一つへと高めるという問題である。だから、インタビュー集で村上が「セックスは鍵です。夢と性はあなた自身のうちへと入り、未知の部分をさぐるための重要な役割を果たします[15]」という場合、たんに夢と性とが並置されて、それぞれ無意識の部分・未知の部分へ入り込む二つの探索通路とみなされているのではない。そもそもこの二つの通路がそれ自体セックスでは撚り合わされていると発想されているのだ。

　この第二、第三の問題は、後ほどさらに詳しく論じるように、村上文学の次の重要な特徴とも結びついている。その特徴とは、村上が描き出す最も重要なセックス空間は必ず夢化された空間として現れること、その夢化したセックスのなかでは相手のメタファー的な変換が起きるということだ。たとえば、『ねじまき鳥……』において主人公の「僕」と加納クレタとのセックスが妻クミコとのそれに変換され、また『海辺のカフカ』において田村カフカ少年と佐伯さんとのセックスが少年の側では母とのセックスに、また佐伯の側ではかつて彼女が少女であったときの恋人の少年とのセックスに変換され、『1Q84』では天吾と少女ふかえりとのセックスは青豆とのそれに変換されるといった具合に。

　僕の意見では、村上の性愛描写を特徴づける根幹的事情とは、性愛の少年的記憶の強固な保持が、同時に成人の性愛欲望の本質的な想像的＝オナニスム的性格を明るみに出す照明装置となるという事情にほかならない。

　夢精は明らかに男性の思春期における初体験的な意義をもつ性経験の中核である。それは女の初潮経験に匹敵し、いわば対《つい》となる男性の側の経験といいうる。いうまでもなく、それは勃起の経験と射精の経験とを必須の構成的契機として自分のうちに含む包括

(15)『夢を見るために……』一五七頁。

的な全体的な経験である。

『ねじまき鳥……』において主人公の「僕」は加納クレタとのセックスを夢想することによって二度までも夢精をおこなう。「またしても加納クレタだ。短い期間に二度も夢精して、そのどちらの時も相手は加納クレタなのだ。これまでのところ、加納クレタと寝たいと僕が考えたことはただの一度もない。ちらっと考えたことすらない。なのに僕はいつもその部屋の中で加納クレタと交わっている。僕にはその理由がわからなかった」(16)。

ここには二つのテーマが孕まれている。一つは既に指摘した。村上文学では夢化されたセックスのなかで必ずといってよいほど相手のメタファー的変換が起きるというくだんの問題である。

もう一つは、夢精経験は男の初体験的な性愛経験であることによって、同時に性愛体験一般の本質を既に予告的に開示するものとして現れ、その意味で一個の祖型《プロトタイプ》提示だという点だ。夢精は夢と現実との混融経験として成立するわけだが、実は夢を想像的なもの一般のメタファーと考えるならば、夢精のみならず性愛の経験一般が本質的に夢精的なのだ。この点で村上は、夢精について「僕らは意識で交わり、現実の中に射精することだってできる」(17)と主人公の岡田に語らせる。このフレーズは『ねじまき鳥……』のなかで何度か繰り返される。また加納クレタはこういう。「岡田様が射精なさるとき、それは私の体内にではなく、岡田様自身の意識の中に射精なさるわけです……(略)……、それは作り上げられた意識なのです。しかし、それでもやはり、私たちは交わったという意識を共有しています」(18)。

(16)『ねじまき鳥……』第2部、四三頁。

(17) 同前、一一五頁。

(18) 同前、八一頁。

そもそも性愛の快楽は想像的なものだ。まさに性愛快楽は意識で交わり、肉のなかに射精することであるがゆえに、後者は実は前者でもあるともいえる。この混融的循環性こそが快楽の生産装置である。

もちろん人間においてあらゆる快楽は既にして想像的であるというべきだ。とはいえ、性愛の場合はその事情は特有にいわば自乗化される。というのも、性愛は原理的に対《つい》関係に支えられた相互性の快楽だからだ。相手の快楽を感じ取り、それを想像することをもって自己の快楽とするという相互性・対《つい》性なくして、十全な性愛の快楽の実現はない。性愛の快楽は一《いっ》なる快楽の成就を目指して、一なる快楽を共に生き、共に織りあげる想像力の共犯的遊戯である。それは、対《つい》なる相手が快楽を感じていないことがわかるや否や、とたんに豊満な快楽としては挫折し死んでしまう。人は、愛撫のなかで、また愛撫されるなかで、相手の肉体をとおして相手の快楽している意識を捕らえ、それを所有しようとする。そのようにして互いに相手の意識を所有しあおうとする。この意味で、まさに天吾がいうように、「基本的にはコミュニケーションの方法の延長線上にあるもの」（前出）だ。しかし、その所有を遂行するのは想像力であり、所有の技とは想像の技である。

起源にある経験が一個の祖型《プロトタイプ》として事柄の既にして本質開示であるという関連は、勃起という経験についてもいえる。往々にして、勃起は男性性の象徴として取り扱われる。つまり逆にいえば、インポテンツが何より男性性の挫折の象徴として取り扱われ、かくて世間ではこの挫折からの回復をはかるＥＤの治療薬の宣伝が新聞や週刊誌の上に渦を巻くというように。

しかしながら、インポテンツの不安は経験の起源的順序からいえば後天的なものである。性衝動が起きればそれはペニスの勃起となって経験されるという事態がまず起源にあり、それは少年にとっては自分の身体が実は自分の意識の所有物ではないことの驚愕的発見として生じ、性衝動の自然性の象徴となる。その経験の長い繰り返しの後の経験として、この自然性を損なう困惑的経験として、成人になってから自分の生命力の衰退の危機と一体となった経験としてインポテンツの経験がやってくる。少年期経験においてはいわば自己の内なる自然の経験であった勃起は、成人期の経験のなかではいわば社会化される。そこにはさまざまなる男性的権力の符丁・記号が埋め込まれ、男性＝権力の象徴となり果てる。いいかえれば、インポテンツはこの男性性＝権力の喪失のシンボル・記号となる。

だが、繰り返しいえば、男の性欲経験の起源にあるのは勃起の経験である。かかるものとして勃起は本質的に少年的経験なのだ。

村上の場合、勃起が少年に与える驚愕、つまり自己の内部には自我が支配できない力＝自然が生息していることの発見が、つねに勃起経験のメタファー性の中核に置かれている。そう僕は考える。また、そのことと連動して、自慰にとどまっていた性愛経験を超えて少年が現実の女性と実際の性交を経験しヴァギナへの挿入を果たし、ヴァギナのなかで自分のペニスが感覚する湿潤的で粘液的な温度性に満ちた触覚経験を得るとき、その結合経験の初体験的驚きがこれまた村上のセックス描写のうちに執拗に保存されていると感じられる。

この点で注目すべきは、たとえば、『１Ｑ８４』ＢＯＯＫ２の14章での少女ふかえりの膣内に挿入された天吾のペニスを包む感覚の描写と、『ねじまき鳥……』における夢化された加納クレタと主人公とのセックスにおけるペニスの膣内感覚描写との相同性である。両場面ともセックスの主導権をとるのは女の側であり、騎乗位の姿勢で女の側が男のペニスを自らの膣に導き入れる。

『ねじまき鳥……』ではこう書かれる。「彼女のヴァギナは温かく、そして同時に冷たかった。それは僕を包み込み、誘い込み、そして同時に押し出そうとしていた。……（略）……それは不思議な感覚だった。性欲や性的快感といったものを越えた何かだった。彼女の中の何かが、何か特別なものが、僕の性器を通って、少しずつ僕の中に忍び込んでくるような気がした」[19]（傍点、引用者）。『1Q84』ではこうだ。「しかし気がついたとき、彼は既に隅から隅までふかえりの中に入っていた。……（略）……ふかえりは天吾を深く受け入れ、天吾はふかえりに深く受け入れられたまま、そこにじっとしていた。……（略）……身体には感覚がない。身動きもできない。しかしペニスには感覚はある。いや、それは感覚というよりも、むしろ観念に近いかもしれない。いずれにせよそれは彼がふかえりの中に入っていることを告げている。勃起が完全なものであることを告げている」[20]（傍点、村上）。

勃起が完全であり、また女の側から深く受け入れられ二人が完全に結合したこと、「まるで奇跡的なまでに深い性行為を成し遂げた恋人たちのように」[21]互いに結合したこと、それを示す男の側での感覚は、『ねじまき鳥……』でいえば「性欲や性的快感といったものを越えた」「不思議な感覚」がペニスを包むということであり、『1Q84』でいえば「感覚というよりも、むしろ観念に近い」感覚がペニスを包むということであ

(19)『ねじまき鳥……』第2部、四一頁。

(20)『1Q84』2、三〇三〜三〇四頁。

(21) 同前、二三三頁。

る。

そのことが、この性交が性交であると同時に、『ねじまき鳥……』の言葉を使えば、「彼女の中の……（略）……何か特別なもの」との接触あるいは交流・交信、つまり村上のいう「soul-commitment（魂の結託）」であることを示す。

しかも興味深いことは、『ねじまき鳥……』と『1Q84』とでは、このたんなる性交を超えて主人公たちが交流・交信しあうものがちょうど正反対となっていることだ。結論からいえば、前者ではそれは、愛の記憶の流出による実存の「空き家」化が引き込むことになるニーチェ的な《力》としての無差別化した純粋性欲である。後者では反対に、まさに反ニーチェ的な愛のエロス的記憶なのだ。だが、両者はそのように正反対であるとはいえ、いずれも主人公たちの存在の深層に眠る無意識的な《力》であり、村上のヴィジョンのなかでは両者は「合わせ鏡」の関係において対立的に一体化しており、人間の運命の根底的軌道を決定する相闘いあう両《力》として対をなすものと見られている。つまり繰り返しいえば、それは「soul-commitment（魂の結託）」の場面で成り立っている「合わせ鏡」的一対性、愛の「失われる」記憶のもたらす絶望的孤独性が挑発する性欲の荒淫性と愛のエロス的記憶がもたらす深く激しい結合の欲望との一対性なのだ。

『1Q84』に即していえば、『1Q84』における性愛経験の頂点はBOOK2の第14章「手渡されたパッケージ」における天吾と少女ふかえりとのセックスの描写であろう。その描写においてセックスは性欲の追求であると同時に、まさに主人公たちの「世界の成り立ちかた」の探索行為、自己の内なる「未知の部分」の探索行為となる。その探索の鍵が、夢化されたセックスのなかでの相手のメタフォリカルな変換の経験なのだ。

少女ふかえりは青豆のメタファーであり、その関係は逆でもある。そこでは少女ふかえりと天吾とのセックスは、その快楽行為が彼と週一度のセックス享受のパートナーであった「年上のガールフレンド」安田恭子の記憶を呼び出しながらも、結局は少年天吾が初めて自慰によって射精を経験する一〇歳のときの性的記憶に帰着し、変換される。

ＢＯＯＫ３において読者は知らされる。この性交は実は少女ふかえりを霊媒とする青豆の生霊と天吾との性交であり、その結果、青豆が天吾の子を――天吾との実際の性交なしに、いわば処女懐胎として――身ごもるという奇想天外なお伽噺が誕生することを。

まだその展開を明かさぬＢＯＯＫ２では、少年天吾はその直前に去っていく少女青豆との間に生じた愛の感情交換の記憶、少女によって手を強く握られた記憶、そのあとも自分の手に残った少女の手の感触を想起するなかで、それが引き金となって突然初めて勃起を経験し射精へと至る劇的な性的経験を得る。セックスのなかでその相手であったはずの少女ふかえりは、気がついてみると、一〇歳の、まだ陰毛によって隠されていない「できたばかりの女性性器」(22)をもった少女青豆に変換している。

では、なぜ村上はこうした方法をとるのか？　実はそれは彼の小説技法というよりも、むしろ性欲そのものに本質的に内在する問題性、つまりその本質的夢想性が当事者たちを彼らの無意識の世界・「未知の部分」へといわば開闢《かいびゃく》する力をもつという問題に由来するのだ。

(22)『１Ｑ８４』２、三〇一頁。

近親相姦の相互メタファー性

実は右の問いは性愛の近親相姦的起源の問題に深くかかわる。そして村上はこの問題に対してきわめて自覚的だと思われる。僕が次に取り上げたいのはこの問題に対する彼の姿勢である。

ここで僕は思考の補助線としてルー・ザロメを持ち出したい。いきなり彼女の名前を持ち出されては読者としては面食らうしかないことはわかっているが、許してほしい。彼女はニーチェが真剣に恋した唯一の女性ではないかといわれている。また後にフロイトの高弟となり、女性精神分析学の先駆者となり、フロイトからたいへん尊敬されたことが知られている。

そのザロメは、愛撫の快楽においてこよなくよく体現される性愛的快楽のエロス的本質を、こんなふうに捉えていた。ここでは詳細は省いて結論だけを示す。彼女にとってその根源をなすのは新生児の母性愛的＝母胎的な愛の記憶である。それは、いわば「身体記憶」として身体に記憶され、新生児が成人した後でもなおその人間の無意識のうちに生き続け、性のエロス的欲望としてそのつどの性愛的機会にあたかも燠火が風を得て突然めらめらと炎をあげるように燃え上がる。この性愛的機会は多種多様である。たんに思春期以降の男女の性愛、恋人たちの愛撫の快楽だけが問題ではない。『神話と秘儀の女性事典』の著者であり、母権主義的フェミニストであるバーバラ・ウォーカーの言葉を援用すれば、「身体の触れ合い、優しさ、思いやり、感覚的な喜び、エロチシズムなど、あらゆる種類の愛情」を包含する広がりにおいて問題となる、性愛的機会である[23]。ザロメによれば、自我の形成そのものがもたらす母胎的融合的世界からの離反、それを「もう一度、克服しようとする衝動」が「最初のこまやかな愛情[24]」なのである。ここから彼女は次のように問題を把握する。この愛情は、身体のうちに「無言の愛の記憶」として刻み込まれたものだからこそ、「身体的なものが、この愛情をまず最初に表現してしまう[25]」のである、と。

ザロメは性衝動を形容して、それを「肉体そのものの輪郭による私たち相互の隔絶から、肉体性をとおしての一切との親戚関係へと、私たちを橋渡しするまさにその橋」と呼ぶ。つまり、愛撫する肉体と愛撫される肉体の間に架けられた心身一体的な橋として性衝動を捉え、愛撫が産み出す快楽の本質を生命の始原にあった万物と自分との宇宙的一体感への回帰だと考えるのだ。彼女の観点からすれば、愛撫が本質的にエロス的快楽であるのは、そして愛が必ず愛撫というエロス的な身体行為へと自らを駆らざるをえないのは、「あたかも私たちの肉体性のなかに、ただこの肉体性のなかにおいてのみ、私たちすべてのものの同一性への根源的な思い出が護られているかのようだ[26]」からなのだ。この観点は、「思い出」の理論、真理の認識とはかつて魂が見たイデアの想起にほかならないとした、かのプラトンの想起の思想と結びついている。彼女によれば、人が十分な自我意識を得た後に或る誰かに深い愛情を覚える場合、その愛は同時に想起的性格を必ず帯びるものなのだ。こう彼女は書いている。

われわれが誰かを愛するとき、「私たちの幼年時代の隣人たち、つまり私たちが愛することを教えてもらった最初の人たち」のイメージが「新たに他人との関係で生き返っ

(23) バーバラ・ウォーカー『神話・伝承事典』大修館、一九八八年、四〇四頁。
(24) ルー・ザロメ、塚越敏・小林真訳『フロイトへの感謝』、ルー・ザロメ著作集、以文社、一九七六年、五六頁。
(25) 同前、五六頁。
(26) 同前、一五〇頁。

てくる」のだ、と。この「最初の人たち」のことを、ザロメは母胎的合一の世界への憧れの「じかの生き写しであった人たち」とも呼んでいる。つまり、愛する誰かとの出会いは、「しばしばほんの『再会』にすぎない」[27]。「突然、わけもわからず私たちを魅惑する人によって、遠い昔の幼年時代の印象の優しい力が、ときとして私たちのうちに目覚めてくる。その幼年時代の印象のうちには、過去と現在と未来とが時間を越えて永遠に解きがたく結びついている」[28]というのだ。

いうまでもなく、このような想起対象の第一人者は《母》であろう。

では、この問題の連関は男の性愛快楽にとっては何を意味するのだろうか？　それは、男の性衝動と快楽のなかで愛撫の快楽の基底をなすのは母子の愛撫経験であり、この点であらゆる性愛は男にとっては母子の近親相姦欲望の投影・メタファーである側面をもつという問題を指し示す。

愛撫快楽がもつ母子相姦のメタファー性という事情、これこそが男にとっての性欲の《多義性》——村上のお好みの表現を使えば——の誕生基盤である。恋人との愛撫快楽は恋人同士の関係快楽であると同時に、母子相姦的快楽のメタファー的な享受でもあるという多義性を帯びる[29]（付言するなら、多くの神話類型が告げるように兄妹の近親相姦的快楽と性愛との相互メタファー関係を、さらに考察すべきテーマとしてこの問題圏に導入する必要がある。『ねじまき鳥……』における兄綿谷ノボルと妹クミコの近親相姦物語は、このテーマに対する村上の最初の重要な取り組みである）。逆にいえば、母子相姦快楽は同時に母子関係を超えた恋人同士の間の性愛快楽をメタファー的に予告するという多義性をもつ。つまり両者は、——ここでもまたくだんの「相互メタファー」と

(27)　同前、五七頁。

(28)　同前、五七～五八頁。

(29)　僕は以前『ゲーテ・コルヴィッツ——死・愛・共苦』（御茶の水書房、二〇〇五年）において、ゲーテの日記に現れてくる息子ハンスとの近親相姦の夢の特徴に言及したことがある。その分析はこのメタファー性の問題に結びつくものである。ゲーテはその夢についてこう書いていた。「最近私はまたハンスとセックスをした夢を見た。それは私をひどく不安にさせるものでは決してなかったし、目覚めた後でも私を不安にさせなかった。繰り返し私は、私がもう一度ちっちゃな赤ん坊を得、あのまったき甘やかな優しさを感じることを夢見る」と（同書、一一〇頁）。

いう『海辺のカフカ』での言葉を借用すれば——まさに「相互メタファー」の多義的関係に入る。

では、女にとってはどうか？　そこに男の事情とちょうど反対に、父娘相姦・兄妹相姦との相互メタファー性を形づくる多義的関係性が誕生することは十分予測されうる。しかしまた、母子の愛撫経験の根源性を考えるならば、なんらかの男性嫌悪の契機によって転轍され、性愛欲望の根本方向が母娘の愛撫快楽の再獲得をメタファー的意味とするレスビアン欲望に向かうといった場合があるかもしれない。だが、この問題は僕のまだよく考えてはいない問題だ。それは僕の場合、一個の作業仮説にすぎない。

村上文学における男の性欲の描かれ方という論点に議論を戻そう。

僕は、確かにまだ十分な確立性を見せてはいないにせよ、実はそこに次の問題認識が村上によって明らかに自覚されていると思われる。母子相姦の欲望は相互のより深い人格的応答責任性の関係から自制されねばならないが、しかし、ひたすらにおぞましいものとして嫌悪され拒絶されてはならない。それの或る種のメタファー的な許容は、むしろ性衝動と快楽において愛撫が担う「優しさ」の深い価値と意味の理解にとって必須のものである。こういった問題の認識である。

いわば、まずこのテーマの「影」は『海辺のカフカ』の田村カフカ少年と佐伯＝母との夢化されたセックスにおいて色濃く映し出され、ついで『1Q84』において天吾の性愛経験の隠された基調として追求された。天吾に運命的記憶として取りつくのが、「母親はブラウスを脱ぎ、白いスリップの肩紐をはずし、父親ではない男に乳首を吸わせていた」という記憶であることは既に述べた。この記憶自体が三重的な多義性において性愛と母子相姦の「相互メタファー」的関係性を指示している。母と赤子の天吾との授乳的愛撫記憶、幻想のなかの母と天吾との近親相姦、母と男との性愛、この三重の欲望と快楽のイマージュが「相互メタファー」的に複層しているのがこの記憶である。

天吾は「年上のガールフレンド」の恭子とのセックスにかかわって、また少女ふかえりへの性欲にかかわって自分でも奇妙と思う内省に導かれる。或るとき天吾は少女ふかえりが脱ぎ捨てていったパジャマを鼻にあて、その匂いを嗅いだことがあった。それを思い出し、彼は「おれはあるいはそこに母親の匂いを求めていたのかもしれない(30)」と考え、さらにその自分の考えに驚き、こう問い直す。「しかしどうしてよりによって、一七歳の少女の身体の匂いに、去っていった母親のイメージを求めなくてはならないのか?(31)」と。むしろ、彼よりも一〇歳年上の、彼の記憶のなかの母の乳房によく似た形の乳房をもつ恭子のほうが、母のイメージの投影対象としては似つかわしいのではないのか?

「しかし天吾はなぜか彼女に母親のイメージを求めることはない」のであり、そのことが、ふかえりとの関係とはちがって、恭子との関係がたんなる性欲の交換＝交感による相互充足を超える「それ以上の深い意味」を含まないことの証明だとされるのだ(32)。天吾は恭子とのセックスのなかでふかえりとのセックスを想像し、前者を後者に置き換えることで激しく射精する。彼はそうした想像をおこなったことを恭子には黙っている。あるいはまた彼は恭子にはその意味を隠して、彼女に記憶のなかにある母の白いスリップ姿と似せた格好をさせ、記憶のなかの男が母をそうしたように恭子の乳首を吸ってみる。そのときもまた彼は激しく射精する(33)。

(30)『1Q84』1、四九三頁。
(31) 同前、四九三頁。
(32) 同前、四九三頁。
(33) 同前、三一一～三一二頁。

既に述べたように、『1Q84』における性愛経験の頂点は、BOOK2の第14章「手渡されたパッケージ」における天吾と少女ふかえりとのセックスの描写である。ふかえりと青豆とは相互メタファーの関係にあることは何度も述べた。だからまた、この一対の性愛の関係性は母との授乳的な愛撫関係とも「相互メタファー」の関係性を形づくり、そこに投影された近親相姦的な欲望と快楽が、恋人たちの「奇跡的なまでに深い性行為」がたんなる性欲の交換的充足を超えた意味をもつことの根拠として現れる。

そういうものとして、男に乳首を吸わせている母についてのくだんの記憶は、天吾にとってそこから解放されねばならない記憶であるが、その解放とは、その記憶のいわば昇華的変貌として実現される。つまりそれは、「恋人たち」となった青豆と天吾との間の「奇跡的なまでに深い性行為」となることでこそ克服されねばならない記憶なのである。同時にまたそれゆえに、そういう形で保存され継承されるものでもある。いいかえれば、まさにザロメのいう「私たちが愛することを教えてもらった最初の人たち」がわれわれの身体のうちに「無言の愛の記憶」を住まわせてくれたことへの謝恩として、恋人たちのセックスが実現されねばならない。

最後に、ここで僕は重要な論点を付け加えたい。『1Q84』の、画期的であるが、しかしまだとうてい成功したとはいえない新たな試みは、この性愛と近親相姦欲望の「相互メタファー」関係のなかに母子相姦ならぬ父娘相姦の問題相を書き込んだことである。少年ではなく、少女が主人公となれば、或る意味で当然近親相姦と性欲のメタファー的関係性は父と娘との関係性に焦点を据えねばならない。この問題は次の補論Ｉ「『1Q84』批判」で指摘する問題にかかわる。

父＝リーダーによる娘ふかえりのレイプは、レイプではなく、「交わった」ということであり、しかも交わったのは「あくまで観念としての娘」であり、「交わるというのは多義的な言葉なのだ。要点はわたしたちがひとつになることだった」といわれる。この謎めいた言葉、青豆に「あなたのいってることが理解できない」といわせ、『1Q84』がもうそれ以上何一つ説明せずに読者に投げ与えたままにした言葉、それは明らかに、母子相姦と性欲との間に横たわる「相互メタファー」の関係性と対をなすものとして、父娘相姦と性欲との間に横たわる「相互メタファー」の関係性を描き出そうとする村上の試みの第一歩を示すものなのである。

メタファー的関係性とは多義性の関係性である。

夢化されたセックスのなかで相手が多義的に変換することは、たんに作家の小説技法の問題でもなければ、登場人物の勝手な想像力の戯れといったものではない。ザロメが強調したような人間の誕生の根源にかかわる宇宙的な問題性（万物と自己との宇宙的一体感への回帰欲求）によるのかもしれないのだ。

村上の眼差しはそこへと注がれている。そう僕は思う。

補論Ⅰ 『1Q84』批判

村上春樹は何を問題にしようとするのか?
――インタビュー集『夢を見るために……』から

ビッグ・ブラザーが退場するなら、代わりにリトル・ピープルが登場する。この交代劇こそは二一世紀という新時代の到来のメタファーである。そう『1Q84』の戎野先生は問題を呈示したのだった。

では、いったいリトル・ピープルとは何者なのか? 何のメタファーなのか? この問いを携えて僕はインタビュー集『夢を見るために……』を読んだ。次の二つの問題に気づいた。

第一点。リトル・ピープルは、冷戦体制崩壊以降の今日の世界の混沌性を背景に登場してくる。村上自身の言葉を引こう。「冷戦の終結と原理主義の台頭、系統的な思想性の崩壊とリージョナリズムの勃興、グローバリズムと反グローバリズムの拮抗、メガ資本主義の登場と環境運動の盛り上がり、そういう至る所で生じる多面的なぶつかり合い」がもたらす「新しいカオスの場」[1]、それがリトル・ピープル出現の背景だ。ビッ

(1)『夢を見るために……』四九四頁。

グ・ブラザーは冷戦体制とそれを支えた「系統的な思想性」の有効支配という前提の上に成立するメタファーであった。だが、この前提が崩壊する。必然的にビッグ・ブラザーは時代の問題を象徴するメタファーとして失効する。その代わりに登場したのがリトル・ピープルだ。

村上は何を問題にしたいのか？　もっと彼の発言に密着しよう。

彼は、右の世界状況を背景に、彼の言葉を使えば「オープン（開放）システム」と「クローズド（閉鎖）システム」との対抗関係を、来るべき精神的危機の焦点として見いだしている。この対立は冷戦時代のような二つの社会体制の対立という性格のものではない。同じ体制のなかにも生じる対立である。従来の社会制度的あるいはイデオロギー的な対立図式では掬い取れないメンタリティ上の対立を指すと思われる。イデオロギーという次元よりももっと深い次元での精神・メンタリティのあり方の違い、その相互の「異種」性が産み出す対立、そういう問題を村上は考えているように見える。

彼の考えを知るうえで次のことが重要だ。彼は「クローズド（閉鎖）システム」と彼が名づけるメンタリティの典型的な具体例として、オウム真理教団型のカルト的な閉鎖性が呼吸している原理主義的なメンタリティをあげているのだ。[2] しかもそれは、これまで村上の諸作品のなかでたびたび人間存在の抱える「暗闇」と呼ばれてきたもの、『羊をめぐる冒険』や『1Q84』では善悪の彼岸に立つ原初的生命の混沌的エネルギーと呼ばれたものと重ね合わされている。この暗闇の混沌的な《力》が、まさに人間を「クローズド（閉鎖）システム」のなかに幽閉する《力》として問題にされているのだ。[3]

村上は麻原彰晃問題に接して、「クローズド（閉鎖）システム」の暗闇性とそこに染

(2) 同前、一一八〜一二〇頁。

(3) 同前、一二〇頁。

み出してくる悪の問題にいかに震撼させられたことか！　『夢を見るために……』でのいくつかの彼の発言はそのことを如実に語る。村上によれば、麻原は「自らの中に暗黒と、大きな虚無を抱え込んでいた[4]」人間であった。オウム真理教団という密閉空間のなかで起きた事態とは、教団の幹部活動家たちがみな各自の抱える暗闇を全部彼に譲り渡し、彼の暗闇に吸収合併されて「一種の同根状態」に陥り、この同根状態が産み出す「善悪を超えている」・「あらゆるものを焼き払うぐらい強烈な」情動の虜になったということだ[5]。

村上は危惧する。そういう「クローズド（閉鎖）システム」による人間の魂の囲い込みが次第に全世界で強まっていることを[6]。今日の世界の混沌性とそれが産み出すリアリティの喪失感は人々のなかに強い精神的不安を産み出す。この不安が人々をしてこの「クローズド（閉鎖）システム」のなかへと走らせる。人々はそれが自己救済の場になるかのごとき幻想的期待を抱く。そういう事態の到来が、現代社会の今後迎えるであろう精神的危機の焦点となるにちがいない。そう村上は考えている[7]。

第二点。村上は、自分のそうした危機感はかつて学生時代に経験したかの「六八年」学生反乱への彼の決定的な失望感と底のところで結びついていると感じている。彼は、今日の世界の抱える混沌性とリアリティ喪失感を自分の文学がいち早く先駆け的にテーマライズできたと考えている。そして、そうできたのは、「僕自身が七〇年闘争みたいなものに対して深い絶望感を持った[8]」からだと述懐している。

確かにそういえる、と僕も考える。というのは、村上がオウム事件をインスピレーションの直接の源泉として産み出した『1Q84』の教祖リーダーが体現するテーマは、

（4）同前、三四四頁。

（5）同前、一一六〜一一七頁。

（6）同前、三八七頁。

（7）同前、三八八頁。

（8）同前、一一八頁。

その源を探れば、既に村上文学の起点をなす『羊をめぐる冒険』のテーマそのものであったからだ。ここから、『1Q84』を先取りする『羊をめぐる冒険』のテーマは、そもそも「六八年」学生反乱への村上の絶望の産物であったというコンテキストが浮かび上がる。

とはいえ、僕の視点からすれば、インタビュー集『夢を見るために……』での村上の発言は、この問題の関連の解明にとってそれほど十分な材料を与えてくれるものではない。村上が同書で「六八年」学生反乱への自分の絶望について語る場合、その焦点を彼はかつての学生反乱を駆動した言語の空疎さへの失望に置いている。彼によれば、当時飛び交った《革命的言辞》は「威勢のよい」、また「美しい熱情溢れる」言葉ではあっても、決して「自分の身のうちからしっかり絞り出したもの」ではとうていなかった。その点で実のところ空疎であり、時代とともに消え去るだけのものでしかなかった。そう彼は批判している。(9)

だが、『羊をめぐる冒険』が既に今日の世界の問題性をいち早くテーマライズできたとしたら、問題への言及はたんに当時の学生反乱に飛び交った《革命的言辞》の空疎さに向かうだけであってはならなかったはずである。同時に、当時の運動の深部に疼いていた暴力への欲望そのものの実存的解明へと向かわねばならないはずだ。つまり、あの浅間山荘事件を最大のシンボルとする当時の学生運動に内蔵されていたメンタリティ、あの《内ゲバ》を駆動したメンタリティのもつ「クローズド（閉鎖）システム」的性格こそ、あの時代の学生反乱の内面的な欠損性をいまの状況につなげる問題の環としてテーマライズされるべきであった。というのも、その欠損性はたんにあの時代の学生反乱

(9) 同前、二一九頁。

にかかわる問題性ではなく、二〇世紀のあらゆる革命運動に孕まれた内面的欠損性に通底する問題性であったからだ（次の補論Ⅱにおいて、僕は革命幻想に導かれた二〇世紀がいかにまた、この幻想の敗れたことが産む絶望の二〇世紀であったかを論じるだろう）。

日本で浅間山荘事件と新左翼諸セクト間の惨憺たる《内ゲバ》の悲劇が展開した同じときに、中国やカンボジアでは日本におけるそれら暴力とはおよそ比較を絶した規模の大量殺戮の暴力がマルクス主義の名の下に荒れ狂っていた。その暴力は、反革命への反撃という美名が絶対に通用しない、自らを「革命国家」と名のる側からの専制的な国家的規模に膨れ上がったテロルの暴力であった。この問題性は、村上の視点からいっても当然テーマライズされるべき問題である[10]。

しかしながら、インタビュー集が本質的に孕む制約性からして、このテーマは『夢を見るために……』から完全にネグレクトされている。また、村上自身がそこに向かう姿勢を示していない。彼は、同書の「あとがき」のなかに、必要なら、インタビューの展開を超えて、それを補完するものとして自分の見解を追記することができたにもかかわらず、そうしなかった。

僕はこのことをきわめて残念に思う。

おそらく問題の関連とはこうであろう。村上が問題にしたような「六八年」学生反乱を覆った言語の空疎さに象徴される精神的脆弱性――まさに人間存在の暗部に対峙しようとしない――が、あの時代の社会変革の希望を最終的には浅間山荘事件に象徴される悲惨な結末に導き、ことごとく無に帰することによって、社会変革の意欲に大きな落胆

（10） この彼の絶望は、『海辺のカフカ』において少女時代の佐伯さんの恋人が当時の新左翼セクトの《内ゲバ》に巻き込まれ、或るセクトから敵対セクトのスパイと誤認されリンチの結果殺害されるというように物語が設定されていることにも現れている、と僕は思う。明らかにこれは一九七二年に早稲田大学で起きた殺害事件、川口という学生が革マル派によって中核派のスパイとして誤認され殺害された事件がモデルになっている。しかし、この問題はインタビュー集のなかでは全然テーマライズされていない。

を与えたのだ。この落胆は明らかにリアリティ喪失と混沌という今日の事態が出現するうえでの予備条件となったものである。そしてまたこの落胆を背景に、オウム事件に見られるようなカルト的な「クローズド（閉鎖）システム」が誕生したのだ。僕はこうした問題の連関について補論Ⅱに持論を展開する。

とはいえ、いかにも残念だ。こうした問題連関はインタビュー集『夢を見るために……』ではまったくのところ照明が与えられていない。そこには明らかに村上の側の問題認識の不十分さがある。そしてその彼の側の不十分さは『1Q84』の文学的脆弱性となってそのまま発現している。僕にはそう思える。

「リーダー」形象の造形的脆弱性

『1Q84』は、『羊をめぐる冒険』と『1Q84』との間の継承的つながりが呼吸しているはずの右の問題性を十分に描き出していない。

最初は毛沢東思想を信奉する大学教授であった深田が次いで新左翼の小セクトのリーダーとなり、途中でそのセクトの一方の分派である「あけぼの」が機動隊との銃撃戦の果てに壊滅する。いうまでもなく、そのモデルはかの連合赤軍が演じた浅間山荘事件である。他方の分派「さきがけ」はそれを機縁にカルト教団へと変身し、深田はその教祖たるリーダーへと変身する。その過程で彼はリトル・ピープルの「聴従者」となり、彼らの対世間向けの「チャンネル」へといわばその存在をハイジャックされる。この『1Q84』が提出するストーリーは明らかに前節で述べた問題性を体現している。そのかぎり、このストーリーは、左翼的な社会変革運動の失効と、その失効の産み出す精神的空白を補償するものとして新・新宗教のカルトが登場する、現代日本の一九七〇年代から九〇年代への推移の象徴的なパロディといいうる。

しかしながら、『1Q84』は右の問題性を文学的な内実性をもって鋭く描き出すという姿勢を全然とっていない。

そもそも『1Q84』において深田は新左翼イデオロギーの教条主義者でも狂信者でもない。深田は村上によってこう描写されていた。「彼も、一九七〇年代の日本には革命を起こす余地も気運もないことをおおむね悟っていた。そして彼がもともと念頭に置いていたのは、可能性としての革命であり、更にいえば比喩としての、仮説としての革命だった。そのような反体制的、破壊的意思の発動が健全な社会にとって不可欠だと信じていた。いわば健全なスパイスとして[11]」と。

では、そのようなまともな判断力の所持者である深田がなぜ、よりによってリトル・ピープルに内面をハイジャックされたというのか？

おそらく村上は、深田が一方では右に描かれたようなまともな現実認識を抱いていたにもかかわらず、他方ではまだ救済論的革命主義――この言葉で僕がどんな革命観念を問題にしたいのかは、補論Ⅱで語る――に依然として引きずられていた、その分裂性の隙間がリトル・ピープルを呼び込んだといいたいのである。「深田は一種の分裂状態にあったと言えるだろう……（略）……彼はもう革命の可能性やロマンスを本心から信じてはいなかった。しかし、かといってそれを全否定することもできなかった[12]」。この分裂性の隙間からリトル・ピープルが入り込む。その侵入の過程で、前述のとおり、深田

(11)『1Q84』1、二三八頁。

(12) 同前、二三九頁。

の参加していた農業コミューンは、彼が当初率いていた新左翼部分がいっそう過激化した「あけぼの」と、いまや彼が教祖となる「スマートで先鋭的な、そして排他的な宗教団体へと変貌」した「さきがけ」とに分裂するとされる[13]。

だが、右のストーリーはそれ自体はまだいわば絵コンテにすぎない。深田からリーダーへの変貌の精神的内面性の解剖ではまだおよそない。

そもそも、「あけぼの」の壊滅をとおして誕生した宗教カルトたる「さきがけ」のどのような相貌が「リトル・ピープルなるもの」、その《力》の現象形態となるのか？　無謀で非現実的なテロリスト的武装闘争に走る「あけぼの」とは異なった形の《力》の暴力性とは、この「さきがけ」のなかではどのような相貌をとるのか？　実はその描写さえ、まだ一切読者に提供されてはいない。せいぜい、リーダーが幼い少女たちのレイプ魔であったという嫌疑をかけられる人物であることが示されるだけである。いったい「さきがけ」はその内実性においてどこまでオウム教団と類似しており、またしていないか、そういう問いさえまだ全然成立させることができないほどに、『1Q84』に登場する「さきがけ」には内容がない。

そもそも村上文学が打ち立ててきたテーマは、個人の実存が愛の記憶を失わされ損なわれて空虚化するならば、その空白にニーチェ的な《力》の誘惑が補償的作用として入り込み、その個人を内的に領有してしまうという問題なのではなかったのか？　また僕たちは先に見た。『夢を見るために……』において、麻原の抱える「暗黒と、大きな虚無」と教団の幹部活動家との間に「一種の同根状態」が生まれる成り行きに、いかに村上が深甚なる関心を向けていたか、を。事実『アンダーグラウンド』の後書きにこうあ

(13)『1Q84』2、四一九頁。

る。麻原彰晃が創り出し、或る種の青年たちをオウム真理教徒としてそこに取り込んだ「ジャンクとしての物語」の流れには、「麻原自身の内的懊悩が色濃く反映されていた。またその物語の抱えている欠損性は、まさに麻原自身の自我の抱えている欠損性であった[14]」と。

しかし、奇妙なことに、実はこれまでの『1Q84』はBOOK3に至っても、この問題の視角からリーダーに関してまだいかなる「内的懊悩」の物語も提供していないのだ。

そもそも、深田／リーダーの人物形象は、『ねじまき鳥……』の綿谷ノボルと『海辺のカフカ』における田村カフカ少年の父やジョニー・ウォーカー＝カーネル・サンダーズとをつなぐ線上にそのまま置かれているとは思えない。既に僕は本書第3章で指摘した。確かにリーダー（その半身）は綿谷ノボルのいわば末裔である。確かにリーダーの祖型として描かれているか、いかに『ねじまき鳥……』で綿谷ノボルがリーダーの祖型として描かれているか、を。

しかしながら、リーダーの前身である深田は綿谷ノボル的人物として描かれなかったし、むしろ反対の型の人間として描かれていた。彼は愛を知っている人物である。そしてその面は、自己処罰として青豆の暗殺を受け入れようとするリーダーの相貌に継承されてもいる。そもそも深田は娘ふかえりを教団から逃亡させた当の人間なのだ。この点では彼はまったく綿谷ノボルの線上にある人物ではない。それにもかかわらず、彼はいったいどのようにしてリーダーへと変貌し、しかしそれゆえにまた自己処罰の遂行をなしえるところまで進みえたか？

もし、これを小説として描き出す造形力を『1Q84』がもちえたら、リーダーは綿

(14)『アンダーグラウンド』講談社文庫、七五二頁。

谷ノボルやあるいは田村カフカ少年の父やジョニー・ウォーカー＝カーネル・サンダーズをいっそう深い奥行きにおいて描き出す画期的な登場人物となったかもしれない。だが『1Q84』では、まさにその点がたんなる絵コンテに終わっている。

僕としては、『1Q84』の実際の展開は『夢を見るために……』が抱負として語ったような文学的企図——僕が冒頭の節で論じたような——を事実上放棄しているとしか思えないのだ。

父による娘のレイプの「多義性」とは何か?

いったい深田には、彼をリーダーに変貌させる内面的な梃子となるようないかなる「暗闇と、大きな虚無」があったというのか?

おそらく、この問題には、彼が娘のふかえりを含めて教団の少女たちのレイプ者であったという、もう一つの問題がかかわっているはずである。あたかもドストエフスキーの『悪霊』において、革命を夢見るテロリスト集団の内部粛清劇とスタヴローギンの少女強姦の物語が、いいかえれば権力の欲望と性の欲望のドラマが、そのおぞましさの究極において重なり合って展開したように。

では、この問題の他方の側面、性の欲望の場面は十分に展開されたであろうか?

そもそも『1Q84』はBOOK1において、父による娘の性的虐待や夫による妻への暴力によってその実存を激しく「損なわれた」女たちが、加害者たる父や夫に対して遂行する復讐劇として始まるのである。主人公の青豆は、そうした家庭内暴力によって

「損なわれた」大塚環や中野あゆみを唯一の友とする人間であり、そうした「損なわれた」女たちのために、彼女らを損なった男たちをテレビの「必殺仕掛人」よろしく密かに暗殺することを生業とするハードボイルドの女主人公として登場する。青豆にその仕事を請け負わせる老婦人もまた、嫁いだその愛娘を嫁ぎ先の夫の家庭内暴力によって喪うことになった女であった。この老婦人が青豆にリーダーによってレイプされた少女つばさのためにリーダーの暗殺を依頼する。BOOK1において老婦人は青豆に、つばさの性器には何度も繰り返されたレイプの痕跡がはっきりと確認できると語る。青豆はそのようなつばさに、かつて「証人会」というカルト教団のなかで暮らすことを両親に強いられ、生命の自然性を損なわれた自分の似姿を見いだし、リーダー暗殺に立ち上がる。男たちによって激しく損なわれた女たちの男へのハードボイルド風な復讐劇、それが『1Q84』なのだ。

しかし、実はそれは『1Q84』の片面であった。村上文学が立脚する根本的遠近法は、『1Q84』でいえば「リトル・ピープルなるもの」と「反リトル・ピープル作用」との対抗、つまり復讐暴力と愛のエロス的記憶の力との二つの対抗する《力》の相貌の下に世界を見いだすことであった。だから、復讐劇として始まった物語は、そのただなかで愛のエロス的記憶という問題契機に出会い、そこからいままで自分を駆動してきた復讐暴力がこの出会いによって挫折的転回を経験するという局面、『海辺のカフカ』でいえば《ゆるし》の局面へと移らねばならない。

物語の展開のなかで整体師を装った青豆がリーダーに接近し、ついに彼の暗殺をはかる段となって、リーダーと彼女の間に会話が始まるや、この復讐劇の様相が一変することは既に述べたとおりだ。リーダーは自死することによってリトル・ピープルから自分というチャンネルを奪い去るという目的を自分にあてがっていた人物であった。青豆の暗殺行為はいまや自殺幇助へと変貌し、また娘やその他の少女たちのレイプもメタフォリカルな、しかもレイプとは解釈できぬ多義性を孕む「交わる」ことへと変換される。こうして父による娘のレイプと呼ばれてきた行為も、『世界の終り……』以来村上文学においてつねにセックスがそう描かれてきたように夢化する。現実のセックスと想像の夢化したセックスは手に手を携え、どちらが夢でどちらが現実であるかは不明となる。そのなかでこのレイプは一つの象徴行為へと転化する。

「自分の娘を観念的に多義的に犯すことによって、あなたはリトル・ピープルの代理人になった。しかしあなたがリトル・ピープルの代理人となるのと同時に、彼女はその補償のために、あなたのもとを離れていわば敵対する存在になった。あなたが主張しているのは、つまりそういうことかしら?」[15]。

この問いに彼は「そのとおりだ」と答える。

おそらく村上が描き出そうとするのは、『世界の終り……』以来の彼の世界観＝物語構造から推測して、次の問題の構造あるいは関係であろう。父の娘への愛の感情にはニーチェ的ないわば純粋性欲――《力》としての性欲――の要素と《愛》の精神的要素とが入り混じっている。あらゆる近親相姦欲望がそうであるように、この両要素の解きほぐしがたい混淆としてそれはある。『ねじまき鳥……』において、兄の綿谷ノボルの妹クミコへのレイプとなって現れる近親相姦欲望は、この混淆体のなかから《愛》の要素を消去させる形で、ニーチェ的ないわば純粋性欲の《力》の要素を突出させたものであ

(15)『1Q84』2、二七八頁。

り、かかる純化のプロセスが同時にクミコのなかに眠る純粋性欲の契機を挑発し誘発する。

同様にリーダーは娘とのセックスという自分を捕らえた性夢のなかで、自分のなかにあるこの《力》的な純粋性欲の要素、つまり「リトル・ピープル」的要素へと自分の近親相姦欲望を本質化し純化することになる。また彼はそのことによって同時に、この性夢のなかで娘をこの欲望への応答者に変貌させようとした。つまり、娘のなかに眠るリトル・ピープル的要素たる純粋性欲を引き出し、娘をもその代理人に変え、娘との性欲交換の快楽を夢見た。

だが、娘のふかえりは、父のその性夢のなかで自分がそうした存在へと変貌させられることを拒否する。自分のなかのリトル・ピープル的要素の影的な凝集体＝ドウタを捨て、《愛》の記憶の凝集体であるマザへと自分を純化することで、彼女は父のもとを去る。同時にこのふかえりの家出は、ふかえりを犯すことを夢見る父たるリーダー自身の意識の影、「合わせ鏡」のもう一方の意識の投影世界でもある。父はそのようにして自分が娘から拒絶され、愛する娘を失って底無しの孤独に陥り、いわば化け物と化し、いずれの日にかそのような化け物と化した自分を裁き処断するに至ることを夢見ているともいいうる。ここに至って僕たちは気づく。『羊をめぐる冒険』の鼠も、『海辺のカフカ』のジョニー・ウォーカー＝カーネル・サンダーズも、『1Q84』のリーダーも、みな自死による自己処罰を望んでいたことを。マザふかえりはマザ父への応答者であるのだ。そのようにして、実はマザふかえりはドウタ父への補償を担う。

僕はそのようにこの物語のメタフォリカルな構造と意味を推測する。（さらに僕の推測を重ねれば、この村上の物語の原案は、あのドストエフスキーの『悪霊』の有名な「スタヴローギンの告白」が提示したスタヴローギンによる少女強姦の物語にあると思う。あの箇所でドストエフスキーは、強姦される少女の描写において彼女をひたすらレイプを恐怖する相においてだけ描いたのではなかった。スタヴローギンへの少女の恐怖には、スタヴローギンの性欲に応える娼婦のような少女自身の性欲の影が射していることを、ドストエフスキーは描いた。また、そのことにスタヴローギンがいかに嫌悪を感じ、またその彼の嫌悪を感じることでその少女が自己をいかに恥じ断罪し縊死へと走るか、を。村上はそこから着想を得たのではないか？　またしても僕の推測。）

議論を元に戻せば、こうしてリーダーによる娘強姦の事件は現《うつつ》のことなのか夢なのか不明となり、読者を一気にメタフォリカルな思考世界へと導く小説的仕掛けとなる。たとえ、それが実は現のことではなく夢のことであったとしても、姉を犯す夢を見たことに君は責任をもつべきだという『海辺のカフカ』でのかの「カラスという名の少年」の声が、この場面には響きわたっているといえよう。思考の焦点は事件そのものではなく、人間の無意識の闇の奥底から魔の手を伸ばしてくる《力》に、またこの《力》に対抗するものとは何か？　という問いに向けられることになるのだ。

ただし、そうした予測はつくが、繰り返すなら、小説の出来としては『１Ｑ８４』はまだほとんどスケッチ、絵コンテの段階にとどまっている。右の物語が説得的に形象的に描き出されるためには、リーダーへと変貌する深田がそもそもリトル・ピープルの絶好の餌食となるどのような実存の空虚化を被った人間なのか、それとの関連で、自分の娘とどのような父子相姦の欲望に衝き動かされ、それをきっかけにしていかに決定的にリトル・ピープルに内的に浸潤され犯されることになったのか、こうしたドラマが書かれねばならなかったはずだ。

だが、この問題の場面でも文学的内実をもった叙述はない。

BOOK3批判

では、右に延べた不満はBOOK3に至って解消されたであろうか?

遺憾ながら否である。

BOOK3の最大の構造上の特質は、そこでは村上の得意とするパラレル・ワールド的構成がこれまで天吾と青豆の二世界のパラレル構造として進行してきたのに対し、この二極に牛河の極が加わることである。彼は元は敏腕弁護士であったが、いまは探偵稼業に身をやつしており、青豆をリーダーの暗殺者ではないかと疑うカルト教団「さきがけ」から彼女の行方を探すように依頼される。こうしてBOOK3において、パラレル・ワールド的構成は三極構造をとるに至る。

牛河は青豆を追ううちに、青豆と天吾との間に張り渡されたエロス的愛の関係性を次第に発見してゆく。と同時に、また青豆にリーダー暗殺を依頼した老婦人と彼女との関係にも気がつきはじめる。この過程は、読者にとってBOOK1からBOOK2へ至る物語の流れをいわば要約し、おさらいするプロセスとなっている。読者は牛河の探索を通じてあらためて小説のこれまでの粗筋を確認し、要点を頭のなかで整理し、物語の新展開へと導かれてゆく。しかも、読み進むうちに読者が発見するのは、この牛河という人物もまたその生まれながらの奇態な醜さによって、少年時以来深い孤独のなかを生きてきた人物であり、『1Q84』の主人公たち、天吾、青豆、またその半ばメタファーでもある少女ふかえり、彼らと同型の人物であることだ。

ところで前述のように、牛河の極は、『1Q84』のそれまでの物語の流れをおさらいすることで読者を新しい展開へとスムースに進ませる、いわばナレーター的役割を負っている。

だが、どうしたことか！ そのナレーションには、これまで僕が前二節で縷々述べてきた不満と疑問に対する回答がすっぽり抜けているのだ。深田のリーダーへの変貌の内的論理をなす彼の「内的懊悩」と、それとのつながりが理解できてこそ鮮明となると思われるリトル・ピープルのメタファー的意味を、もっと深く理解したいという読者の期待は完璧に裏切られる。BOOK3は、そうした幾多の謎はすべて開示済みのものであり、それ以上のいかなる解き明かしももはや不要となったとばかりに進行する。青豆によるかのリーダー暗殺事件は牛河のナレーションのなかで再論されることはない。物語はひたすらに、その後の青豆の逃亡生活と、そのなかで次第に準備されていく天吾との再会の純愛劇へ傾斜する。

思うに、長編というものは、ドストエフスキーの『カラマーゾフの兄弟』がその一典型であるが、いくつかの決定的な章というものをもつものである。その思想的凝集性においで独立の短編として読んでも十分に通用するほどの特別章をもつのだ。そのような章の提出にあたっては、作家はその長編の全体を流産させてしまってもかまわない決意をもって、自分の思想のありったけをその章に凝縮する。『カラマーゾフの兄弟』を引き合いに出していえば、かの「大審問官」の節やそれに先立つイワンの神への反逆が語られる「反逆」節を含む第五章[16]、あるいはイリューシャの埋葬にさいしてアリョーシャの追悼の辞が語られる最終章、等である。

ところが、実のところ『1Q84』にはそうした章がない。BOOK2の暗殺者青豆とリーダーとの対峙の章は、おそらくそれになりえた章であるが、村上はそこまで突き詰める努力をしなかった。そう僕は思う。だからこそ、BOOK3には、まさにそうした頂点的な章の登場が期待されていたはずだ。しかし、彼はそのような読者との果たし合いを回避したのである。遺憾といわざるをえない。そのことによって、あえてニーチェをもじっていえば、村上の「物語への意志」は頓挫してしまったのだ。それは、読者の信頼を失いかけて、いまや確実に「安物芝居」に堕しかけている。

「君の愛がなければ、それはただの安物芝居に過ぎない」

(16) ドストエフスキーはこの第五章を、友人への書簡のなかで自ら「長篇の頂点」と呼び、それが当時のロシアに出現したラディカルな「無政府主義者たち」の深い内面的相貌を抉り出したものであることを強調した(ドストエフスキー全集18『書簡』下、河出書房新社、一九七〇年、二八〇～二八一頁)。参照、拙著『〈受難した子供〉の眼差しとサルトル』御茶の水書房、一九九六年、第Ⅲ部「ドストエフスキーにおける〈受難した子供〉の視線」。

補論Ⅱ

「リトル・ピープル」メタファーをめぐる僕の視点

終末論的な救済論的革命主義の挫折と失効

補論Ⅰで僕はインタビュー集における「六八年」学生反乱に対する村上の批判に対して、それが、彼自身が披瀝し、また彼の『羊をめぐる冒険』自体がその作品そのものによって表明していたはずの問題意識を、十分に展開するものではないとの判断を下した。

この判断にかかわって、ここで僕は僕自身の視点についていささか語ってみたい。

僕の視点からすれば、《オウム真理教的なるもの》に典型を見いだす「クローズド(閉鎖)システム」に関する村上の視点は、自己の実存の救済を社会革命と一直線につなげて両者の串刺し的な実現を夢見る、そのかぎりキリスト教的な性格の色濃い終末論的な救済論的革命主義の七〇年代における挫折と、そこから生まれる自己救済欲望の新形態の出現という問題に変換できるものだ。

いま僕は「終末論的な救済論的革命主義の挫折」と述べた。この用語は僕が発案した。少し説明が必要だろう。

一七八九年のフランス大革命を嚆矢として繰り返しのブルジョア革命の波がヨーロッパを洗った。その果てに、一八七七年にパリ・コミューンの蜂起が起き、ブルジョア革命の過激化がその胎内から今度は反資本主義・反ブルジョア個人主義の社会主義革命運動を誕生させる。この転換点的意義をもつ歴史的事件を起点に置き、それからの約一世紀、つまり一九七〇年代末までを《革命》というユートピアが多くの知識人と青年をとらえた時代であったと括ることにしよう。そして、次のことを問題にしよう。では、この《革命》のユートピアによって導かれた一世紀は文学と哲学の地平ではどのように経験され問題にされたのか？　と。

次の三つのことが、すぐさま僕たちの意識にのぼる。

第一点は、この《革命》のユートピアは、そこでは社会体制の変革と人間の実存の変革が串刺し的に一挙に実現する総体的革命《トータルレボリューション》のヴィジョンにおいて、つねに問題にされたということである。実存の革命ということで、どんな新しい人間の誕生が期待されたか？　この点ではヴィジョンには大きな幅が当然あった。革命に無私の献身をおこなう「党生活者」（小林多喜二）風の、いわばボリシェヴィキ型の、ブルジョア・エゴイズムを超克した新しい政治的人間から、はるかにずっと奔放な芸術家風なアナーキスト型の新しい人間まで、そこにはさまざまなグラデーションがあったにせよ、革命はたんに政治制度や経済制度の変革をもたらすだけでなく、それをとおしてこれまでの人類史を乗り越えることのできる能力をもった新しい人間、ブルジョア的所有欲望を超え、真の共同体的な友愛精神に満ち、芸術家的な自由奔放な創造精神に満ちた個性的人間——ニーチェ風にいえば「超人」――をもたらすのであり、社会革命は文化革命をもたらし、また文化革命の随伴なくして社会革命はなく、この両者の相乗作用の革命的作用力にこそ《革命》の究極的な正当化根拠・道徳的根拠、つまり新しい人間の誕生をもたらす力があると考えられたのだ。

　こういう総体的革命《トータルレボリューション》のヴィジョンはさまざまな文化的伝統に基づいて追求された。そのいくつかの代表例を指摘しておこう。まず、ドストエフスキー文学に顕著に現れてくるロシアにおけるキリスト教的社会主義のヴィジョンがある。ドストエフスキーは当時自分の信じる社会主義ヴィジョンを「新しいキリスト教としての社会主義」と呼んでいた[1]。真のキリスト者の誕生をもたらす究極の社会革命が、キリスト教の伝統である終末論的世界観とその隣人愛道徳を背景に期待されたのである。一言でいうと、あの『カラマーゾフの兄弟』のみならず『悪霊』や『未成年』にも出てくる「人類の黄金時代の夢」を実現する革命として、来るべき社会革命が夢想されていたのだ。

　だが同時に、革命の政治的過程が誘発する悪しき暴力の経験（粛清）や権力型人間あるいはまたニヒリスト型人間の誕生の経験が、この総体的革命《トータルレボリューション》のヴィジョンを内側から腐食し瓦解させるものとして経験された。ドストエフスキーの『カラマーゾフの兄弟』における「大審問官」の節や『悪霊』は、この挫折経験が突きつける、一方の超ユートピア的なほとんど宗教的な革命ヴィジョンと他方の革命運動の権力政治的現実との間の激しい対立と葛藤を背景にしなければ、とうてい誕生することのなかった文学作品であった[2]。

　そうした総体的革命《トータルレボリューション》のヴィジョンはフランスではシュールリアリスム革命のヴィジョンとして生きられることにもなった。そこではマルクス的な社会革命の精神と詩人ラン

（1）仲村健之助『ドストエフスキー　生と死の感覚』岩波書店、一九八四年、一三六頁。

（2）拙著『〈受難した子供〉の眼差しとサルトル』三七五～三七七頁、また仲村健之助の前掲書も参照されたし。

ボーが口にしたような「生の革命」、つまり、所有や権力によってさまざまに抑圧され歪曲され貧しくされてきた従来の人間の五感の全的で詩的な解放のヴィジョンとが結合され、詩人こそが真の革命家であると宣揚されるに至った。芸術革命と政治革命の結合というユートピアが、たとえごく短い期間であったにせよ、信じられたのである。（この結合のユートピアはイギリスではラスキンやウィリアム・モリスによって追求された。このことも忘れてはならない。こうした精神史的背景抜きにはアール・ヌーボーの芸術運動も、ひいては日本の白樺派の運動も、柳宗悦の民芸運動も真に深く理解することはできない。）

こうした事情は第二次大戦後のマルクス主義の議論にも受け継がれた。第二次大戦後のマルクス主義の議論を特徴づけたのは疎外革命論の登場であった。マルクスの真の革命思想はたんなる生産手段の社会主義的共有の思想にあるのでもなければ、消費財の平等主義的所有の思想にあるのでもなく、労働を資本主義的疎外から解放して真に人間的な自己確証活動へと復位させることにあり、人間のもつ能力の真に人間にふさわしい活動的な総合的享受（断片化や分裂性から解放された全体的人間の実現）をすべての個人に可能にすることこそ共産主義革命の道徳的使命だと説かれた。そして、その思想的根拠を提供するものとして、労働の疎外・人間の自己疎外を問題として提起する初期のマルクスの哲学草稿が大いに注目された。しかもこの初期マルクスの発見を受け皿として、そこに実存の解放をめぐる精神分析学の心理学的議論も、またそれと深く連動していたハイデガーやサルトルの実存思想やフランクフルト学派（アドルノ、マルクーゼ、フロム、等）の思想も合流し、あらためて実存の解放・救済のヴィジョンと社会革命のヴィジョンとの結合が模索された。そしてこの結合が、一見革命の可能性が遠ざかったかに見える先進資本主義国家での新しい性格の革命の可能性を発見し、それを実践化する思想を準備するにちがいないと期待された。

その顕著な一例は、一九六〇年代後半から七〇年代前半にかけてヒッピー運動と、ロマン派的フロイト主義とマルクスの社会革命の思想との独異な結合として誕生したマルクーゼの思想とが合体し、そこに誕生したエロス的革命のユートピア的観念であった。これは欧米での「六八年」学生反乱の重要なイデオロギー装置の一つになった。また、当時、毛沢東が己の権力闘争の遂行を偽装するために掲げた「文化大革命」のスローガンに、こうした総体的革命《トータルレボリューション》のヴィジョンを追求する多くの西欧の知識人が極度の幻想的期待を抱いたという事実も忘れがたい。サルトルの晩年がこうした幻想に包まれていたことはよく知られている。

つまり、繰り返すなら、各個人の実存を抑圧や疎外から救済するという本質的に宗教的でもある救済論的なモチーフと社会革命の観念との切り離しがたい一体性の成立こそが、一八七七年以降約一世紀間の革命思想の――文学と哲学の地平での――特徴となったのである。僕はこの点を指して、この時期の革命思想は「終末論的な救済論的革命主義」という性格を色濃くもっていたと主張するのだ。

第二点は、実は既にドストエフスキーに触れて言及した点である。すなわち、その《革命》のユートピアに導かれた一世紀は、同時にこのユートピアの挫折の一世紀にほかならなかったという事情だ。マルクス主義が指導思想となった二〇世紀の革命運動が最終的に到達した帰着点とは、前衛党一党独裁国家の樹立でしかなかった。ルサンチマンというニーチェのテーマに関連づけるなら、革命は抑圧され疎外された民衆のルサンチマンを《革命的暴力》という形で解き放つことからしか始まらないが、《革命的暴力》の遂行はその過程でこの暴力のルサンチマン的性格を浄化し、人々に克服させ、ついには真のヒューマンな人間性を誕生させると展望された。しかし実際に起きたことは、あらゆるルサンチマン欲動のパンドラの箱を開けたにすぎなかった。そしてこの解放されたルサンチマン欲動を背景とし、土台とし、手段にすることで、いわゆるスターリン主義が勝利をおさめた。革命はスターリン的心性《メンタリティ》の革命指導者によって簒奪され、革命指導者は最悪の独裁者へと成り下がった。革命による人間の自己疎外からの解放、国家の消滅の促進、平和で共同体的な反資本主義的反ブルジョア的人間性の実現、真の平等の実現、民族主義の克服、等々の革命理念を権力を握ったマルクス主義運動は何一つ実現できなかった。そうした諸理念はいまや暗黒の独裁主義が自分を糊塗するために利用するイデオロギー的仮面に堕し、権力維持の基盤は粛清政治の恐怖《テロル》と民族主義への回帰に求められた。その巨大な最初の実例がスターリンという独裁的指導者によるソ連支配、つまりスターリン主義の成立である。スターリン主義はマルクス主義を指導思想とするあらゆる社会主義国家の政治体制の祖型《プロトタイプ》となった。しかしその結果、社会主義国家は国民の支持を失い、一九八〇年代末にソ連ならびに東欧社会主義国家はすべて砂上の楼閣のごとき自己崩壊を遂げた。この崩壊は、それでもマルクス主義のなかに継承されていた一九世紀末以来の社会主義的エートスの善きものまでも道連れにした。残されたものは、いっそう荒廃した資本主義的競争原理の跋扈（新自由主義）といっそう分離主義化した民族主義の復興であった。なおまだ存命している中国社会主義は中国共産党が独裁的に指導する自民族中心的な「赤い資本主義」に成り果て、北朝鮮社会主義は信じがたい世襲王朝社会主義の下に人民を幽閉した。キューバ社会主義はカストロの個性によってスターリン主義国家の汚名をいくぶんかは免れているにせよ、カリスマの死とともに自らの死を迎えるであろう。まさにオーウェルの描くビッグ・ブラザーは、こうした二〇世紀の総体的革命《トータルレボリューション》のヴィジョンの苦々しい挫折の象徴・メタファーとなったのだ。

第三点は、この総体的革命《トータルレボリューション》のヴィジョンは実は右翼的一翼をもっており、それがドイツのナチズムであり、イタリアを筆頭とするさまざまなるファシズムであったという事情である。

たとえば三島由紀夫は、ニーチェの「力への意志」の思想が一九二〇～三〇年代のヨーロッパにおいて現状破壊のニヒリスティックな気分に浸透されていた青年知識人・芸術家をいかに魅惑し捉えたか、また彼らをファシズムの方向へと導くうえでいかに重要な思想的役割を果たしたかを鋭く認識していた。その観点から彼はナチズムを次のように捉えた。「ナチズムは本来、ニヒリスティックな芸術理念の無謀な現実化あるいは政治化であり、結果的にはその無力と破滅は目に見えている肉体崇拝の宗教だった。ナチスの破滅ほど、理念の破滅に似ない、膂力に秀でた青春の肉体の破滅を思わせるものはないのである」[3]（傍点、清）と。

三島によれば、ニヒリスティックな無意味性の感情を救済するものとして登場する、《力》の自己享受による《存在》回復を希求する「肉体崇拝の宗教」／審美主義（ニヒリスティックな芸術理念）、いいかえれば暴力と美の結合／その政治化として登場する青年政治運動としてのファシズム、この三位一体性の追求行動こそが当時のファシズム

（3）三島由紀夫「ジャン・ジュネ」、『小説家の休暇』所収、新潮文庫、一三七頁。参照、拙著『三島由紀夫におけるニーチェ』、第五章「美的テロリズム」。

の精神史的意味であった。しかも、ナチズム（ナツィオナール・ゾツィアリスムス＝国家社会主義）の名称が物語るように、またムッソリーニが元イタリア社会党員であった出自が示すように、ファシズムは自らを民族主義的で国家主義的な或る種の社会主義として主張していたのであり、知識人・青年の反資本主義的志向を自らの側に獲得しようとした。

　だからファシズムは自分の主敵をブルジョア自由主義にではなく、マルクス主義のなかに見いだした。というのも、マルクス主義こそは自分の最大のライバルだったからだ。マルクス主義の革命ヴィジョンへ参加した多くの知識人と青年は、既に述べたように、彼らは彼らでまた自己の実存の救済を社会革命と一直線につなげて両者の串刺し的な実現を夢見ていた。他方、ナチズム・ファシズムに吸い寄せられた知識人と青年たちは自分の実存のニーチェ的な救済のヴィジョン（「力への意志」）に惹かれていた。そして、マルクス主義の脱民族主義的なコスモポリタン的な理想主義的言辞よりも、「血と地」の身体性に担われ、あえて死を欲するほどに強烈で英雄的な戦士共同体のパトスの根拠を「根源的一者」（ニーチェ）たる民族生命に求める自分たちの言説のほうが、嘘がなくはるかにリアルだと考えていた。

　この点では両者はそれぞれの形で総体的革命《トータルレボリューション》のラディカリズムを共有していたといいうる。だからまた両者の間にはつねに類縁性が誕生した。ハンナ・アーレントの有名な『全体主義の起源』はそこに着目している。彼女はこう問題を提起しているのだ。

「社会のモッブ分子とエリート分子に対して全体主義運動がふるう魅力はプロパガンダとはほとんど無関係であって、それはなかんずく、既成のものすべてを革命とテロルの嵐の中に投げ込むように約束するかに見える、あの激しいエネルギーに満ちた行動力が与える魅力である」[4]。

さらに彼女はこう続ける。「だがこれ以上に驚くべきこと、われわれを不安にさせることは、全体主義運動が知的エリートや芸術エリートに疑う余地のない魅力をふるうこと」[5]であり、この魅力は「全体主義運動を理解するための基本的な鍵」[6]を提供するものだと。

アーレントは第一次大戦世代の知識人、すなわち「前線世代のエリート」の精神状況をこう記述している。「彼らはアラビアのロレンスの『自分自身の自己を失いたい』という切望を自分たちの経験として知っていたし、一切の既成の『価値』に対する嫌悪も、一切の既成の諸勢力に対する侮蔑も身をもって味わっていた。……第一次世界大戦が始まったとき、『ひざまずいて神に感謝した』のはヒットラーや人生の落後者ばかりではなかった。……一九一四年、エリートたちは自分たちが馴染んできた全世界と全文明が『鋼鉄の嵐』（エルンスト・ユンガー）のなかで崩れ去るのを期待して、欣喜雀躍、戦争に赴いた。彼らの詩は、トーマス・マンがいちはやく指摘したように、祖国の勝利ではなく『浄化者』、『救済者』そのものである戦争をうたっていた」[7]。「徹底的な破壊と廃墟そのものが、最高の価値についた」[8]と。

そして彼女は端的にこう指摘している。

「知的エリートがモッブと同じく全体主義のテロルに惹き寄せられたのは、そこには言葉の真の意味におけるテロリズム、一種哲学となったテロリズムがあったからである。テロルは政治的行為の表現様式そのものとなり、自己を表現し既成のもの一切に対

（4）ハンナ・アーレント、大久保和郎・大島かおり訳『全体主義の起源』Ⅲ、みすず書房、一九八一年、六三頁。
（5）同前、四〇頁。
（6）同前、四〇頁。
（7）同前、四三頁。
（8）同前、四四頁。

する自分たちの憎悪と盲目的な怨恨を表現する手段となった」[9]（傍点、引用者）。

　こういう親テロリスト的気分がいかに当時の青年知識人と芸術家を摑んでいたか、その点においてファシズムとマルクス主義との境界はことに初期の段階ではいかに振幅的で曖昧であったか、このことについてはアーレントのみならずサルトルの重要な回想もある。[10]またバタイユが典型的にこういう境界的な人物であったことは、彼の著作によっても、周囲の友人からの証言によっても明らかである[11]。

ニーチェ的な《力》の快楽主義のリトル・ピープル的バージョン

　僕はこう考える。ファシズムをも含めた、こうした終末論的な救済論的革命主義がスターリニズム的＝ヒットラー的＝毛沢東的全体主義を誕生させることで挫折に追い込まれるという問題は、一九七〇年代までは有効であった二〇世紀の精神史的問題の中軸であった。だがこの問題自体がいまや失効し、その空白のなかから精神史的問題の劇的転換が生じるのだ。

　新左翼セクトの社会的消滅は、実存的救済のテーマと社会革命のテーマを重ね合わせる精神史的文脈が完全に失効し、実存的救済と社会的集団性との関係性の追求場が普遍主義的なボキャブラリーで語られる社会革命の場から、オウム真理教を象徴的嚆矢とするさまざまなるカルト集団やそれと近似したなんらかの原理主義的なイデオロギーによって己を組織するテロリスト的政治集団の場に移行し、それによって代位される、という精神史的予想を指示するものだ。

（9）同前、四九頁。
（10）サルトル、平井啓之訳『方法の問題』人文書院、一九六二年、二七頁。「われわれはいまだ自分ながらに正体がわかっていなかった左翼思想の名において、多元論（この右翼の概念）をわれわれの先生たちの楽観的で一元論的な観念論に対抗して転用することをおぼえた。われわれは人間をお互いに隔絶したいくつかの集団に分かつような教義なら何でも熱心に採用した。〈プチ・ブル的〉民主主義者たちは人種的差別観を拒否していたが、われわれは好んで、〈未開人の精神状態〉、子供や狂人の世界はわれわれには完全に不可解であると考えた。戦争とロシア革命の影響下にわれわれは――勿論、単に、理論上だけのことであるが――先生たちの甘い夢に暴力をもって対した。それはわれわれをファシズムに導く危険もあった悪しき暴力であった」。
（11）参照、拙著『実存と暴力――後期サルトル思想の復権』御茶の水書房、二〇〇四年、四四頁、八三～八六頁の註33。

前者の社会革命の展望はいまや無効化した。国家と資本主義システムの一挙的同時世界革命などという目標は、もはやなんら実践的可能性の根拠を発見できないがゆえに意味を失う。それゆえに、そもそも国家的な規模の制度革命という「政治革命」の概念さえ無意味化する。

だから、後者、つまり社会革命のヴィジョンが失効した後の世界である《現代》においては、もはや政治闘争それ自体が実存の救済という問題の文脈を担うことはない。政治闘争が担いうるのは、グローバル化した新自由主義が必然的に行き着いた投機資本主義の跛行的な成り行きに対して、社会民主主義的な部分的な抵抗闘争・改良政策を対置することがせいぜいのところであり、この政策の基礎自体が資本主義への基本的同意である。

かくて、実存的救済への欲求は従来のような普遍主義化のベクトルをもった政治革命との回路を自ら切断してしまう。実存的救済への欲求は、かつては被抑圧者全員を覆っていた社会的貧困と差別の集団的共有性と溶け合っていることで或る種の連帯的な癒しを享受していたが、この癒しを失う。その代わり、資本主義のグローバリゼーションが「新自由主義」を旗印として徹底的に推し進める諸個人の孤立化を背景に、いわば「単独者」的な純化を強いられることになる。この解放欲求の最も強力な担い手は、いまや自分をもともと普遍主義的集団から排斥されたニーチェ的「例外者」として感じている単独者的な諸個人となる。その救済目標は、理想的社会の建設という政治的媒介を不要とする仕方で、なんらかの形で宇宙的全体性と個の実存との直接的＝身体的な身心的結合が実感されることによる自分の実存的苦境（つまり己の存在実感の摩耗、己の存在の非現実化への不安）からの解放となる。だからまた必然的に、実存的救済という目標にかかわる個人と集団の関係性は、そうした単独者的諸個人の分離主義的でカルト的な、それ自体身体的直接性に担われ実感された団結世界、そうした小世界の構築という方向性においてしか構想されないことになる。あの窓をもたないオウム真理教のサティアンが象徴しているように、分離主義が決定的な方向になる。

　ビッグ・ブラザー問題の失効はリトル・ピープル問題の登場によって代位されるという村上の視点は、僕の視点からいえば、こうした精神史的文脈の転換を表しているのだ。村上の提出したリトル・ピープルというメタファーは、僕にとっては、右に述べてきた僕の視点に十分に接合し、あるいは変換可能なものだ。村上文学のテーマを、――彼自身は一言も口にしないにもかかわらず――ニーチェ思想を引証することで特徴づけようとする僕の観点からいえば、右の精神史的過程は、元来キリスト教的な出自の理性主義的で道徳的な思考基盤に立つという意味で固有に西欧的である「政治」的な性格の「大審問官」的な問題構成《プロブレマティーク》の失効、それに代位するものとして、西欧ではニーチェがその嚆矢となる、半ば東洋的でもあり、また太古的でもある、「力への意志」の思想に支えられた存在論的快楽主義のアナーキズム――この点では「六八年」文化革命のヒーローの一人であったヒッピー運動にもこの快楽主義が既に重要な契機として姿を現している――が登場するという過程として特徴づけられる。

　精神史的には、一九七〇年代から今日に至る四〇年間の推移は、《マルクスが退場すれば、代わりにニーチェが登場する》ということができよう。この問題性《プロブレマティーク》は、思想的流行としてのフランス現代思想（ポストモダン）のニーチェ的牽引力は終焉したとしても、依然として現代の思想的震央である。近代が必然化する孤独な個人の実存的空虚化を内側から補償するものとして、かつまた革命の夢が潰えた後の歴史的絶望感を補償するものとして、ニーチェ的な、本質的にニヒリスティックであり、単独者的で分離主義的な（したがってその集団性は同様に極度に分離主義的でしかない）「力への意志」の身体欲動が登場する。かかる問題は依然として現代の精神史的問題の中核である。

　まさに、この欲動はかの戎野先生が語るとおり、今日の人間の孤立化をいっそう極端化し、一切の社会的連帯の存立余地を奪い去る、「着実に我々の足元を掘り崩していく」危険な力なのであり、村上はこの欲動のもつ問題性に「クローズド（閉鎖）システム」の概念をあてがい、その文学的メタファーとしてリトル・ピープルを造形したのだ。またリーダーを登場させたのである。これが僕の問題読解の視点である。

　なおここで、『羊をめぐる冒険』の「奇妙な男」の担う問題についても僕の考えを述べておきたい。ずばりいうと、僕の視点からいえば、「奇妙な男」の立場は三島由紀夫に一番近い。三島はその自刃に共産主義運動に対する「反革命宣言」という政治的性格を与えた。つまり、自分のライバルとしてマルクス主義の革命運動を見ていたのである。そのかぎりにおいて、『羊をめぐる冒険』に登場してくる「奇妙な男」はまだビッグ・ブラザーがその時代の中心問題のシンボルでありえた時代に片足を突っ込んでいる。

　だが、これに対して『１Ｑ８４』の戎野先生はもうそうではない。

　ただし、問題そのものはそのままに残っている。

　三島は「殊に二十世紀に於いて、いやしくも絶望の存在するところには、必ずファシズムの萌芽がひそんでいると云っても過言ではない[12]」と述べた。絶望は存在し続けている。ニヒリスティックな無意味性の感情を救済するものとして登場する、《力》の自己享受による《存在》回復を希求する「肉体崇拝の宗教」という問題項、あるいは存在論的快楽主義の追求という問題項は明らかに存在し続けている。そこには「審美主義」という問題項、暴力と美の融合という問題項も依然として存在し続けている。

とはいえ、かつてのナチズムが追求したような、国家大の社会領域全体を席巻する大規模な政治運動という姿をとって「ニヒリスティックな芸術理念の無謀な現実化あるいは政治化」が追求されるというようなことは、もはやないであろう。たとえ「政治化」ということが語られうるにしても、その政治化は、きわめて分離主義的に社会から孤立した小集団によるテロリズムの地平を決して超えることはないであろう。

たとえば、その予兆がこの日本ではあのオウム事件ではなかったのか？　そこでは《力》は、その最終局面においてはかのサリン・テロとして暴発し、かつての左右両翼のテロリズム的な全体主義的暴力と同一の男性原理的攻撃性の形態をとったとはいえ、日常的にはむしろ瞑想的な、自己再帰的な、自己完結的なナルシシズムの女性的形態をとっていたのではないか？　そしてこの女性的新形態の下でも、無意味性の感情を補償的に救済するのは《力》の自己享受による《存在》回復の快楽主義によってだというテーゼは、実は生きているのではないか？

僕としては、村上春樹はこうした視点をさらに明確に確立すべきだと思う。そのあたりのいまなお彼にまといついている不徹底さが『1Q84』の文学的不徹底を生んでいるのではないか？　実は僕はこう思っているのだ。

（12）三島由紀夫「新ファシズム論」、『小説家の休暇』所収、一一七頁。

補論Ⅲ　村上春樹と三島由紀夫

『羊をめぐる冒険』と三島由紀夫

ニーチェと村上春樹との間に横たわる深い対話と対決の関係は、承認と否認とのアンビヴァレントな葛藤を宿している。一方では、村上はニーチェの思想とそこから生まれてくる問題提起の現代性を十分に認めている。だが、だから、こそ、ニーチェとの対決を自分の最終的な立場として押し出す。ニーチェのパースペクティヴ主義が身にまとう幽閉主義に対しては、そこからの脱出の追求こそを自らの文学の主題として据えつけ、同様にニーチェの「力への意志」の思想に対しては、それに絡めとられることを拒否し、「公正への意志」を持しつつ、愛する者たちが相互の現実共有へとにじり寄る愛の応答責任のモラル、「立ち会う」ことのモラルを対置する。

ところで、こういう僕の視点から見て興味深いのは三島由紀夫の文学と村上春樹との関係である。というのは、日本の戦後文学者のなかで三島ほどニーチェの思想の影響を受け、かつそのことを自認し、ニーチェへの共感をあからさまに表明した作家もいないからだ。

村上は、ニーチェと自分の文学との関係について何一つ語らないのと同様、三島文学と自分との関係についても内容に踏み込んだ発言をおこなったことはない[1]。

しかしながら、僕はまたしてもここで、三島と村上との間にニーチェと村上との間にあるのと同様の対話と対決の関係を推測し、村上文学にはそもそも三島文学のパロディ化への意志が貫いていると主張したいのだ[2]。そのパロディ化への意志を、まず第一に僕は、まさに村上とニーチェとの対決関係の起点を示すものと評すべき『羊をめぐる冒険』での鼠の自死のなかに見る。また第二に、『海辺のカフカ』のなかのジョニー・ウォーカー＝カーネル・サンダーズの猫殺しのなかに見る。

もっともこの僕の推測も、ニーチェとの場合と同様に、実は推測としては外れていてもいっこうかまわない類のものである。推測をとおしておこなわれる三島と村上との対質作業が村上文学の立ち位置をいっそう鮮明にする役割を果たすなら、この僕の推測はその作業仮説としての役目を果たしたといいうる。

まず第一の推測について述べよう。

『羊をめぐる冒険』の第一章は「1970／11／25」という特定の日付をタイトルとする。それは三島が市ヶ谷自衛隊駐屯地で自刃した日である。『羊をめぐる冒険』でかの鼠は、甘美にして邪悪な「原初の混沌」的エネルギーの「宿主」へと自分の実存をハイジャックした神秘的な羊を、自分もろとも殺害すべく自死する。僕はこう考えている。主人公の影的分身でもある鼠の自死は三島の自刃のパロディなのだ、と。

なぜ鼠は三島のパロディなのか？

その理由を説明するためには、僕はまずいささか三島由紀夫の文学について、またそ

（1）『夢を見るために……』には二か所（一三四、一四九頁）、三島の伝統的な意味で「日本美」的な文体に批判的に言及した箇所がある。その批判は村上と三島との間に存在する感受性の根本的相違というものを示唆して実に興味深いが、ここで僕が問題にしようとしている角度からの三島批判はそこには登場してこない。

（2）この僕の視点と非常に共通した面をもった視点から村上と三島との関係を問うた著作は、僕の知る範囲では二冊である。久居つばきの『ねじまき鳥の探し方』（太田出版、一九九四年）の最後の二章は、『ねじまき鳥……』の綿谷ノボルは明らかに三島由紀夫のパロディとして村上によって書かれたとの推測を展開し、村上の三島に対する関係を「近親憎悪」（一七三頁）による強い嫌悪の関係として捉えている。もう一冊は佐藤幹夫の『村上春樹の隣には三島由紀夫がいる』（PHP新書、二〇〇六年）である。テーマの大きな共通性が村上と三島の間にあると見る点では、彼らと僕との間には類

こに反映された彼自身の抱えた実存的問題について述べなければならない。僕が注目するのは次の点である。

三島がこの自刃の日の午前中にその完成原稿を出版社に送った『天人五衰』の主人公透は、『仮面の告白』の主人公「私」の再来でもある。二人の主人公を結ぶ共通点は自己の実存の空虚性、その「贋物」性、いうならば「非現実性」に対する絶望的に醒めた自覚である。

たとえば、『仮面の告白』の「私」はこう自分を語る。「自分を正常な人間だと装うことの意識が、私の中にある本来の正常さをも侵蝕して、それが装われた正常さに他ならないと、一々言いきかさねばすまぬようになった。裏からいえば、私はおよそ贋物をしか信じない人間になりつつあった[3]」(傍点、引用者)。同じく透はこう描写される。「僕は、人間ならかくも感じるだろう、と感じるための精密な体系になった。本物のイギリス人よりも、帰化した外国人のほうが、はるかに英国紳士風になるように、僕は人間よりもはるかに人間通になった[4]」と。つまり透の人生とは、これすべて演技であった。演技は精密で正確でなければならなかった。かかる意味で彼は「僕の人生はすべて義務だった[5]」と述べ、「僕の不幸は、明らかに自然の否認に由来していた[6]」と述べる。

両主人公は、己の生の情動が、自己の存在の内奥から自然の生命的内発性をもって生じたはずのそれが、見る間に手元で演技されたそれに変わってしまわねばならない苦悩を生きている人間である。いいかえれば、自分が絶えまなく「贋物」に変わってしまう苦悩を。というのも、両者の自己意識はあまりにも過剰なのだ。ここでサルトルの概念を援用すれば、極度に膨張した自己意識の自己に対する「無化的後退[7]」作用によって、

似性がある。だが、僕の問題の論じ方と彼らの論じ方とはまったく異なる。彼らのほうは村上の作品の細々した点からいわば「謎解き」風に推論して、村上のなかに三島への近親憎悪的嫌悪や三島の模倣や換骨奪胎の痕跡を跡づけていくという推論の手法をとる。僕の場合は、くだんのニーチェ問題を介在させることで、内容(テーマ)と形式(文体)双方にわたる両者の文学の根本的対立性を追求しようとするものだ。この点では、両者の関係を究明するさいにいわばその媒介項としてニーチェの存在を疑うなどということは、当然彼らにとっては思いもよらぬことである。その結果、僕の議論と彼らの議論では村上と三島との関係を問い質す究明ポイントをどこに設定するかという点で大きなずれが生じている。

(3) 三島由紀夫『仮面の告白』新潮文庫、一四一頁。

(4) 三島由紀夫『天人五衰』新潮文庫、二〇六頁。

(5) 同前、二〇二頁。

己がその情動であると確認した瞬間に、早やそれではないところの自分、自己意識作用それ自体としてのもう一人の自分、いかなる意味でも「……である」との積極的肯定的な確言をなすことができず、ただ「それではあらぬ」と否定的な仕方でしか自分を定義できない自分、かかる自己を一個の具体的情動としての自分の傍らに、それを醒めて見つめるもう一人の自分として産み出してしまうからだ。

　これが三島の文学世界の中軸をなす主人公たちの抱える実存的自己矛盾である（哲学用語で呼べば、存在論的自己矛盾と命名できるだろう）。情動Aの自己があり、それと対立する別の情動Bの自分が同時にいて、自己の内部でその二者が相争っているのではない。AであれBであれCであれ、すべての具体的情動としての自己の傍らに、それでないことは明白だが、だからといってまだ何物でもない、ただ無というしかない、一切の肉体性を欠いた意識としての意識、意識の無化的後退作用それ自身が抽象的に自己凝結したような無としての自己が対立しているのである。両主人公はこの己の実存の事態を、自分の情動はあらかじめ「論理的に不可能を包んでいた」[8]（『仮面の告白』）とも、「僕の存在そのものの論理的矛盾」[9]（『天人五衰』）とも呼ぶ。まさにサルトルが意識の存立論理を指して、「あるところのものであらず、あらぬところのものである」[10]と定義したような論理矛盾が比類のない過剰さで凝結してしまった実存、それが「私」であり、透である。

　ところで、この二つの小説を結ぶ線の中央に、自刃に傾斜していく自己の内的論理を見事に抉り出した彼の自己省察の長編エッセイ「太陽と鉄」を置けば、そこに浮かび上がるのは次の事情である。

（6）同前、二〇五頁。
（7）サルトル、松浪信三郎訳『存在と無』Ⅰ、ちくま学芸文庫、二一八頁。
（8）三島由紀夫『仮面の告白』六二頁。
（9）三島由紀夫『天人五衰』二〇三頁。
（10）サルトル『存在と無』Ⅰ、二〇七、二七二頁、等。

結論からいえば、三島の自刃は自己の実存的空虚・非現実性から誕生してくる自己の実存的自己矛盾を克服したいという渇望、ニーチェのいう「力への意志」への渇望の所産であった。さらにいえば、その渇望がいまや自分にとってもはや渇望にとどまるものではなく、ボディビルや剣道修練による「肉体的教養」の獲得によって、現に己の肉体を貫く真の生きた意志として実現しうるという自負となり、だからまたそれを証明しようとする激しい挑戦の意識となり、証明してみせるとの激しい「自己劇化」（澁澤龍彦の欲望となったことの帰結であった。[11] つまり、彼はニーチェの「力への意志」に自己同一化するために自刃したのであり、自刃とはこの自己同一化であった。そのさい三島における「力への意志」とは、自らの意志による自己の肉体への致命的な毀損こそがその肉体の肉体性の最高の証明となるといった「死への欲動」の快楽意志であった。三島のよき理解者であった澁澤龍彦は、その事情を実に的確にこう述べている。

「三島氏にとって、人間は現実に存在しているという感覚を容易につかめず、苛立たしい焦燥のなかで、永久にじたばたしていなければならないもののごとくであった。肉体は即自的に肉体なのではなく、肉体を傷つけ否定することによって肉体になるのである。否定の契機によって、外部と内部が逆転することによって、肉体ははじめて存在感をもった肉体になるのである[12]」。

では『羊をめぐる冒険』ではどうか？

僕はこれまで何度も指摘してきた。『羊をめぐる冒険』の主題は自分の存在・実存の非現実性に苦しむ主人公たちがこの非現実性を克服して、己の実存の現実性を再獲得しようとする冒険譚にほかならない、と。そして、ニーチェ的な「力への意志」の体現者

（11）参照、拙著『三島由紀夫におけるニーチェ』一〇七～一二〇頁。

（12）澁澤龍彦『三島由紀夫おぼえがき』三六頁。

たる神秘的羊が己の「宿主」へとハイジャックする対象としたのは、この苦悩を生きる鼠であったことを。

ただし、『羊をめぐる冒険』にあっては、総じて村上文学にあっては、主人公たちがどういう実存的事情の果てにかかる非現実性の病に陥るのかという問題は、三島文学ほどには――「私小説」的徹底性をもって――解剖されるわけではない。また、異常に肥大化し過剰化した三島的な自己意識の病の所産として提出されるわけでもない。こういう点では村上文学は明らかに近代文学の「私小説」的リアリズム――自我の徹底的な心理学的分析を志向するという意味での――の伝統の外に出ようとしている。

とはいえ、次のことは明白である。村上文学の場合は、主人公たちの実存が非現実性の病に蝕まれるのは、なんらかの事情によって彼らが自分のプラトン的半身であるという意味を担う愛する相手を喪失することによってである。そして村上文学においては、この喪失は私小説リアリズム風に克明に掘り下げられるのではなく、むしろ反対に《物語》がそこを出発点に展開することになる前提・所与となる。

とはいえ、主題を自己の存在の非現実感とその克服可能性というところまで抽象化するなら、まさにこの克服可能性をめぐってこそニーチェ的な「力への意志」が問題となるという点も含めて、村上は三島との間に同一の主題を共有しているといいうる。

既に本書第3章の「実存の「空き家」化と《力》による誘惑」節で示したように、鼠が羊につけいられたのは、彼の抱え込んだ「自分の中で何かが確実に腐っていく」という存在の「壊疽」化、「たえまなく暗闇にひきずりこまれていく弱さ」[13]のゆえだった。しかしまた、彼は自分を羊の「宿主」にさせることになったこの「弱さ」ゆえに、最後

(13)『羊をめぐる冒険』下、一二五頁。

には自分もろとも羊を殺害すべく自死の道を選ぶのでもあった。つまり、鼠は同じく己の実存の非現実化の苦悩から出発し、「力への意志」への自己同一化へといったんは誘惑されながらも、最終的には「力への意志」への自己同一化を拒絶するために自死する。

ニーチェにあって「力への意志」の思想が結びついている「主人道徳」か「奴隷道徳」か、「強者の道徳」か「弱者の道徳」かの選択問題にかかわらせていえば、三島と村上は同じ問題の地点から出発しながらも正反対の道をとったといいうる。一方の三島とその文学は「強者」たらんとして自刃する美を選び、他方の村上文学のなかの鼠は「弱者」たる自分を肯定することを選んで自死する。そう特徴づけることができる。羊の「宿主」になることを「何故拒否したんだ?」という主人公の問いに対して、鼠はこう語る。「俺は俺の弱さが好きなんだよ[14]」と。

こうした事情を顧みるとき、『羊をめぐる冒険』における鼠の自死には三島の自刃をパロディ化することによって、ニーチェ＝三島的な「力への意志」の美学に対抗するという村上の明確な意志が推測される。村上文学の基底には、つねに「強者」の論理と美に対して、「弱者」たることの論理を擁護し肯定し、そこから発する哀しみと含羞の美を求めるという姿勢が一貫している[15]。それが、村上をして反ニーチェ・反三島に赴かせる根底である、と僕は考える。

(14) 同前、一二八頁。

(15) この点で興味深いのは、『夢を見るために……』の一五八～一五九頁で、インタビュアーのミン・トラン・ユイが村上のなかに「伝統的な日本の詩歌にとって重要な〈もののあわれ〉の痕跡」を見いだし、そうしたユイの批評に村上が好意的に応答している点である。

二つの猫殺し――『午後の曳航』と『海辺のカフカ』

第二の僕の推測は『海辺のカフカ』での猫殺しにかかわる。

この小説で、《力》の暴力性のメタファー的存在であるジョニー・ウォーカーとその生まれ変わりとしてのカーネル・サンダーズは猫殺しとして、人間で唯一猫と会話できるナカタの前に現れる。なぜこの二人が猫殺しをやるのかの理由についての説明は二度おこなわれる。一度目はナカタとジョニー・ウォーカーとの会話のなかで。二度目は物語の終結近く「カラスと呼ばれる少年」と題された特別の章において、この少年とカーネル・サンダーズの対決をとおしてである。既にこの問題も本書第3章の「カーネル・サンダーズVSナカタ」節で取り上げた。

ジョニー・ウォーカー＝カーネル・サンダーズがなぜ猫殺しをおこなってきたかといえば、それは「生きたまま切り裂かれた[16]」猫たちの魂を集めて笛をつくるためであり、結論をいえば、この笛を集めて最後につくるはずの「それだけでひとつのシステムとなってしまうような特大級の笛[17]」とは、「カラスと呼ばれる少年」のいう「完全生物」体たる暴力の自己増殖システムを人間の心のなかに発動させるための笛であった。

では、なぜ猫殺しなのか？

村上は愛猫家として知られている[18]。猫は『ねじまき鳥……』でも『1Q84』でも重要なメタファーとしての役を負わされるし、『海辺のカフカ』はかのA少年の「懲役一三年」への文学的レスポンスであるという僕の推測が当たっていたなら、村上は少年に

(16)『海辺のカフカ』下、四四九頁。

(17) 同前、四五〇頁。

(18)『イエローページ　村上春樹2』の補注「猫の虐待、死、消滅」(同書、一八六頁)には、愛猫家村上と「猫殺し」との関係についての彼自身の興味深い発言が取り上げられている。その発言もまた三島と共振している、と僕には読める。また『夢を見るために……』によれば、少年時代の村上の「自分だけの独自な世界」を構成した要素は「音楽と本と猫」の三つであった（一六四頁）。

よる淳君殺害がいわばその予行演習として猫の首をはねることから始まったことを念頭に置いたのではないのか?

と同時に、僕はこの猫殺しにも三島とのかかわりを推測したくなる。三島の『午後の曳航』における少年たちの猫殺しの場面を思い出し、『羊をめぐる冒険』と同様そこにも三島をパロディ化する村上の意志を推測したくなるのだ。

『午後の曳航』における少年たちの反道徳的で大衆侮蔑に満ち満ちたその孤独なサディズムはニーチェ的な気分に満ちている。そして少年たちはいわば自分たちの《力》の美学の肝だめしとして猫殺しを敢行する。そのさい、三島は明らかにニーチェの《力》の思想に依拠して猫殺害のサディズムの形而上学的意味というものを浮かび上がらせる。

そこでの猫殺害は、主人公の少年たちの力というよりは、まさしくニーチェが示そうとしたような、少年の主体を超えた、むしろ宇宙あるいは《存在》それ自体から由来する或る純粋な「力」そのものの充溢と発露として描かれる。その結果、殺害される猫も、この経験のなかではもはやその猫という特定の具体的対象としてではなく、この「力」そのものの「軌跡」であるかのように抽象化する。この経験を語る言葉とはこうである。「登がもう一度つかみ上げたものは、それはもう猫ではなかった。輝かしい力が彼の指先にまで充ちていて、彼は今度は自分の力が描く明快な軌跡をつまみ上げ、それを材木に何度となく叩きつけるだけだった」[19](傍点、引用者)と。

この猫殺しは、「ほかのどんなものでも埋められない空洞は、殺すことによって、丁度鏡が一面の亀裂に充たされるような具合に充たされるだろう」という意義を担うもの

(19) 三島由紀夫『午後の曳航』(新潮文庫)、五八頁。なお、この三島における問題については拙著『三島由紀夫におけるニーチェ』、第二章「殺害者と海」に詳論した。

として現れ、その行為の意味はさらに次のように把握される。「彼らは存在に対する実権を握るだろう[20]」と。猫殺しはそういう宇宙と自己の双方に《存在》の充溢と最高強度を取り戻させる形而上学的行為として描き出される。

三島は村上と同様、愛猫家として知られている。愛する存在をあえて残酷に処刑するサディズムがいっそう三島のなかにマゾヒズムの快楽を掻き立てたにちがいない。「残忍とは他人の苦悩を眺めるところに生ずるものだとしか教えることのなかった従来の愚劣な心理学を、追いはらわなければならない。自分自身の苦悩、自分自身を苦しめることにも、豊かな、あふれるばかり豊かな快楽があるのだ」と語ったのは、ほかならぬニーチェであった。三島においてニーチェ的な「力への意志」はその完璧なサド＝マゾヒズム的本質において受けとられ、我が物とされているといってよい。

こうして僕は推測するのだ。村上は三島の『午後の曳航』の猫殺しが担うニーチェ的含意の全体を視野に収めたうえで、そのパロディとしてジョニー・ウォーカー＝カーネル・サンダーズを造形し、もって自分の反三島＝反ニーチェの立場を描き出したのではなかったのか、と。つまり、そのように形而上学化され聖化された《力》の美学は容易に「完全生物」としての暴力の自己増殖システムに買い取られ、その美的粉飾として現れるものとなるほかない、と。

さらに僕は次のシーンにも三島をパロディ化する村上の意志を見る。

既に本書第3章で取り上げたシーンだが、『海辺のカフカ』の終結部に、田村カフカ少年とかつて暗い森への脱走をはかった二人の逃亡兵が交わす次の会話シーンがある。

(20) 同前、五七頁。

「銃剣のことは忘れないようにね」と背の高い兵隊が言う。「相手を刺したら、それをぎゅっと横にねじるんだ。そしてはらわたを裂く。そうしないと、君が同じことをやられる。それが外の世界だ」

「でもそれだけでもない」とがっしりしたほうが言う。

「もちろん」、背の高い兵隊が言う。そしてひとつ咳払いする。「僕は暗い側面を語っているだけだ」

「それに善悪を判断するのはとてもむずかしい」とがっしりした兵隊が言う。

「しかしそれはやらなくちゃならないことだ」と背の高い兵隊が言う。

「たぶん」とがっしりしたほうが言う。(21)


僕の意見では、ここに登場する「はらわた」は三島のパロディ化という共示的意味《コノテーション》を担っている。詳論する余裕はないが、『金閣寺』以来『午後の曳航』、『憂国』、『奔馬』等において示されるように、腹を裂かれて外に引き出され晒された「はらわた」は三島にとっては、卓抜にも澁澤龍彦が三島における「内部と外部の弁証法」という言葉で指示したように、薔薇の花弁に等しいほどに美しい《存在》証明の特権的な媒体であった。(22) 自刃によって外に引き出され晒されるはらわたによってこそ、三島にとっては「肉体ははじめて存在感をもった肉体になる」（前出、澁澤龍彦）のであり、この肉体回復は同時に宇宙がその絶対的な有機体的な一分も隙間のない統一性・球体的全体性を実現して、その《存在》性を顕現する形而上学的瞬間、神秘的エクスタシーの瞬間であると考えられた。それは、ニーチェの『悲劇の誕生』での言い方を援用すれば、人間が自分の

(21) 『海辺のカフカ』下、四七七～四七八頁。

(22) 参照、拙著『三島由紀夫におけるニーチェ』、第二章「殺害者と海」。

「力への意志」としての激情を貫いた果てに迎える自らの英雄的でもあれば悲劇的でもある死をとおして、宇宙を形づくる根源の宇宙生命ともいうべき「根源的一者」のうちに帰還し、そこへと融解し一体化するときに得る形而上学的＝宗教的法悦に包まれる瞬間であった。(23) たとえば、『奔馬』のラストを結ぶ言葉はこうであった。「正に刀を腹に突き立てた瞬間、日輪は瞼の裏に赫奕と昇った(24)」。

他方、『海辺のカフカ』ではどうか？

先に見たとおり、そこでは「はらわた」は復讐の暴力のメタファーなのであり、善悪の彼岸に立つ《力》の「暗い側面」のそれであり、「完全生物」体としての暴力の自己増殖システムのメタファー、二人の兵士がそこに組み込まれることに耐えられずに逃亡してきたところの「暴力的な意志(25)」（ここでもまた「意志」という概念によって、村上はニーチェを示唆している）のメタファーであり、大島が少年に教えたところでは「迷路のメタファー(26)」なのである。

《死への欲望》に駆動されたニーチェと三島の宇宙観

ニーチェのパースペクティヴ主義は幽閉性のペシミズムに憑きまとわれていた。「現実の世界への逃走も、すりぬける道も、抜け道も、全くない！　われわれは自らの網の中にいるのだ、われわれ蜘蛛は」と断言して憚らなかったニーチェであった。

だが、実は彼は或る一点において人間に「現実の世界」へと帰還できる展望を認めていた。その一点とは、個人が自分を衝き動かす「力への意志」に身を委ねつくして、己

(23) ちなみに、ここで一つの注釈をおこなっておきたい。ニーチェの宇宙観、いいかえれば彼の形而上学は、『悲劇の誕生』以来最晩年の『偶像の黄昏、反キリスト者』に至るまで、宇宙の諸現象——当然ながら人間もそこに帰属する——の全体を宇宙生命体としての「根源的一者」が演じる死と再生の永遠回帰的な自己生殖運動（混沌としての「生成の無垢」）とみなす見地に立つものであった。三島由紀夫はこのニーチェ的宇宙観を主題とする一個の「悲劇」（ニーチェのいう）として『豊饒の海』四部作を企てたのである。

(24) 三島由紀夫『奔馬』新潮文庫、五〇五頁。

(25) 『海辺のカフカ』下、四一三頁。

(26) 同前、四一二頁。

の破滅も顧みず、またその自分の行為が他の人間たちに及ぼす問題も一切顧慮せず、ひたすらにその「力への意志」のままに行動するとき、その行動が彼の必然的な破滅・死とともに彼を無機的世界へと帰還せしめるという展望《パースペクティヴ》であった。そしてこの展望のなかでは帰還先の無機的世界は真の実在の世界と意義評価されたのである。

『生成の無垢』の断片一二三番のなかで、意味深長にもニーチェはこういう。

「生から救済されており、かくてふたたび、死んでいる自然になることとは、**祝祭**だと感じられうる。——死ぬことを欲する者たちによって。自然を愛すること！　死んでいるものをふたたび尊敬すること！　死んでいるものは（生きているものの）対立物ではなくて、母胎であり、例外がもっているよりも多くの意味をもっている常例である。なぜなら、不合理や苦痛は、いわゆる合目的的世界のもとでしか、生きているものにおいてしか存在しないからである」[27]（太字、ニーチェ、傍点、引用者）。

この生を嫌悪し、反対に死を愛し死を求める展望の下に立つニーチェは、「感じる」という生の力、つまり感覚を、人間を現実そのもの、《存在》そのものからひどく遊離させ、人間を欺くものとみなす。「感覚でもって、浅薄さが、欺瞞が始まる。苦痛や快楽は現実的経過と何のかかわりがあろう！　それは、深みへ突入することのない一つの片手間なのだ！」[28]と彼は右の一節に続けて書いている。

他方、帰還先の無機的な死の世界については、彼は「永遠に運動していて誤謬のなく、力と力との対抗なのだ！」[29]と述べ、さらにこんなふうにもいっている。「認識の最大の熱望」とは、「この偽りの自惚れた世界に、なんらの快感も苦痛も欺瞞もない永遠の諸法則を突きつけること」であり、「真理愛とは、感覚を、生存の外面だと、存在の

(27)　ニーチェ、原佑・吉沢伝三郎訳『生成の無垢』下、ニーチェ全集別巻4、一二三番、八九頁。

(28)　同前、一二二番、八八頁。

(29)　同前、八九頁。

一つの見誤りだと、一つの冒険だと解すること」[30]（傍点、引用者）だ、と。

ニーチェは断片一一二番を次の言葉で結んでいる。「私たちは無感覚なものへの還帰を一つの後退だと考え**ない**ようにしようじゃないか！　私たちは完全に**実現**される、私たちはおのれを完成する。**死は解釈しなおされるべき**だ！　私たちは、かくして、現実的なものと、言いかえれば死んでいる世界と、**和解する**」[31]（太字、ニーチェ。傍点、引用者）。


さて、ここで三島由紀夫に登場願おう。

たとえば、三島のよき理解者であった澁澤龍彦はこう書いている。

「三島氏は自分を一歩一歩、死の淵へと追いつめていった。といっても、もとより世をはかなんだわけではなく、デカダン生活を清算するためでもなく、むしろ道徳的マゾヒズムを思わせる克己と陶酔のさなかで、自己の死の理論を固めていったのだ。自己劇化を極点まで推し進めたのだ」[32]と。また「死の本能の欲求不満」という言葉を三島自身が使い、この問題に対しては「浅薄なヒューマニズムや、平べったい人間認識では、とても片付かない」と語っていたことを、右の批評のなかで紹介している[33]。

詳論する余裕はないが、三島は澁澤が指摘したとおり、死を祝祭であり、真の《存在》への帰還、自己の完全な実現をもたらすものと讃えるニーチェの世界観、いいかえれば《死への欲動》を生きる者の世界観にほかならないニーチェの世界観を、自分の世界観とした人間だったのである。

三島のいわば文学的遺書である『豊饒の海』の、その第三巻『暁の寺』には、主人公

（30）同前、八九頁。
（31）同前、八九頁。
（32）澁澤龍彦『三島由紀夫おぼえがき』八二頁。
（33）同前、七二頁。

の一人である本多繁邦がインドのベナレスを訪問し、そこでの体験をとおして仏教の唯識哲学・阿頼耶識思想の真髄に目覚める場面が出てくる。橋本治は、『暁の寺』の主役はジン・ジャンではなく実は本多の阿頼耶識論だと指摘しているが、三島自身が武田泰淳との対話のなかで『暁の寺』のベナレスの場面は「『豊饒の海』四巻のうちの、一番クライマックスのつもりで書いた[34]」と語り、また別な文章では『豊饒の海』で試みたのは年来自分が書きたいと思ってきた「世界解釈の小説[35]」の実現であったと書いている。つまり一つの宇宙観の提出を直接担う小説の実現である。その宇宙観が阿頼耶識の宇宙観である。

だが、それは実は右に見た死を祝祭と見るニーチェの宇宙観のいわば仏教的焼き直しといいうるものである。その根底を流れているのは「死ぬことを欲する者たち」の生きる《死への欲動》なのである。その事情は、三島の作家的成長がおそらく一八歳ぐらいからつねにニーチェの摂取とともにあったことを知るならば、推測できる。

生と愛を選ぶ村上春樹

さて、ここで村上文学に右の問題をかかわらせるならば、どんなことがいえるか？

僕たちは次の対置に注目すべきである。先に触れた『海辺のカフカ』での大島の言葉を問題を呈示するために援用するなら、問題とはこうだ。

ニーチェと三島にとっては、大島風にいえば、「とてもソリッドで、個別的で、……（略）……ほかのどんなものにも代用はできない」・「なんのメタファーでもない」もの

(34) 雑誌『文芸』一九七〇年一一月号掲載、対談「文学は空虚か」、佐藤秀明『三島由紀夫の文学』からの孫引き、三九七頁。

(35) 「『豊饒の海』について」、一九六九年、田坂昂『増補 三島由紀夫論』からの孫引き、三一四頁。

とは、「力への意志」を生き通した帰結として英雄的個人が獲得する死への祝祭的帰還であり、その帰還が与えてくれる「永遠に運動していて誤謬のない、力と力との対抗」のなかへの自己の融解である。彼らにとって、生がどうしようもなく帯びる仮象性を突破する道は、この死への祝祭的帰還であった。そこには不可能性の逆説があった。仮象・鬼火・幽霊踊りを突破して生をその本当の現実性・リアルに帰り着かせたいという彼らの熱望の成就は、しかし、死へと帰還することだけが与えるとするならば、その祝祭を得た瞬間に彼らはその祝祭を失うといわねばならない。なぜなら、彼らはそのとき生を失ったのだから。いいかえれば、死への限りなき無限接近の時間こそが生きるに値する真の生の《存在》感・現実感に充溢した灼熱の時間となる。この美学は、自分こそニーチェの最大の理解者であることを自負したジョルジュ・バタイユの美学でもある。

他方、村上春樹にとっては、リアルへの到達の道を敷きつめるものは愛の記憶であった。彼にとって、仮象性を突破する生の現実性のヴィジョンはあくまでも生の内側に追求される。そのさい愛の記憶は、この追求の永遠なる根拠となる。

この問題事情については、既に僕は本書第2章の最終節「介在者としての愛」に縷々述べた。だからここでは繰り返さない。結論をいえば、村上にとって愛の記憶は、それほどにすっぽりと仮象に包まれている記憶はほかにないように見えて、『海辺のカフカ』の大島のいうように「とてもソリッドで、個別的で、……（略）……ほかのどんなものにも代用はできない」・「なんのメタファーでもない」記憶なのである。愛の記憶は、それを元手・手がかり・根拠とするならば、人間は仮象にくるまれた幽閉性から自分と他者の生の現実性の息づく場へと自己を裂開できるという「仮説」を人間に提供するものだ。そしてここでいう「仮説」とは、自分の存在を非現実化の過程から救出し、その現実性の回復を実現したいという切なる欲望にとっては、「それを追究する以外に君がやるべきことはない。君の手にはそれ以外の選択肢ってものがない」(前出)という意義において把握される仮説なのだ。

『海辺のカフカ』に次の興味深いシーンがある。

中田少年は記憶をまったく喪失することによってナカタに生まれ変わる。だからナカタは愛の記憶だけでなく一切の記憶をもたない「本が一冊もない図書館」[36]のような空き家的存在となる。それは個人としてのアイデンティティの喪失である。ニーチェ的にいえば「個別性の原理」の解体である。この記憶喪失による実存の「空き家」化が、どのようにニーチェ的な《力》への憧れや、あるいはそれによる誘惑ないしハイジャックを個人の実存のうえに引き起こし、この《力》の「宿主」化を引き起こすかという問題は、本書第3章が論じたように村上文学の中心的問題である。

ところで他方では、ナカタにおけるこの実存の「空き家」化を、『海辺のカフカ』はナカタの実存のいわば宇宙的全体性への融解という問題としても描き出している。

ナカタは記憶を失うことで内面の時間性も失い、そうであることによって外部世界に対していわば等価的な無差別的《インディファレント》な関係性を結ぶことになる。その事情を、ナカタは自分の「存在を一種の『通電状態』にした」[37]と村上は書き、こう続けている。

「ほどなく彼は意識の周辺の縁を、蝶と同じようにふらふらとさまよい始めた。縁の向こう側には暗い深淵が広がっていた。ときおり縁からはみ出して、その目のくらむ深

(36)『海辺のカフカ』下、一六八頁。

(37)『海辺のカフカ』上、一七五頁。

淵の上を飛んだ。しかしナカタさんは、そこにある暗さや深さを恐れなかった。どうして恐れなくてはならないのだろう。その底の見えない無明の世界は、その重い沈黙と混沌は、昔からの懐かしい友だちであり、今では彼自身の一部でもあった。……（略）……そこにはすべてがある。しかしそこには部分はない。部分がないから、何かと何かを入れ替える必要もない。……（略）……むずかしいことは考えず、すべての中に身を浸せばそれでいいのだ」(38)（傍点、村上）。

このいかなる部分もそこに融解してしまっているがゆえに無く、「すべて」だけがあるところの、沈黙と混沌の無明の世界とは、仏教のいう色即是空の世界であり、ニーチェのいう宇宙生命たる「根源的一者」が自分自身との間に演じる「生成の無垢」の世界である。つまり宇宙的全体性そのものである。それは、「死ぬことを欲する者」たるニーチェがそこへの帰還が存在の祝祭であるとした死の無機的世界とも、阿頼耶識の世界ともいえる。この無明の世界はまだこの場面ではナカタにとって穏和で静寂な世界、その暗さや深さを恐れなくてもよい親愛な懐かしい世界にとどまっている。

しかし、先に本書第3章で見たように、物語の展開のなかで後にその世界は、ナカタをその「宿主」にしようとカーネル・サンダーズがナカタのなかに這い入らせようとする、激しい暴力の欲望がそこからやってくる暗闇の世界に変わるのだ。その暗さと深さは、いったんそれに摑まれてしまえば誰ひとりそれに抵抗できないような「痛烈な力」、神的狂気がそこから立ち上がってくる恐るべき深淵となる。

この両義性において、村上が彼の小説の舞台に据える宇宙観は実はニーチェや三島のそれとたいへん類似している。ただし、後者二人は「死ぬことを欲する者」としてそこ

(38) 同前、一七五～一七六頁。

への死の身投げを祝祭として讃える。

これに対して、村上文学はかかる死の身投げを拒否する文学として己を打ち立てようとする。

それは死ではなく生を、また《力》ではなく愛を、選ぶ。

あとがき

僕の探偵作業、つまり、村上春樹の文学のなかに、しかもその核心部分に、ニーチェとの尋常ならざる対話と対決の関係を探り当てるという推理作業は成功したであろうか？

もし、この作業が犯人探し的な意味での推理であるならば、その当たり外れは、この探偵作業の成否を決定する事柄となる。しかし、本書でいくどか述べたように、ここで僕がおこなった探偵作業はそういう犯人探し的な意味での推理では実はなかった。

むしろ僕はこういうべきだったかもしれない。本書で、僕はニーチェという補助線ないしは分光器を導入し、そうすることで村上文学の意義を考えるという方法をとったが、なぜそうしたかといえば、村上文学を考えるうえでおそらくニーチェほど有効な補助線あるいは分光器は見つからないと思ったからだ。ニーチェは探し当てるべき犯人ではなく、方法であった。そして犯人とはもちろん村上春樹の文学そのもの、その魅力、特質、問題性、意義、等々なのである。彼はいったいどんな作家なのか？

とはいえ、この探し当てる犯人村上ですら、また方法へと変わる。

最初は目標に思われていたものが、ふと気づくと手段に、方法に変わっている。そして最初の目標の向こうに、さらに実はもっと遠い目標が隠れていたことに気づく。それが姿を現す。究極の犯人とは、現代の文学そのものなのだ。あるいは現代の人間そのもく。

のなのだ。文学とは、人間とは何者であるのか？　しかもこの現代において。この問いを推し進めたいがために自分がいま村上を選んだということに、僕は気づすると遠近法の変容が起きる。その変容の下で次のような逆転も起こる。村上を捉えるためのニーチェ、のはずであった。しかし、いつしか目標対象であったはずの村上は、逆にニーチェを捉えるための方法に転換しているのである。

というのも、現代の文学と人間とを問うことこそ究極の目標だという新しい自覚は、僕が自分のためにこれまで打ち固めてきたニーチェ理解をもっと大きな視野から、あるいはこれまでとは別な反射鏡を使用することによって、あらためて見直すことを要求するからだ。すると、その見直しの一つの方法として村上文学が自分にとって機能しだしていることに、僕は気づく。たとえば文体。村上の文体にニーチェの文体を対照させるなら、ニーチェの文体の猛々しさと悲劇主義とナルシスティックな没他者性はいっそう鮮やかに浮かび上がり、いっそうはっきりと問題化する。ユーモアという、これまで僕が視点にまで高めることができなかった新しい問題の環が自分の存在を主張しだす。すると、僕のなかでそれに呼応して、「では、ニーチェが『笑うことを学べ』というときの笑いとはいかなる笑いか？」と問う声があがる。

人はそれぞれ自分のやりたい仕事のために自前の道具を作らねばならない。それをいくども使い、手に馴染ませ、あらためて仕事を再開しなければならない。

現代の文学と人間について考えようと思い立ったとき、僕がここ五、六年の間に自前であつらえた仕事道具、問題対象の位置を計測するための座標軸、内視鏡、拡大鏡、解剖メス、あるいは嘘発見器、拷問具、等々となったものこそはニーチェだった。しかし、それは僕がニーチェの信徒となることを意味するわけではない。ニーチェという存在がこの現代において巻き起こす対話と対決との討論の渦巻きこそが僕の最適の道具となるにちがいない、という意味でのことだ。

　ニーチェを自分の仕事道具に変えるために、まず僕は、ニーチェへの圧倒的な共感の木霊が全身に響いている作家、ニーチェを身を挺して読むことができた作家を見つけ、その作家を通路とすることでニーチェの理解を深めようと思い立った。そういう仕方での理解が僕の目的に一番適っていると思えたのだ。僕には文学を惹きつけえない哲学は紛い物に思えたし、その逆も真なりなのだ。その作家とは三島由紀夫であった。この追求は僕に『三島由紀夫におけるニーチェ――サルトル実存的精神分析を視点として』（思潮社、二〇一〇年）をもたらした。

　ところで、この過程で僕は次第に次の認識を育てはじめた。三島のごときニーチェへの圧倒的共感者ではなく、もう一人、むしろ、ニーチェとの対決を自分にとって重大きわまりなきこととして認識している作家を見つけたい、さすれば僕のニーチェとの対話と対決の試みはいっそう深いものとなることができよう、と。その「もう一人」が村上春樹であった。ニーチェが村上を考えるための僕の自前の方法となった裏側には、村上がニーチェを考えるための方法となったという僕独自の事情が控えている。思考するとは、つねにこうした往還的な対話的で相互的な精神の運動ではないだろうか？

本書の執筆を振り返り、あらためて僕は思う。《想像的人間と暴力》という切り口・テーマこそ僕を導いてきたものではなかったか？　と。現代の文学とは何か、現代の人間とは何者か？　この問いを考える僕の切り口は、実は終始一貫して《想像的人間と暴力》であった。ニーチェが、また明らかにその継承者である一面をもつサルトルが強調したように、人をして《想像的人間》たらしめる事態の根底には暴力が渦巻いている。人は暴力によって「損なわれた」自己の生を、それでも生き抜こうとするとき、まず想像界へと自分の実存の支柱を移す。そのことで辛くも窮境からの脱出口を得る。しかもまた、人は暴力へと身投げするとき、必ずや世界を、相手を、己を妄想化せざるをえない。想像こそは暴力の燃えさかる炎にくべる薪である。さらにまた、人間を駆動するサド＝マゾヒスティックな欲望はつねに想像の快楽と手に手を取って踊り出す。

かつて、ウィリアム・ジェームズがこういったことがある。

「私たちは、病的な心のほうがいっそう広い領域の経験におよんでおり、その視界のほうが広いと言わねばならぬように思われる。注意を悪からそらせて、ただ善の光のなかにだけ生きようとする方法は、それが効果を発揮する間は、すぐれたものである。……（略）……しかし、憂鬱があらわれるや否や、それは脆くも崩れてしまうのである。そして、たとい、私たち自身が憂鬱をまったくまぬかれているとしても、健全な心が哲学的教説として不適切であることは疑いがない。なぜなら、健全な心が認めることを断乎として拒否している悪の事実こそ、実在の真の部分だからである。結局、悪の事実こそ、人生の意義を解く最善の鍵であり、おそらく、もっとも深い真理に向かって私たちの眼を開いてくれる唯一の開眼者であるかもしれないのである[1]」。

（1）ウィリアム・ジェイムズ、桝田啓三郎訳『宗教的経験の諸相』上、日本教文社、一九八八年、二四二～二四三頁。

いうまでもなく、「病的な心」・「憂鬱」はみな妄想化し想像的となった心である。だから、右のジェームズの言葉は、なぜ《想像的人間と暴力》というテーマに僕が魅入られてきたかについて、彼が僕のためにしてくれた一種の弁護人陳述ともいいうる。

しかもまた、僕は村上とともに次のことを付け加えたい。生の希望の「仮説」創造、愛の「仮説」創造もまた想像力の技にほかならない、と。村上風の言い方を借りれば、《想像的人間と愛》というテーマが貼りついている。ジェームズの言い回しを借りれば、《想像的人間と暴力》というテーマの裏側には、「合わせ鏡」の関係で、《想像的人間と愛》というテーマが貼りついている。ジェームズの言い回しを借りれば、《想像的人間と暴力》という「悪の事実」こそ、「人生の意義を解く最善の鍵」・「もっとも深い真理に向かって私たちの眼を開いてくれる唯一の開眼者」、つまり《想像的人間と愛》というテーマへと僕たちを導くものなのだ。

僕は最初、本書のタイトルを『物語は幽閉を解く』としようかとも思った。人を幽閉する力としての想像力と、人を幽閉から抜け出させる力としての想像力と、想像力のこの「合わせ鏡」的両義性を両刃とする一本の細い尾根道こそは、作家が歩いていかねばならない彼に与えられた唯一なる道であろう。とはいえ、本書のなかの「物語」論で述べたように、僕はその事情は実は作家だけのことではないと思っている。それはすべての人間に等しく与えられた人生の事情なのだ。小説を書く書かないにかかわりなく、すべての人間は、想像力の両義性がせめぎあう「人生」という名の一本の自分だけの尾根道を往く「物語作者」なのだ。

村上春樹と僕とは同じ時期に早稲田大学の学生であった。在学中もいまも面識はない。しかし、僕の友人には当時彼と同じ学生寮にいた人間もいる。いってみれば、本書はあの時代を共にしていた彼への僕の遠くからの友情の所産である。《想像的人間と暴力》、これこそはあの時代が多くの「僕たち」に与えた友情の符丁である。このテーマを共有している者たちは、たとえ面識がなくとも、友だちなのだ。

僕の本を小倉修さんのはるか書房が出してくれる。これまで僕の本をもう三冊も出してくれた彼もまたあの時代に早稲田大学にいた、そのとき以来の友人である。

著者

二〇一一年二月

著者紹介

清　眞人（きよし　まひと）

1949年生まれ。早稲田大学政経学部卒業、同大学院文学研究科哲学専攻・博士課程終了。現在、近畿大学文芸学部教授。

著書（2000年以降）『実存と暴力――後期サルトル思想の復権』御茶の水書房、2004年。『ケーテ・コルヴィッツ――死・愛・共苦』（高坂純子との共著）、御茶の水書房、2005年。『〈想像的人間〉としてのニーチェ――実存分析的読解』晃洋書房、2005年。『いのちを生きる　いのちと遊ぶ――the philosophy of life』はるか書房、2007年。『創造の生へ――小さいけれど別な空間を創る』はるか書房、2007年。『根の国《ニライカナイ》へ――秀三の奄美語り』海風社、2008年。『三島由紀夫におけるニーチェ――サルトル実存的精神分析を視点として』思潮社、2010年。他、多数。

村上春樹の哲学ワールド
――ニーチェ的長編四部作を読む

二〇一一年四月二五日　第一版第一刷発行

著　者　清　眞人
発行人　小倉　修
発行元　はるか書房
東京都千代田区三崎町二―一九―八　杉山ビル
TEL〇三―三二六四―六八九八
FAX〇三―三二六四―六九九二
発売元　星雲社
東京都文京区大塚三―二一―一〇
TEL〇三―三九四七―一〇二一
装幀者　丸小野共生
製　作　シナノ
定価はカバーに表示してあります
落丁・乱丁本はお取り替えいたします
ISBN978-4-434-15525-3　C0095

清　眞人著

創造の生へ

●小さいけれど別な空間を創る

二三一〇円

清　眞人著

いのちを生きる　いのちと遊ぶ

●絶望と希望の狭間に生きる壮絶な生を描く

一八九〇円

古茂田　宏著

醒める夢　冷めない夢

●哲学の不思議ワールドへの誘惑

一九九五円